COLLECTION FOLIO

Herman Raucher

Un été 42

Traduit de l'américain
par Renée Rosenthal

Gallimard

La traduction de Renée Rosenthal revue et corrigée pour la présente nouvelle édition avait paru une première fois en 1971 chez Robert Laffont.

Titre original :

SUMMER OF 42

www.labellecolere.com

Herman Raucher, né en 1928 à Brooklyn, est un romancier et scénariste prolifique. Au début des années 1970, il s'attelle à l'écriture d'un roman en hommage à l'un de ses meilleurs amis, emporté par la guerre de Corée. La trame de son récit dévie bientôt vers l'évocation de sa propre adolescence, et voici que le deuil se transforme en un classique du roman d'apprentissage. Raucher écrit simultanément le scénario et le roman. *Un été 42*, réalisé par Robert Mulligan avec un casting d'acteurs inconnus, va connaître un succès mondial qui retentira de façon durable sur l'ensemble de la carrière de Raucher. C'est à un an d'intervalle que sortiront *Love Story* et *Un été 42*, qui marqueront des millions de spectateurs et plusieurs générations.

À ceux que j'aime d'hier et d'aujourd'hui

1

Il avait toujours souhaité revenir, retrouver l'île. Mais l'occasion ne s'était jamais vraiment présentée. Cette fois, cependant, mettant à profit un trou dans son emploi du temps et des dispositions exceptionnellement favorables, il avait pris sa voiture et remonté presque toute la côte de Nouvelle-Angleterre pour voir si la magie opérait encore. À bord du vieux ferry, sa Mercedes décapotable fut accueillie par la froide nonchalance d'une demi-douzaine d'insulaires bourrus, car il était rare que des voitures neuves fassent la traversée. En général, les véhicules qui se rendaient à Packett Island se trouvaient dans un état de décrépitude avancée et, de par leur âge et leur condition, il paraissait douteux qu'ils fussent un jour concernés par un éventuel retour sur le continent : « Les bagnoles viennent sur cette putain d'île pour crever. » Ces mots, c'étaient ceux d'Oscy. Oscy le grand philosophe. Et c'était tout aussi valable de nos jours, en 1970, qu'à l'époque, en 1942.

Il examina les visages autour de lui : tous faisaient face au vent et recevaient la brise de plein fouet. De toute évidence, personne à bord ne se souvenait de lui. Il faut dire qu'il avait à peine quinze ans la dernière fois qu'il avait allongé vingt-cinq *cents* pour le voyage. Et beaucoup de choses avaient changé entre-temps, comme le prix, qui s'élevait maintenant à un dollar, ou bien lui-même, désormais âgé de quarante-deux ans. Comment, dans ces conditions, quelqu'un pourrait-il se souvenir de lui ? Quel culot.

La Mercedes roulait avec indifférence le long de ce qu'on surnommait jadis la « Voie Express pour Packett Island » ; sans doute à tort, puisque la vitesse y était limitée à cinquante ; pas de quoi inquiéter une vieille LaSalle et encore moins une Mercedes dernier modèle. Sur la gauche se dressaient les dunes, familières, posées au milieu de l'herbe et grossièrement jonchées de détritus en tout genre et de bois décoloré que la mer rejetait avec désinvolture chaque fois que l'envie lui en prenait. Sur la droite, il y avait la mer elle-même, gris-vert et agitée. Et vaste. Vraiment très vaste. L'une des plus vastes du monde.

À bord de sa luxueuse voiture qui avançait malgré la route cahoteuse comme sur du coton, il scrutait, à travers le large pare-brise, le brouillard glacé devant lui. C'était le milieu de la matinée, mais le soleil semblait ne pas en avoir été informé. Il ne faisait aucun doute que la brume vagabonde s'attarderait encore un moment avant d'abdiquer en faveur de ce que les gens du cru appelaient le jour. De tous côtés, la visibilité se limitait à une auréole de clarté qui n'excédait pas cinquante mètres. Cependant, les vents marins commençaient à souffler et les frimas cédaient du terrain à contrecœur, battaient en retraite par à-coups. Il voyait le brouillard se déplacer, pousser devant lui son ombre irrégulière, et le lourd rideau de grisaille semblait sur le point de se lever pour faire place à un ciel bleu. Une silhouette apparut, avachie sur une dune non loin de là, côté mer. Une maison en bardeaux de cèdre, indomptable. Une maison lointaine, mais si précise dans son souvenir qu'il aurait pu la recréer clou par clou. Dorothy. Dorothy, je vous aime.

Il arrêta la voiture et descendit, écouta le bruit fastueux que produit la portière d'une Mercedes lorsqu'on la ferme. Il baissa les yeux sur ses Gucci à quarante-cinq dollars. Il en avait fait du chemin pour en arriver là, un parcours semé d'embûches, mais qui en avait valu la peine. Il se dirigea vers les dunes qui bordaient la plage, quittant la route pour longer les crêtes. Quand ses mocassins furent pleins de sable, il les enleva, puis il fit de même avec ses chaussettes qu'il fourra dans leur chaussure respective. Il avait déjà fait cela autrefois. Il enfonça ses pieds dans le sable et replia ses orteils comme un chat. Il ôta son blazer bleu marine, le jeta sur son épaule et avança ainsi vers la maison qui se détachait sur le ciel à l'horizon… revivant en même temps les douloureux derniers jours de sa glorieuse innocence de jadis.

Faisant fi de tout ce qui caractérisait habituellement un mois d'août, l'air décida soudain de revêtir une froideur automnale, et l'océan se mit à rouler comme sur les tableaux représentant des paysages marins dans les musées de Boston. Il était arrivé au niveau de la plage et marchait sur la boue durcie par les vagues qui s'écrasaient jusque-là, annoncées par le piaillement idiot des bécasseaux. Seules une mouette ou deux se risquaient à être optimistes et se comportaient comme si le soleil, qui cherchait toujours à percer les nuages, allait bientôt y parvenir.

La maison sur la dune se trouvait maintenant à sa gauche, en hauteur, plantée sur les mêmes douze pilotis, gardée par les mêmes quatorze marches de bois qu'il avait un jour descendues dans un état de confusion absurde. Et la clôture en treillis de bois était toujours là, défoncée et impuissante, un rempart en balsa censé protéger la bâtisse d'une mer qui ne faisait en vérité que la tolérer, un bel exemple s'il en est de la capacité de l'homme à se bercer d'illusions. Quant à la musique, était-elle vraiment là, ou s'agissait-il simplement d'un écho qui se répercutait dans son souvenir ? Quelle importance après tout, car enfin il l'entendait. À la fois douce, triste, évocatrice, sentimentale et sacrée.

I saw you last night
And got that old feeling…

Et puis il y avait les voix qui surgissaient du passé, trente ans en arrière, dominant le vent et transperçant la brume. Des voix de garçons, pressantes, anxieuses, faisant vibrer le sable, avant de se perdre dans le cri rauque d'un oiseau de mer.

Hé Hermie…
Allez viens Hermie, bon Dieu…

Là-bas sur la plage, trois jeunes garçons jaillirent du brouillard et escaladèrent furtivement la dune en direction de la maison. Ils progressaient comme dans une manœuvre militaire compliquée : l'éclaireur donnait de la main le signal d'avancer, les deux autres se mettaient aussitôt en mouvement pour venir s'aplatir dans le sable à côté de leur chef. Pour l'homme qui les observait de la plage, ce qu'ils pouvaient voir au-delà de la bordure sinueuse de la dune demeurait invisible.

L'homme se figea, le regard de nouveau posé sur la maison battue par la tempête dont il ne voyait que le toit d'où il se tenait. Il n'entendit pas les bécasseaux annoncer la montée sournoise de la mer, et il ne se rendit pas vraiment compte qu'il avait déjà de l'eau aux chevilles et que les vagues éclaboussaient son pantalon jusqu'aux genoux. Il restait là, brûlant d'envie d'être l'un de ces trois garçons, comme autrefois, il y avait de cela tant de douces chansons…

Merde, oh merde, Hermie…
La ferme, Oscy…
Hermie, regarde ailleurs veux-tu…

Quand sa famille était venue passer l'été de ses quinze ans à Packett Island, il n'y avait ni autant de gens ni autant de maisons. À l'époque, on remarquait beaucoup plus les paysages de l'île et la singularité de la mer. Et pour éviter qu'un gamin ne meure de solitude et d'ennui, sa famille s'arrangeait pour que d'autres familles du quartier amènent également leurs gosses. Durant l'été 42, il y avait Oscy, son meilleur ami, et un autre ami proche (mais pas suffisamment pour pouvoir prétendre au qualificatif de « meilleur »), Benjie.

Oscy était un garçon costaud aux cheveux constamment ébouriffés, bien loin de ressembler à un enfant des villes. Il avait davantage l'air de s'être enfui d'une ferme du fin fond de l'Iowa. Son visage affichait en permanence un sourire. Rares étaient les occasions où celui-ci disparaissait. Dans la douleur et le chagrin, dans l'angoisse et le désespoir, ce sourire était l'étendard d'Oscy et jamais on ne l'avait vu baisser pavillon. Il avait un mois de plus que Hermie ; ces trente et un jours lui suffisaient à justifier sa supériorité et sa suprématie. Si Oscy donnait toujours l'impression d'être sur le point de faire une connerie, il dégageait également une chaleur à toute épreuve et un genre bien à lui de virilité juvénile, laissant présager qu'il deviendrait un homme audacieux et qui ne s'en laisserait pas conter. Cet Oscy, c'était quelque chose.

Benjie, c'était quelque chose d'autre. Étant le plus jeune et le plus maigre des trois, et doté d'un physique de John Carradine anémié, il ressemblait nettement plus à un enfant. Il obéissait aux ordres d'Oscy parce qu'il n'était pas idiot. En outre, il possédait une montre Ingersoll à laquelle il attachait plus d'importance qu'à son propre pénis dont, il faut bien le dire, il n'avait pas encore découvert la véritable utilité.

Hermie avait quinze ans, des cheveux indisciplinés couleur de sable et deux dents qui se chevauchaient carrément en plein milieu de la mâchoire. Bien qu'il fût plus grand que Benjie, il n'était pas encore de taille à se mesurer à Oscy ; raison pour laquelle il arrivait si habilement à se convaincre qu'il se moquait d'être le chef ou pas. À ce moment précis de l'histoire, Hermie était douloureusement à cheval sur le fil de fer barbelé qui sépare l'enfance de l'âge adulte. Et si, pour un psychologue, le côté où Hermie allait tomber était sans doute d'une évidence criante, pour ce dernier, au contraire, rien n'était moins sûr. Il passait des nuits entières sans dormir, à se poser d'angoissantes questions sur tout ce qu'impliquait cet âge qui approchait, comme les rhumatismes et les lumbagos, à se demander comment conduire une voiture, comment se raser, s'il était opportun que sa mère continue de lui acheter ses sous-vêtements, à quel moment il aurait de l'acné et, par-dessus tout, comment, quand et avec qui il allait bien pouvoir baiser. Hermie était un spécialiste de l'inquiétude et de la souffrance. Jamais personne n'avait su souffrir et s'inquiéter comme lui. C'en était presque beau.

Ils s'étaient baptisés le Trio infernal mais sans raison particulière, sinon pour gonfler leur ego et établir en quelque sorte leur place dans le monde. Ils étaient là, couchés sur la dune que surplombait la vieille maison, Beau, John et Digby Geste, les Diables du Désert avec de l'acier dans le cœur et du sable dans le short.

La maison ? C'était sa maison à *elle.* Et rien ni personne, depuis le premier instant où Hermie l'avait vue, n'avait été pour lui aussi terrifiant et aussi troublant, n'avait été capable de le rendre à la fois plus sûr de lui et plus en proie au doute, plus important et plus insignifiant.

Les trois garçons étaient allongés là, endoloris et paralysés, à écouter le bruit creux d'une hache qui s'abattait sur une bûche. Face à eux, en contrebas dans la grande coupe de sable, entre les imposants poteaux de bois qui soutenaient la demeure, un homme maniait cette hache. Tel Lincoln, il lui faisait décrire un arc de cercle exagéré et incroyablement puissant, tout en hurlant comme Zeus. La bûche se fendait proprement en deux moitiés parfaites, et déjà une autre subissait le même sort. Puis une autre, et une autre encore. Les garçons ne bougeaient pas, ne respiraient pratiquement plus. Ils louchaient par-dessus le sommet de la dune et guettaient de leurs oreilles le craquement divin. D'une certaine façon, tout cela était vital pour eux. L'homme, le bruit, la hache.

L'homme puissant scellait le sort de ces grosses bûches les unes après les autres, les fendant et les brisant aussi facilement que des noix. Bientôt, la lumière changea suffisamment pour que l'homme apparaisse plus distinctement. Sa silhouette était d'une incroyable perfection, sa musculature rivalisait avec celle d'une statue de Bernini. Il avait la grâce de Mercure et la force de Superman, tandis que la pipe qui pendait au coin de sa bouche le classait dans la plus pure noblesse anglaise.

Quand Hermie vit la femme émerger de l'ombre et enrouler ses jolis bras autour de l'homme, son cœur se débattit dans sa cage thoracique comme un moineau pris au piège. Elle était mince mais bien faite, et avait des cheveux sombres qui cascadaient joliment sur ses épaules. Chacun de ses mouvements était timide et sensuel. Il n'y avait rien d'étonnant à ce que l'homme posât sa hache. Il l'attira à lui et plaqua sur ses lèvres un baiser si parfait qu'il n'y avait rien, absolument rien, à ajouter. Les trois garçons le regardèrent, sentant qu'ils assistaient là à quelque chose d'essentiel, à quelque chose qui les concernerait un jour, tel un aperçu de leur avenir, un prélude de choses à vivre. Ils tendaient l'oreille avec respect, crainte et admiration. Et le fait de voir la femme embrasser l'homme et s'accrocher à lui comme elle le faisait commençait à compliquer les choses pour Hermie, de plus en plus à l'étroit dans son short déjà fourmillant de sable. Il se tortilla silencieusement de douleur, et fut bientôt imité par ses compagnons. Ils payaient le prix du voyeurisme, et l'addition était particulièrement salée.

Le baiser s'acheva et, pour les trois garçons, ce n'était pas trop tôt. La femme se libéra de l'étreinte et se mit à entasser les bûches sur les bras de l'homme. On l'aurait cru capable de soulever une montagne. Elle ajoutait les bûches une à une. Elle jetait les bases du Temple de Salomon. Elle apportait des pierres pour les pyramides. Puis les amants disparurent dans les replis de la brume et, quelque part, une porte s'ouvrit et se referma. Ce fut alors seulement que les trois garçons prirent conscience de l'état d'agitation dans lequel ils se trouvaient.

Comme Oscy était le chef, il se sentit obligé de se fendre d'un commentaire, ce qu'il fit sans se départir de son sourire :

« Il va la conduire direct dans la chambre.

— Il ferait mieux de commencer par poser le bois. »

Ce codicille pragmatique venait de Benjie. Il adorait les déclarations indiscutables comme : « On est jeudi aujourd'hui. » Ou : « Roosevelt est notre président. » Et aussi : « Il est exactement quatorze heures. » Si jamais Benjie se laissait aller à dire quelque chose qui était tant soit peu contestable, cela lui valait une réprimande et une bourrade d'Oscy. C'était comme ça. C'était la tradition.

Oscy se laissa glisser de quelques mètres en direction de la plage. Puis il se leva, se retourna et entreprit de descendre le reste de la pente abrupte debout, ce qui était impossible. Ça l'était d'autant plus pour Benjie, tellement dégingandé qu'il n'avait pas de centre de gravité. Il dévala donc les dunes de la même manière que d'habitude : en tombant, en roulant et en s'arrêtant net contre les jambes d'Oscy. Lequel, d'un coup de pied, lui envoya un dernier jet de sable. « Va te faire foutre, Oscy. » Benjie pouvait manquer de respect à Oscy une fois la punition infligée. Mais lui parler sur ce ton avant et sans provocation, c'était signer son arrêt de mort.

Oscy posa un pied sur la poitrine de Benjie, tel un conquistador revendiquant une terre pour son roi, puis il cria à Hermie qui n'avait pas encore bougé : « Dis donc, Hermie, sans vouloir te commander, tu ne pourrais pas te magner le cul ? »

Difficile d'ignorer la voix d'Oscy : elle s'abattait sur vous comme une salve d'artillerie. Hermie se laissa glisser jusqu'au pied de la dune comme l'avait fait Oscy. Arrivé en bas, il projeta à son tour du sable sur Benjie. Ça lui semblait être la chose à faire ; de toute manière, Hermie était un suiveur. « Va te faire foutre, Hermie. » Cette phrase monta du sol, de Benjie qui ne s'était pas encore relevé. Il pouvait parler comme ça à Hermie quand l'envie lui prenait, car ce dernier n'était pas du genre à cogner mais à ignorer ce qu'on lui disait.

Quelques instants plus tard, les trois garçons couraient le long de la plage de telle manière que leurs trajectoires formaient une sorte de tresse sur le sable. Ils se jetaient les uns sur les autres avec une ardeur effrénée, jaillissant de la brume et percutant n'importe lequel des trois se trouvant alors sur leur route. Les impacts devinrent de plus en plus brutaux et Hermie, qui tenait à la vie, quitta la bande comme un soliste, laissant son orchestre continuer à jouer sans lui. Il jeta un dernier et long regard vers la maison que l'on pouvait encore apercevoir derrière la dune, la scrutant et s'interrogeant à son sujet. Puis il rentra chez lui par un chemin secret de manière à semer ses amis que, brusquement, il n'avait plus envie de voir.

2

Hermie avait fait tout ce qui était humainement possible pour arranger la petite chambre qui lui avait été attribuée dans la maison. En grand fan des Giants, il avait placardé autour de la fenêtre des photos dédicacées de Mel Ott, Johnny Rucker et Harry Danning. Naturellement, tous les autographes étaient faux, car les Giants jouaient à New York tandis que Hermie habitait Brooklyn. Or, attendre que ses idoles viennent à Brooklyn, puis avoir l'audace de leur demander des autographes sur le territoire de leurs rivaux, les Dodgers, au vu et au su de tous, voilà qui lui paraissait beaucoup trop risqué. Le mur d'à côté était décoré de photographies du Curtiss P-40 Warhawk, du bombardier en piqué Douglas SBD Dauntless et du Bell P-39 Airacobra. Aucune d'elles n'était signée, car qui aurait été assez bête pour croire à ça ? Sur le mur en face, enfin, il y avait ses actrices favorites : Ann Savage, Marguerite Chapman, Karen Verne et le grand amour de Hermie, Penny Singleton. Il savait que son engouement pour cette dernière le distinguait de la masse. Mais Hermie était comme ça. C'est bien volontiers qu'il laissait les Ginger Rogers, Hedy Lamarr et Ann Rutherford à d'autres ; il préférait pour ainsi dire marcher hors des sentiers battus. Au moins, quand on écrivait à Penny Singleton pour lui demander une photo dédicacée, elle vous parvenait si vite que l'encre n'avait pas eu le temps de sécher et avait souvent bavé sur son nez. Hermie possédait cinq photographies dédicacées de Penny Singleton. Sur deux d'entre elles figuraient également Baby Dumpling et Dagwood, son mari dans *Blondie.* Il y en avait une où elle était seule avec Dagwood. Les deux restantes ne représentaient qu'elle, dont une dans un maillot de bain qui laissait entrevoir quelques centimètres carrés de cuisses, et comme les jambes dénudées étaient assez rares dans ses films, ç'avait été une charmante surprise. Hermie adorait le sourire éclatant de Penny, ses boucles blondes et ses airs charmeurs. Il aimait aussi ses jambes, deux raisons de plus d'avoir du mal à supporter l'idée qu'elle couche avec ce crétin de Dagwood, même si Hermie avait parfaitement conscience qu'il ne s'agissait que d'un film. Il conservait une sixième photographie de Penny Singleton à l'abri dans un tiroir. Il la gardait cachée car il l'avait assez maladroitement retouchée ; il n'avait rien d'un Norman Rockwell. À l'aide d'une lame de rasoir, il avait supprimé la tête de cet imbécile de Dagwood et l'avait remplacée par la sienne, à l'âge de douze ans. Le résultat était niais à souhait. Il faut dire que le nœud papillon de Dagwood n'arrangeait rien ; celui-ci en portait tout le temps, raison pour laquelle Hermie s'était promis de ne jamais en mettre. Malgré tout, Hermie chérissait cette photo de lui et de Penny Singleton, notamment parce que, sur celle-ci, il avait une main autour de la taille de sa dulcinée, à moins de dix centimètres au-dessous d'un sein et à une quinzaine à peine de vous savez quoi. Jamais aucune main à Hollywood ne fut l'objet d'autant de fantasmes. Toujours est-il qu'il gardait la photographie dans son tiroir, sous ses chaussettes et près de son cœur.

Le dernier mur se limitait pour l'essentiel à un placard et une porte que Hermie fermait toujours à clef parce que, si elle permettait de passer de sa chambre au reste du premier étage, la réciproque valait aussi, et chacun sait que la tanière d'un homme n'appartient qu'à lui. Sur le petit pan de mur restant, il avait accroché une photo de son cousin de vingt-deux ans, qui était stationné sur l'île de Kiska dans les Aléoutiennes, au large de l'Alaska. Il ne se passait pas grand-chose à Kiska, à part peut-être des attaques d'ours polaires, mais Hermie gardait malgré tout cette photo, car dans sa famille c'était ce qui se rapprochait le plus d'un héros, même si ce dernier souffrait d'asthme et avait simulé une crise en plein recrutement, sans aucun résultat sinon celui d'être nommé caporal. Peut-être qu'en simulant l'épilepsie il serait devenu sergent. Cette photo-là aussi, Hermie l'avait dédicacée : « À Hermie, bravement, son cousin combattant Ronald. »

Sa radio de la General Electric, que sa mère avait eue avec un grille-pain et une lampe – le tout pour vingt-quatre dollars –, diffusait Kate Smith chantant « God Bless America ». Ces derniers temps, il était difficile d'échapper à son interprétation de cette chanson ; aussi, Hermie poussa le bouton « arrêt » du coude. L'appareil se mit alors à diffuser du gospel. Hermie se décida enfin à utiliser son index et obtint le silence. C'était le moment idéal pour réfléchir. Il faisait ça deux ou trois fois par jour, parce que son prof de littérature lui avait dit que c'était un moyen d'élargir sa vision du monde. Après un quart d'heure de méditation, Hermie eut la migraine. Il feuilleta son *Manuel d'identification aérienne*, convaincu que si un chasseur Mitsubishi passait au-dessus du Maine, il serait le premier à le savoir.

C'était ainsi que Hermie occupait une grande partie de ses journées. À rêvasser, à réfléchir et à faire des montages photos. Mais c'était également un patriote. Par exemple, il récupérait des tubes de dentifrice et des vieux papiers pour contribuer à l'effort de guerre. Et bien souvent, lorsqu'il quittait la maison, c'était avec trois tubes d'Ipana vides qu'il déposait en passant au Centre de Défense Civile avec quatre numéros du *New York Times* – dont le plus récent, que son père n'avait probablement même pas eu le temps d'ouvrir. Il finit d'ailleurs par renoncer, après que son père avait voulu le punir pour ça d'un coup de journal roulé, qui n'avait manqué sa cible que de justesse.

Un grand soleil brillait haut dans le ciel lorsque Hermie sortit par la véranda. Il fut agréablement surpris de découvrir qu'il n'aurait pas à enjamber le corps de sa sœur, qui gisait généralement sur la pelouse, face vers le soleil, comme un jouet abandonné par un chien ou un chargement tombé d'un camion. Sa sœur était noire d'un côté et blanche de l'autre. Ils n'avaient la maison que pour huit semaines, et s'il fallait marcher à reculons tout l'été pour ne jamais tourner le dos au soleil, elle était bien du genre à le faire. D'ailleurs, elle était sans aucun doute la plus formidable et la plus bronzée des marcheuses à reculons que la terre ait portée. Elle avait le visage tanné et le cul blanc. Boris Karloff en aurait eu des frissons.

Le Trio infernal s'était donné rendez-vous à quatorze heures sur la plage pour écouter de la musique et faire les fous. Hermie avait un quart d'heure de retard, ce qui signifiait qu'il serait le premier arrivé. Il ralentit donc le pas et compta les étoiles militaires aux fenêtres. Il y en avait neuf bleues et une en or. Cette dernière était un hommage à un dénommé Robert T. Kendall, qui avait été tué quelque part dans le Pacifique ; du moins c'était ce que sa mère avait dit à une voisine. Hermie ne posait jamais beaucoup de questions à propos des soldats mobilisés, parce qu'il se sentait honteux de ne pas en faire partie. Après s'être assuré qu'il n'y avait personne dans les parages, il salua l'étoile d'or et la mémoire de Robert T. Kendall, puis continua son chemin, dévoré par le désir de venger le défunt militaire à la première occasion. Il s'arrêta et s'appuya contre une palissade pendant un long moment, car il savait pertinemment qu'Oscy et Benjie n'arriveraient pas avant une bonne heure, et c'était Oscy qui avait la radio. Il fredonna quelques airs à la mode, puis repartit au moment qui lui sembla opportun pour qu'ils arrivent tous les trois à destination en même temps et avec un énorme retard, comme prévu.

3

Les trois amis étaient étendus de tout leur long sur le sable chaud, chacun dans son maillot de bain de l'année précédente car, selon le *Guide de la mère parfaite* – qui aurait aussi bien pu s'intituler *Comment donner à votre garçon une démarche stupide* –, un maillot devait durer deux ans. Ils ne s'embarrassaient jamais de serviette ni de couverture à la plage, parce que ça faisait à peu près aussi mauviette que de se promener avec un parapluie dans un quartier craignos. Résultat, ils étaient couverts de sable mouillé et avaient l'air de trois escalopes panées toutes fraîches.

Le poste radio d'Oscy, pour lequel il demandait régulièrement à Hermie et à Benjie de l'argent pour les piles, jouait de la musique. Une fois, Benjie avait soutenu que cette participation, qu'Oscy collectait comme un impôt, aurait suffi à alimenter en énergie une grande station pendant une année entière. Oscy avait alors cessé d'apporter sa radio pendant deux jours. Il avait pris cette décision après avoir traité Benjie d'« ordure de Jap », se jetant sur lui pour le gratifier de quelques taloches sur le crâne. Pour tout commentaire, Benjie avait pris Hermie à part et lui avait confié qu'à eux deux ils pourraient flanquer la correction de sa vie à Oscy – à condition toutefois que le gros Willie Melnick s'asseye dessus. L'intérêt de la chose échappa à Hermie, qui avait assez de jugeote pour réaliser que, tôt ou tard, le gros Willie devrait descendre du dos d'Oscy, ne serait-ce que pour aller pisser. Et à ce moment-là, Oscy aurait tout loisir de se relever, de les rattraper et de leur administrer à tous deux une bonne branlée. Il n'en était donc pas question, et Benjie dut reconnaître qu'une fois de plus Hermie leur avait sauvé la vie.

Quoi qu'il en soit, le Sextet de Benny Goodman était en train de jouer, et c'était un vrai bonheur après Kate Smith et sa vieille rengaine. Le trombone se lança dans un solo et Oscy, grand musicologue, demanda : « Qui est au trombone ?

— Tommy Dorsey », répondit Benjie, surtout parce qu'il n'avait rien dit depuis un moment et que le son de sa voix lui manquait.

L'impertinence de Benjie indigna Oscy qui le rabroua aussitôt : « C'est à Hermie que je posais la question. Regarde donc ta montre. » Puis se tournant vers Hermie : « C'est Tommy Dorsey, Hermie ? »

Hermie fit part de son expertise : « Tommy Dorsey ne joue pas dans le Sextet de Benny Goodman. C'est Lou McGarity. » Mais cette prise de parole l'agaça, parce que ses camarades avaient interrompu un de ces moments qu'il dédiait à ses pensées et qu'à cause d'eux il allait avoir la migraine pour rien : « Vous ne pourriez pas fermer vos gueules et écouter ?

— Mais j'écoute, dit Benjie.

— Retourne à ta Ingersoll », dit Hermie. Cela faisait deux personnes lui suggérant d'aller jouer au bord de la falaise. En fervent partisan de la démocratie, Benjie s'exécuta.

Pendant ce temps, la voix de Peggy Lee amorçait le refrain.

Grab your coat and get your hat,
Leave your worries on the doorstep…

Benjie fut ravi de pouvoir faire remarquer : « Cette Helen O'Connell, c'est quelque chose. »

Oscy braqua immédiatement son regard sur Hermie pour confirmation : « C'est Helen O'Connell ça, Hermie ? »

Hermie poussa un soupir. Il aurait tellement aimé écouter sans être constamment interrompu : « C'est Peggy Lee. »

D'un revers de la main, Oscy décocha un coup sur la poitrine de Benjie qui le fit tomber à la renverse : « Tu te plantes, Benjie, comme toujours. »

Benjie recracha le sable qu'il avait dans la bouche : « Pourquoi Hermie aurait forcément toujours raison ?

— Il n'a pas toujours raison, dit Oscy avec une

sagesse venue du fond des âges. C'est toi qui as toujours tort. »

Hermie était capable de faire abstraction des sons qui s'échappaient de la bouche de ses deux amis à peu près quand il le voulait. C'était un secret qu'il avait appris en Orient aux côtés de Lamont Cranston, alias The Shadow, en faisant la tournée des fumeries d'opium de Nankin. Mais à cet instant, son regard était fixé sur la plage, et bientôt les yeux d'Oscy et de Benjie se braquèrent dans la même direction.

C'étaient l'homme et la femme, ceux de la maison au milieu des dunes. En maillot de bain, ils se promenaient bras dessus, bras dessous dans une marche parfaitement synchronisée. Il aurait fallu être aveugle pour ne pas voir à quel point ils s'aimaient. L'homme portait une casquette militaire et ses muscles ondulaient sans aucune pudeur. La femme était si jolie et si souriante, ses yeux si verts et ses jambes si longues, que les garçons durent tous se laisser rouler sur le ventre, de crainte que leurs antennes déployées ne se mettent à capter les appels radio de la police. Les amants se rapprochèrent et passèrent à un mètre cinquante à peine du Trio infernal. Hermie ne cilla pas une seule fois. Ses yeux étaient comme ceux d'un lézard, sans paupières, ouverts fixement et rivés sur les jambes lisses et le ventre plat de la belle. Une bouffée de la pipe que fumait l'homme lui parvint, et il sut dès lors que c'était exactement l'odeur qu'il avait envie de dégager.

« C'est comme ça que je serai bâti plus tard »,

déclara Benjie, faisant allusion à l'homme. Oscy grogna. « Mais si, persista Benjie. Je vais faire de l'exercice. Soulever de la fonte. Une heure par jour.

— Jamais tu ne seras comme ça », trancha Oscy.

Benjie comprit qu'il avait raison : « Non, peut-être pas. Ça doit être un officier. »

Le commentaire de Hermie surgit de nulle part, et le surprit lui-même : « Elle n'est pas mal bâtie non plus. » Immédiatement, Oscy et Benjie se tournèrent comme un seul homme pour observer le dément qui était avec eux. Hermie sentit leurs regards sur lui et sut que ses amis étaient en train de se donner des coups de coude à ses dépens. Il sut aussi que d'un instant à l'autre, il allait faire les frais d'une remarque idiote. Il n'avait pas l'intention d'attendre que ça lui tombe dessus comme à Pearl Harbour, aussi passa-t-il à l'offensive : « Vous êtes vraiment deux crétins ! » Sur quoi il se leva et s'éloigna sans un mot. Quand il fut à bonne distance, il se retourna et lança à Benjie : « C'était Peggy Lee ! Paye tes dettes ! »

Benjie en fut pour le moins déconcerté. Il regarda Oscy : « Payer mes dettes ? Je n'ai rien parié. Est-ce que j'ai parié quelque chose ? »

Oscy lui donna une bourrade et répliqua sèchement : « Tu n'as vraiment pas de cœur. Tu sais bien que Hermie est très sensible.

— Ah oui ? Eh bien, moi aussi. Merde ! » Et il

cria à Hermie qui était déjà presque trop éloigné pour l'entendre : « C'était Helen O'Connell ! »

Hermie continua à marcher. Il attendit d'être assez loin et sous le vent pour se retourner et crier : « Peggy Lee ! »

Que Benjie ait répondu ou non, Hermie ne l'entendit pas, parce que comme d'habitude Benjie se trouvait contre le vent, car comme d'habitude Benjie était un idiot.

4

S'il y avait une chose que Hermie avait en horreur, c'était bien l'escalope de veau. La simple idée d'en manger lui était insupportable. Mais depuis le début de la Grande Dépression, on ne l'avait jamais autorisé à quitter la table avant d'avoir fini tout ce que sa mère mettait dans son assiette. Sans exception. Il resta donc sur sa chaise, à planter sa fourchette dans la viande blanchâtre dans l'espoir secret qu'elle se mette à gigoter, car alors il serait sauvé : dans sa famille, il était hors de question de dévorer des animaux encore en vie. Mais à cet instant, si l'escalope était effectivement vivante, elle cachait bien son jeu. Et quand Hermie eut fini de la poignarder, la pauvre était à peu près aussi appétissante qu'un gant de base-ball.

Sa mère était occupée à faire la vaisselle et à écouter le programme du Major Bowes à la radio. Sa sœur, maintenant que le soleil était couché, rêvassait dans sa chambre. À quoi exactement ? Dieu seul le savait. Le jour, elle bronzait, le soir, elle rêvassait. À dix-huit ans, elle était un mystère pour le reste de la famille. Depuis l'instant où ses seins avaient commencé à pousser, elle n'avait plus jamais été normale. Et plus ses seins grossissaient, plus elle devenait distante. Hermie s'était demandé plus d'une fois à quoi les seins de sa sœur pouvaient bien servir, puisqu'elle s'entêtait à les garder sous clef dans sa chambre.

Quant à son père, il ne pouvait venir sur l'île qu'un week-end sur deux. L'essence se faisait rare et leur voiture n'était pas prioritaire. Une moitié du temps, elle restait au garage ; l'autre moitié, on aurait dit qu'elle ne pouvait rouler que dans les descentes. Son père était passé maître dans l'art de la roue libre, pour économiser le carburant. Parfois, à l'approche d'un feu rouge, il pouvait faire cinquante mètres sans même toucher l'accélérateur et atteindre le feu à la seconde même où celui-ci passait au vert. Ces moments-là emplissaient son père de joie. Il avait combattu pendant la Première Guerre mondiale et avait même reçu quelques décorations pour un fait d'armes à Château-Thierry. Cela n'avait cependant pas suffi à impressionner l'Armée lorsqu'il tenta de s'engager pour la Seconde Guerre mondiale : il était déjà beaucoup trop vieux. À quarante-quatre ans. Il parvenait néanmoins à se tenir au courant grâce à Edwin C. Hill, à Gabriel Heatter, à Walter Winchell, mais surtout par tante Pearl qui était en réalité la Voix de l'Amérique.

Toujours est-il que Hermie était seul à table

pour le dîner, enfin, sauf si l'on comptait l'escalope de veau – mais celle-ci manquait cruellement de conversation, peu importe la manière dont on la titillait. Il avait proposé à sa mère ce qu'il estimait être un marché honnête. Il mangerait les asperges en entier, à condition de pouvoir laisser au moins la moitié de l'escalope. Rien à faire. Essayer de raisonner sa mère pendant le bla-bla du Major Bowes, c'était comme parler à un mur.

Hermie et l'escalope se fixèrent dans le blanc des yeux encore cinq bonnes minutes, après quoi Hermie décida de filer en douce. Un illuminé était en train de jouer de la scie musicale à la radio, et sa mère l'accompagnait en chantant : « *There's an old spinning wheel in the parlor…* » Avec une parfaite discrétion, Hermie quitta la table et se dirigea vers la porte. Si son escalope ne le balançait pas, il parviendrait peut-être à s'éclipser ; dans son assiette, elle soupira faiblement, succombant des suites de ses blessures et incapable d'interrompre le duo entre la mère de Hermie et la scie musicale : « … *and it brings back sweet memories of you.* »

En arrivant devant la porte moustiquaire, Hermie les vit. Oscy et Benjie. Oscy était affalé sur la maigre pelouse, les yeux rivés vers le ciel. Benjie, dans une position qui suggérait l'ennui infini, regardait sa montre. Il passait son temps à faire ça. Peut-être finirait-il un jour par discerner le rayonnement du radium qui permettait à l'objet d'être lumineux dans l'obscurité. Ému par tant d'entrain et de joie de vivre, Hermie envisagea une seconde de retourner auprès de son escalope, histoire de trouver un peu de gaieté. Mais, emporté par l'inertie de son évasion, il ouvrit puis referma la porte avec une délicatesse telle que même une biche à l'affût ne l'aurait pas entendu. Mais sa mère n'était pas une biche ; la voix s'éleva, traversa le salon, filtra à travers la moustiquaire et atteignit son cerveau comme un boulet de canon : « Herman, tu sors. »

C'était une affirmation. Pas une question, mais une simple constatation. Mère, *subst. fém.* : qui voit tout, qui sait tout. Seigneur. Hermie s'immobilisa sur la première marche en attendant la suite, car il savait parfaitement comment sa mère fonctionnait. D'abord, la déclaration directe et indiscutable. Exemple : « Herman, tu sors. » Viendrait ensuite la menace voilée. Ça n'a pas loupé : « J'espère que tu as fini ton escalope. » Puis il y aurait rapidement une troisième salve. Sous forme de questions. Les questions étaient ce qu'il y avait de pire, parce qu'elles appelaient une réponse. Avec une déclaration directe, on pouvait tout aussi bien se trouver ailleurs, quelle différence ? Mais quand il s'agissait d'une question, mieux valait être dans les parages. Hermie s'assit sur la marche et patienta. D'où il se tenait, il pouvait voir Oscy et Benjie vautrés dans le jardin, en train de mourir d'ennui. Il avait du mal à déterminer s'il restait ou non une étincelle de vie dans ces corps que les deux familles du bout de la rue avaient abandonnés sur sa pelouse. Il en restait une, certes, mais elle était bien fragile. Une faible respiration irrégulière.

Même si Hermie était quelqu'un de soigné, il ne se coiffait pas si souvent que ça, et pas toujours aussi bien qu'aujourd'hui, tout simplement parce qu'il fallait une certaine poigne pour aplatir sa tignasse. Mais, de temps en temps, un instinct ancestral venait frapper à sa conscience et lui chuchotait : « Peigne-toi. On ne sait jamais. »

Oscy, en revanche, portait toujours le même T-shirt. Il prétendait en avoir quatre identiques, tous gris terne. Mais Hermie soupçonnait qu'il était impossible que quatre T-shirts puissent avoir exactement les mêmes accrocs, les mêmes déchirures, les mêmes taches de graisse, de peinture et de sang. Il fallait en déduire qu'Oscy mentait. En outre, il lui arrivait de dégager une odeur assez forte, surtout les jours chauds et humides, et dans les endroits confinés. Quant à Benjie, Hermie ne remarquait jamais ce qu'il portait. Tant que Benjie avait sa montre, il était habillé et tout allait bien dans le meilleur des mondes.

« Dix-neuf heures quarante-trois », lâcha Benjie. Une déclaration sans appel.

Au bout d'un long silence, qui n'eût pas détonné dans un cimetière, Oscy se décida à poser une grave question. Il le fit pensivement, sans quitter le ciel des yeux, et d'une voix hésitante car la réponse était d'une importance capitale : « Combien croyez-vous qu'il faudrait… de bâtons de dynamite… pour foutre en l'air… toute l'île ? »

Après une longue et mûre réflexion, Hermie lui donna ce qu'il croyait être la réponse exacte : « Vingt-trois. » Un autre long silence régna, durant lequel les garçons méditèrent tant sur la portée de la question que sur la véracité de la réponse.

La mère de Hermie, depuis l'intérieur de la maison, en profita pour lancer sa troisième attaque. La question. « Herman, as-tu fini ton escalope ? » Oscy et Benjie tournèrent la tête de concert et braquèrent les feux croisés de leurs regards sur lui. De la réponse de Hermie dépendait le sens dans lequel le vent se mettrait à tourner pour eux. Hermie les observa aussi, passant de l'un à l'autre. Il répéta ce va-et-vient de plus en plus vite jusqu'à ce qu'il fût évident pour tout le monde qu'il était en train de secouer la tête, en signe de dénégation. Ce qui signifiait qu'ils devaient tous trois se lever en silence et discrètement décamper. Ils avaient déjà joué cette scène bien des fois sur leurs pelouses respectives et devant de nombreuses maisons de Brooklyn, car c'était une loi immuable : si tu n'as pas fini ton dîner, tire-toi ! Jamais personne n'avait trouvé meilleure solution ni réponse plus appropriée.

Alors même qu'il laissait la maison derrière lui, Hermie savait bien que son silence conduirait bientôt sa mère à la quatrième et dernière phase : une apparition en chair et en os dans la véranda, les mains sur les hanches, la tête tournant d'un côté puis de l'autre, et enfin la voix qui lancerait dans le vide : « Herman, tu ne rentreras pas à la maison tant que tu n'auras pas fini ton escalope ! » C'était le genre de logique auquel Hermie était régulièrement confronté. L'essence même de sa vie.

5

Le vieux château d'eau en bois se dressait dans le ciel, dominant la terre comme le Colosse de Rhodes, et fournissait un refuge à tous les garçons qui parvenaient à gravir ses quarante échelons sans se rompre les os. Au-delà de l'édifice, le soleil se retirait dans une conspiration de rouges et de violets. À ses pieds s'étalait la petite ville somnolente, parsemée de quelques lumières spasmodiques que les gens allumaient comme des talismans pour se protéger des ténèbres de la nuit. Et à son sommet, sur l'étroite plate-forme qui entourait le gros réservoir, les trois garçons étaient assis, jambes repliées contre leur poitrine et épaule contre épaule. S'ils étaient les uns pour les autres d'une excellente compagnie, ils s'ennuyaient à crever.

Tour à tour, ils faisaient tourner une unique cigarette pleine de bave et en tiraient des bouffées aussi dramatiquement que s'ils avaient été des soldats jouissant d'un bref moment de répit après un assaut sanglant. L'air silencieux et inerte fournit à Hermie le cadre approprié pour cette remarque incisive : « Cet été aura été le plus long de ma vie. »

Aucun de ses compagnons n'éprouva le besoin de le contredire, et la journée continua de se dévider jusqu'à ce que la nuit tombe, avec son lot de brusques bouffées d'air frais venues du large. La marée changeait, le vent tournait ; Hermie profita de ce moment pour se livrer à d'autres réflexions. Cependant, une pensée lui revenait sans cesse à l'esprit : pourquoi une maudite mouette l'avait choisi, lui, pour le suivre tout le temps ? Elle l'avait survolé quand il était allé en ville ce matin, avant de piquer sur lui comme un Stuka pour le bombarder de fientes, le manquant d'un cheveu. Plus tard, alors qu'il s'affairait dans le maigre potager planté pour participer à l'effort de guerre, elle avait tourné autour de lui de façon menaçante avant de canarder par surprise son carré de choux. Et finalement, cette saloperie de piaf l'avait surpris aux alentours de dix-huit heures en lui lançant une giclée d'excréments qui était venue s'étaler dans son cou dix minutes à peine après qu'il s'était fait couper les cheveux. Hermie en avait été très étonné parce qu'il s'était toujours plu à croire qu'il s'entendait bien avec les créatures des bois en général et les oiseaux en particulier, bien qu'il fût un gosse des villes. Depuis, il se torturait les méninges pour essayer de comprendre pourquoi cet oiseau hystérique s'évertuait à lui causer tant d'ennuis. À moins, bien entendu, qu'il ne fallût y voir une manifestation d'amour. C'est bien ce que faisaient les chats, non ? Ils apportaient leurs prises – souris mortes et autres joyeusetés – en offrande à leurs maîtres. Mais si tel était le cas, pourquoi l'oiseau ne lui jetait-il pas des poissons, au lieu de l'asperger de merde ? Décidément, Hermie n'y comprenait rien. Ce qui était clair en revanche, c'est que tant que cette mouette n'aurait pas jeté son dévolu sur quelqu'un d'autre, c'était sur lui que tomberaient ces déjections célestes. D'ailleurs, il allait finir avec un torticolis à force de regarder en l'air. Une autre pensée lui vint. Peut-être cette mouette lui avait-elle été envoyée comme Jiminy Cricket auprès de Pinocchio, pour le guider dans la vie jusqu'à ce qu'il devienne un véritable garçon ? Mais que venait faire la merde dans cette histoire ? Jiminy Cricket ne chiait jamais sur Pinocchio ; pas dans le film en tout cas. Oh, il avait trouvé. Le grillon chiait certainement sur Pinocchio dans le livre, mais ils avaient supprimé la scène dans le film. Hermie envisagea de demander à Oscy son avis sur la question, mais ce dernier était trop occupé à tousser et ne serait pas disponible avant d'avoir perdu l'usage d'un ou deux poumon. Quant à Benjie, il examinait sa montre pour voir si elle brillait vraiment dans le noir : « Vingt heures trente et une », annonça-t-il comme pour prouver sa phosphorescence. Oscy lui défonça l'épaule, et Benjie s'écroula à vingt heures, trente et une minutes et trois secondes. « Je t'emmerde, Oscy. » Certaines choses ne changeaient jamais.

Hermie était assis devant la confiserie et lisait le dernier numéro de *Jungle Comics* sans en perdre une miette. L'œil rivé sur sa montre, Benjie avait pris place à côté de lui. Il chronométrait Hermie, ce dont ce dernier n'avait nullement conscience, car il était plongé jusqu'au cou dans les broussailles tropicales ; il se balançait d'arbre en arbre aux côtés de Sheena, reine de la jungle, le long de douze dessins lascifs – et en couleurs – par page. Chacune de ces images révélait un angle nouveau de l'anatomie agitée de Sheena. Des cuisses puissantes et un buste rebondi palpitaient sous une peau de léopard en lambeaux. Ces reins ceints et ce nombril agressaient les yeux et le cerveau de Hermie, venaient frapper sa rétine et secouaient l'intérieur de sa jeune boîte crânienne. Même les carnivores représentés sur les planches se détournaient des zèbres qu'ils étaient en train de dévorer pour contempler cette jeune femme bondissante. Et ils envisageaient, en la voyant, de changer immédiatement de régime alimentaire. Il y avait là un lion qui bavait comme un robinet. Et aussi un tigre qui avait l'air chaud comme la braise. Hermie n'avait jamais bien compris pourquoi on appelait ces livres des « comics ». Ils n'avaient rien de drôle. À la rigueur, Mickey Mouse était amusant, mais il n'y avait pas de quoi rire en lisant *Sheena, reine de la jungle.* Sheena pouvait rendre un homme dingue pour la modique somme de dix *cents.* Hermie activa ses yeux à rayons X pour tenter de voir à travers la peau de léopard du dessin numéro neuf, celui dans lequel Sheena avait les jambes écartées d'au moins un kilomètre pour sauter par-dessus un dangereux précipice, et dans lequel elle hurlait : « *Yaaaaaaa, Sheena !* »

La voix de Benjie, chronométreur officiel et indécrottable crétin de la bande, se fit entendre : « Ça va faire sept minutes que tu es sur cette page.

— Je préférerais être dedans.

— Sept minutes et sept secondes. Tu ne lis vraiment pas vite.

— Qui te dit que je lis ?

— Sept minutes et quatorze secondes. Qu'est-ce que tu fais alors… tu l'apprends par cœur ?

— Oui.

— Tourne la page.

— C'est la dernière.

— Alors ferme le livre.

— Ferme ta gueule. »

Oscy sortit de la confiserie au moment même où Hermie s'apprêtait à rouler le *Jungle Comics* pour matraquer le crâne de Benjie. Oscy était sorti en sifflant et avec une démarche si nonchalante que, de toute évidence, il venait de voler quelque chose. Intérieurement, Hermie se trouvait encore dans sa bande dessinée, à mi-chemin de la cuisse gauche de Sheena, celle que l'imbécile de singe reluquait avec tant d'intérêt, quand Benjie lui enfonça son coude dans les côtes. Cela mit fin à la rêverie de Hermie juste au moment où ses yeux à rayons X venaient de changer la peau de léopard de Sheena en cellophane. C'était un coup dur ; Hermie se retourna aussitôt vers Benjie, roula l'album et le frappa de ses cinquante-deux pages.

Oscy passa devant eux comme une ombre et se trouvait déjà loin dans la rue quand Hermie acheva de fustiger Benjie. Ce dernier reçut tous les coups sur son avant-bras droit, évitant d'exposer son poignet gauche et la montre qui y était accrochée. En fait, il l'avait même enfoui dans sa poche pour plus de sûreté. Benjie se leva d'un bond, insulta Hermie et partit à la poursuite d'Oscy. Hermie se redressa du mieux qu'il pût ; autant dire qu'il n'était pas franchement droit comme un i. C'est avec regret, mais également une certaine lucidité, qu'il remit le *Jungle Comics* sur l'étalage où il finirait sans doute par pâlir et mourir. Car personne n'achetait jamais de bandes dessinées. Elles étaient placées au milieu des autres journaux pour être lues gratuitement, comme un service public, il fallait seulement éviter de se faire prendre, car le vieux Prowdy était capable de vous filer des coups qui ne laissaient pas la moindre marque. Pour Hermie, il était temps de dire adieu à Sheena et à son nombril étincelant (du moins jusqu'au mois suivant), et rebonjour à Oscy, à Benjie et à la folie du quotidien.

Oscy les conduisit dans un endroit discret, là où personne ne pourrait surprendre ses machinations criminelles. Là, il sortit un objet de chrome brillant qu'il exhiba à ses compagnons comme s'il s'agissait d'une pierre précieuse, l'œil d'une idole ; mais ce n'était qu'un harmonica. Benjie ne voila pas son mécontentement : « Qu'est-ce qui t'a pris de piquer un harmonica ? »

Oscy haussa les épaules en souriant : « Ça m'est venu sur le moment. » Il fourra l'harmonica dans sa poche et s'éloigna.

Benjie le suivit : « Tu devais piquer un cerf-volant !

— Je ne sais pas me servir d'un cerf-volant.

— Tu ne sais pas te servir d'un harmonica non plus.

— Je peux apprendre.

— Seigneur, Oscy… comment on va le faire voler, cet harmonica ? »

Oscy décocha une pichenette au moucheron Benjie et n'y prêta plus attention. Pendant ce temps, Hermie traînait à quelques mètres derrière, rêvant d'allonger Sheena sur sa table à rayons X secrète où il pourrait se livrer librement à ses expériences diaboliques sur son anatomie, avec Komo pour seule compagnie, son fidèle serviteur dont la principale mission consistait à ne pas laisser entrer sa mère.

Toujours à bonne distance de ses deux amis, Hermie avançait dans la grand-rue. Sheena était si vivante dans son esprit et dans son pantalon qu'il n'avait aucune envie d'entendre ses copains se chamailler. Devant lui, il vit Oscy passer l'harmonica sur sa bouche puis se pincer la lèvre supérieure en essayant de jouer un *do* dièse. Benjie éclata de rire. Mais quand Oscy réussit à libérer sa lèvre et commença à taper sur Benjie avec l'harmonica, ce dernier, soudain beaucoup plus diplomate, se montra immédiatement plein de compassion.

Hermie perdait de plus en plus de terrain sur ses amis, comme un coureur de fond qui sait désormais qu'il ne gagnera pas. C'était vrai ce que l'on disait sur les athlètes : dès que le sexe se mettait à occuper leur esprit, ils pouvaient dire adieu à leur carrière. Un boxeur qui se mariait était fini. Le jour où un joueur de football baisait pour la première fois, il n'avait plus qu'à raccrocher ses crampons. C'était une des lois fondamentales du sport. Ce n'était pas le genre de trucs qu'on expliquait à la radio, mais tout le monde savait ça. Même le dernier des crétins. Le plus intéressant, c'était de savoir pourquoi tant d'athlètes persistaient, alors qu'ils signaient du même coup la fin de leurs prouesses. La tête de Hermie se tourna soudain vers la droite et son regard se planta sur un torse de mannequin recouvert d'un vêtement à pois, exposé dans une vitrine. Pendant un bref moment, ses yeux ne furent que deux pois de plus, tournant dans tous les sens, cherchant à comprendre ce qui avait attiré leur attention. Au bout d'un moment, Hermie parvint à faire le point sur le maillot deux pièces qui habillait une forme féminine sans bras, ni jambes, ni tête. Il n'y avait que les bons morceaux, et ils semblaient peints régulièrement d'une couleur qui donnait à la chair un aspect bronzé, un peu chocolat et très excitant. Les paupières de Hermie se mirent à papillonner tandis qu'il réalisait ce qu'il était en train de regarder. Devrait-il à tout jamais se contenter d'observer, à défaut de participer ? Était-il condamné à n'être qu'une infernale bombe sexuelle à retardement qui tictaquait dans les limbes, jusqu'au jour où le compte à rebours s'achèverait et où il exploserait, projetant une vague de Herm et de sperme sur le mur d'une maison de correction ? Et qui, ce jour-là, viendrait identifier ses restes, si sa mère était trop gênée parce que son fils était un saint et qu'en aucun cas ça ne pouvait être son pénis qui était coincé là, entre les barreaux de la fenêtre et tendu vers le soleil ? Alors, prenant le taureau par les cornes, il prit une décision en toute conscience, ici et maintenant, sans plus de tergiversations. Il fallait le faire, et il n'allait certainement pas s'y soustraire. Il allait se mettre là, devant cette vitrine, et regarder le torse droit dans les yeux. Et par le simple effet de sa volonté, le maillot de bain tomberait et une femme à poil surgirait. Puis elle traverserait la vitrine comme Cosmo Topper, enveloppée d'ectoplasme invisible, et il serait là, lui, Hermie au pays des merveilles, tandis que Komo monterait la garde et… *Yaaaaaaa, Sheena !*

« Hermie ? Hé, Hermie. »

C'était Oscy, mais Hermie se dit que Komo allait s'en charger. Ne faites pas attention, Madame. Vous êtes nue et à moi, toute à moi. *Yaaaaaaa, Sheena !*

« Il est encore bloqué. »

Cette fois, la remarque venait de Benjie. Komo,

ne vois-tu pas que je suis occupé ? Débarrasse-toi d'eux. Excusez-moi, Madame, où en étions-nous ?

« Hé ! La belle au bois dormant ! You-hou, Hermie ? »

C'était Oscy à nouveau, bruyant, importun et inévitable. Ce fut donc la fin de la femme nue, qui retourna se figer sur son socle et redevint un maillot de bain à pois. Meeeeerde, Sheena. Komo, t'es viré.

Hermie se retourna et vit Oscy et Benjie, qui étaient revenus sur leurs pas pour le tirer de cette dernière transe. Il savait que les châtier n'aurait pas de sens. Jamais ils ne comprendraient. Comment le pourraient-ils ? Lui-même ne comprenait pas. Oscy pencha la tête de côté et sourit à Hermie : « Tu viens, Hermie ?

— Oui. Tu vas où ?

— En Éthiopie.

— O.K. » Pourquoi pas, après tout ? Qu'avait-il à faire de plus dans le coin ?

Ils serpentèrent le long de la rue et finirent par s'asseoir sur le ponton soutenu par des piliers verts et moussus qui semblaient sur le point de s'effondrer d'un instant à l'autre. Ça devenait une habitude de s'asseoir sur ce ponton, et Hermie aurait bien aimé qu'un raz de marée ou un typhon vienne les balayer. Ce qu'il espérait secrètement, c'était que ses amis périssent noyés tandis que lui serait rejeté sur une île, bien vivant et en sécurité, avec deux filles superbes et son nouveau domestique, Bokoto.

Mais, avec Oscy assis à ses côtés et qui tirait des sons vraiment étranges de son harmonica, il était impossible à Hermie de se projeter où que ce soit. Une véritable symphonie de flatulences. Benjie, quant à lui, regardait le panneau d'affichage de la municipalité et vérifiait certains horaires avec sa montre. Seigneur.

Hermie dissimula ses pensées derrière son expression coutumière de totale stupidité, regardant sans y penser les gens qui embarquaient sur le ferry de 14 h 20 en partance pour le continent. Des gens, des enfants, des chiens, des voitures, des charrettes, on aurait dit le dernier train quittant la Pologne. Et puis ils étaient là aussi : l'homme et la femme. De nouveau, à sa vue, à la simple évocation de son nom (quel qu'il fût), son sang bondit dans ses veines.

L'homme était vêtu d'un uniforme militaire et avait un sac à l'épaule. Il arborait des décorations de toutes sortes, avec autant de couleurs qu'une salade de fruits. La femme – raaaaah… la femme – portait un jean délavé, un chemisier trop grand, son bronzage, ses cheveux et ses doux yeux verts embués. Le cœur de Hermie envisagea de s'arrêter pour toujours, car quelle meilleure façon de mourir que face au sublime ? La femme s'accrochait à l'homme, essayant de ne faire qu'un avec lui. Il s'en allait. Elle savait qu'il devait partir. Mais elle ne savait pas quand elle le reverrait. C'était toujours la même histoire, mais pour Hermie, qui la voyait jouée pour la première fois ailleurs que sur un écran de cinéma, la scène parut étrangement inédite. Les amants se trouvaient pile au centre de la foule, comme le Kansas sur une carte des États-Unis, tout le monde allait et venait autour d'eux, se bousculant pour embarquer. Il y avait des adieux dans l'air, et la femme continuait à sourire, sans tromper personne.

Tout ça était si étrange. L'un comme l'autre, ils auraient pu être noyés par le flot des gens, mais non. C'était comme s'ils se tenaient sur un piédestal pour que Hermie puisse observer leur douleur et en tirer une leçon. Le piédestal pivotait très lentement sur lui-même, tandis que les autres passagers du ferry passaient comme en glissant devant les amants trop occupés à se quitter pour les remarquer. Lentement, très lentement, les amants tournaient, les yeux fixés à jamais l'un sur l'autre. L'homme retira sa casquette et, plaçant son bras autour de la femme, l'attira contre lui pour un long, un très long baiser, qui sembla durer une éternité. Comment pouvaient-ils le prolonger à ce point sans céder à la tentation d'aller plus loin ? Quelle maîtrise de soi. Quel homme. Quel athlète.

Tous les passagers étaient enfin à bord. Tous, sauf les amants. Et au moment où le ferry commença à quitter la rive, où les amarres s'envolèrent, où l'on retira les passerelles et où les chiens se mirent à aboyer, Hermie se dit qu'il devait les prévenir, leur dire quelque chose. Derrière lui, Oscy soufflait dans son stupide harmonica, mais rien ne pouvait altérer la beauté tragique de cet instant.

Le baiser s'acheva enfin et les amants se séparèrent. L'homme se rendit compte que le ferry commençait à s'écarter de l'embarcadère. Sans paraître troublé le moins du monde, il lança son sac vers le ferry. Le bagage flotta dans l'air comme un ballon d'hydrogène et sembla mettre une demi-heure à atteindre le bateau. Pendant ce temps, l'homme se tourna vers la femme, prit son beau visage entre ses grandes mains et déposa un dernier baiser sur son front au moment même où le sac atterrit silencieusement sur le pont arrière. Les amants se quittèrent, leurs doigts jouant sur des pianos invisibles. Puis l'homme bondit pour franchir les vingt mètres qui séparaient le ferry du quai. Il vola majestueusement au-dessus de l'eau, franchit le parapet du ferry et retomba brillamment sur la pointe des pieds, véritable Doug Fairbanks des temps modernes, souriant, saluant, magnifique.

Hermie se retourna pour regarder la femme et vit qu'elle avait changé. Seule désormais, elle agitait son joli bras en direction de la mer tandis que le vent faisait doucement onduler ses beaux cheveux. Elle était Anna Karénine, Hélène de Troie, la Dame du Lac. Et en fond musical, il y avait cet harmonica enjôleur. Un virtuose. Larry Adler se produisant pour l'Armée britannique. Borrah Minevitch faisant de même pour la Russie. Oscy, le vilain canard, jouait comme un cygne.

Hermie se retourna pour jeter un dernier

coup d'œil au bateau qui disparaissait rapidement dans la baie. Il était si loin maintenant que l'homme était redevenu anonyme. Il n'était qu'un passager de plus, un point sur le 14 h 20.

Hermie posa de nouveau son regard sur la femme. Sa main était encore secouée des frémissements de son ultime signe d'adieu, un dernier sourire pâle plissait sans conviction son visage envahi par le chagrin. À cet instant, figée sur ce quai, avec ces larmes qui se formaient dans ses superbes yeux, elle était la plus triste des créatures dans le plus triste des mondes. Avec ses cheveux parsemés de fleurs multicolores, elle était Ophélie. Avec du poison encore chaud sur les lèvres, elle était Juliette. Avec un sanglot en train de se frayer un chemin dans sa gorge, elle était June Allyson. Greta Garbo, Lana Turner, Linda Darnell. Le thème obsédant de l'harmonica s'étirait jusqu'au ciel, d'où il puisait certainement sa force, et la robe diaphane de la jeune femme disparut progressivement grâce à la magie des yeux à rayons X de Hermie, dévoilant avec netteté ses seins ivoire délicieusement décorés de deux cerises rougeoyantes. Puis sa robe se défit, une brise se leva et le vêtement se détacha d'elle, glissa…

« Hé, Hermie ? Tu rêves ? »

Merde, c'était Oscy.

« Youhou, oh, Hermie ? »

Merde, c'était Benjie. Merde, merde, merde.

Hermie fit volte-face et tomba nez à nez avec Oscy et Benjie qui souriaient comme deux crétins. Ils étaient debout côte à côte et ce sourire imbécile semblait s'étirer de l'oreille droite d'Oscy à la gauche de Benjie – l'entre-deux étant principalement composé de dents, autrement dit du dur labeur de l'orthodontie.

Hermie tourna les talons pour voir la femme une fois de plus, en capturer une dernière image, une photo pour son journal intérieur, une place sur le mur de son cœur. Mais elle était déjà partie et il n'aperçut qu'une petite espadrille blanche qui tournait à un coin de rue. Elle était redevenue une simple femme en jean délavé. Quant à l'harmonica, il avait retrouvé son abominable timbre, parce que Oscy ne savait pas jouer et que personne n'y pourrait jamais rien.

Hermie, fou de rage, se retourna vers ses deux soi-disant copains, montrant une colère telle qu'Oscy posa son harmonica et recula, sans pour autant se départir de son sourire. « Vous deux ! hurla Hermie. Vous ne la fermez jamais ! Pourquoi vous ne vous taisez pas une fois de temps en temps ? Hein ? Pourquoi vous n'essayez pas de la fermer, à l'occasion, juste pour réfléchir ? Ou pour lire ? Vous ne lisez jamais ! Rien !

— Moi, je lis, Hermie », répliqua Oscy, puis désignant Benjie du pouce : « Et Benjie, lui, il regarde les images.

— Vous me rendez malade ! Vous n'avez pas idée ! Autant l'un que l'autre ! Vous me donnez envie de vomir ! » Hermie était dans une colère noire.

Benjie recula, feignant la peur : « S'il vous

plaît, monsieur, ne vous en prenez pas à moi. Je ne suis qu'un gosse. »

Hermie s'apprêtait à réduire Benjie en bouillie quand Oscy intervint avec un tact remarquable : « Hermie, ton problème c'est que tu es un rêveur.

— Je rêve, oui ! Et alors ? »

Oscy passa son bras autour de l'épaule de Hermie et l'entraîna dans la rue : « Tu vois Hermie... c'est quand tu dors que tu es censé rêver. Si tu rêves éveillé, les gens penseront que tu es complètement siphonné ! » Il chercha confirmation auprès de Benjie qui leur avait emboîté le pas : « Pas vrai, Benjie ? »

Ce dernier avait les yeux fermés et les bras tendus comme un somnambule : « Ne me réveille pas, je rêve. »

Incapable de contenir son exaspération plus longtemps, Hermie chassa violemment le bras d'Oscy de son épaule et s'arrêta, car il est difficile de laisser libre cours à sa colère quand on marche. Pour ça, il faut être immobile, serrer les poings, faire monter le sang jusque dans son visage – autant de conditions que Hermie s'empressa de remplir avant de déverser sa bile, les dents tellement serrées qu'elles ne laissaient pas passer l'air : « O.K. vous deux. J'en ai marre de toujours traîner avec vous. Vous êtes des moins que rien. Tellement en dessous de tout que c'en est incroyable. Vous êtes stupides et idiots. Vous n'avez pas la moindre idée de ce qui se passe dans le monde. Pas l'ombre de l'ombre d'une idée. »

Cet illogisme désarçonna quelque peu Benjie : « Ce qui se passe dans le monde ? »

Hermie se tourna vers lui : « Merde, mais c'est quoi ton QI à la fin ? »

Benjie se tourna vers Oscy : « Qu'est-ce qu'il entend par "ce qui se passe dans le monde" ? »

Oscy sourit à Hermie : « Dis-lui. »

Hermie s'exécuta : « Tu as le QI d'une huître ! »

Sur quoi Oscy conclut : « Exact. »

Hermie les planta là. Ses amis eurent le bon sens de ne pas le suivre. S'il devait entrer une fois de plus dans une de ces phases où il était aussi sombre qu'étrange, autant que ce soit sans eux. Ils ne se donnèrent même pas la peine de crier dans son dos, même s'ils savaient à quel point cela le mettait hors de lui. Non, se dirent-ils, qu'il aille en paix. Ça valait mieux pour tout le monde et à tout point de vue.

Sur le chemin du retour jusqu'à chez lui, Hermie essaya de mettre un peu d'ordre dans le chaos qui lui servait de crâne.

Mais tout ce qui lui venait à l'esprit, c'était la moyenne des points marqués à la batte par Ernie Lombardi divisée par les mensurations de Lucille Bail. L'équation de sa vie. Et pour tout résultat, il n'obtenait que la confusion la plus totale multipliée par un violent sentiment d'impuissance, multiplié… par la solitude. La mouette qui tournoyait autour de lui ne faisait pas partie de ses calculs, mais elle amena cependant Hermie à accélérer le pas parce qu'un oiseau en l'air était plus menaçant que deux dans un fourré. Il ne savait pas ce qu'il y aurait au dîner mais ce serait forcément mieux que la veille. Ce qui était bien avec sa mère, c'est que dans sa cuisine une escalope ne frappait jamais la même assiette deux fois de suite.

6

Un soleil du feu de Dieu resplendissait haut dans le ciel, chaud comme il se doit pour un mois de juillet. Les vagues venaient doucement lécher les corps étendus du Trio infernal, immergés à demi comme autant de baleineaux échoués. Benjie maintenait son bras gauche en l'air comme un périscope pour protéger sa précieuse Ingersoll des embruns. Oscy, pour prouver qu'il n'était pas mort, descendit son maillot de bain de quelques centimètres – côté ventre – pour que l'océan passe à travers et vienne le titiller au bon endroit. « J'aimerais, dit Oscy, implorant une fois de plus les cieux. J'aimerais que quelqu'un envahisse cette île de malheur. Je deviens fou. Fou, vous m'entendez ? Fou ! » Comme pour en apporter la preuve, il eut un rire dément et reçut des éclaboussures salées dans la bouche. En prime, un petit crabe se glissa dans son maillot où il fit quelques dégâts avant de se retirer grâce à une vague refluante.

Benjie leva les yeux vers son bras et se fendit

d'une observation profonde : « Quinze heures moins onze. » Personne ne releva son commentaire, et l'univers ne s'en porta pas plus mal.

Oscy reprit ses esprits : « Mon crétin de frère est dentiste dans l'Armée. Je n'en reviens toujours pas. Lui qui était si costaud quand il était gosse. Dentiste. Vous voulez que je vous dise, il me fout la honte. »

Benjie intervint : « Mon frère est cuisinier dans la Marine. Il dit qu'on va lui donner le Purple Heart pour son roast-beef. » Benjie se mit à rire.

Hermie poursuivit : « Ma sœur est au lycée. » Il regretta immédiatement d'avoir dit ça. Ça ne pouvait que lui attirer des ennuis. Ce qui ne se fit pas attendre.

Benjie, le roquet, entama les hostilités : « Comment se fait-il que tu n'aies pas de frère, Hermie ?

— Ma sœur a un frère. Ça revient au même. »

Hermie songea que si ça s'arrêtait là, il s'en tirerait à bon compte. Mais ça ne s'arrêta pas là.

« Moi je crois plutôt que ta sœur a une sœur. » Venant de Benjie, la pique était si fine que Hermie en fut momentanément déstabilisé.

Le temps qu'il apprécie toute la profondeur de l'insulte, Oscy s'était mêlé à la conversation : « Moi, quand je partirai, j'irai dans les Marines. J'adore leur uniforme. »

Benjie avait sa préférence lui aussi : « Moi, je serai Ranger. »

Oscy décida de taquiner Benjie. Celui-ci démarrait tellement au quart de tour que ça n'en valait souvent même pas la peine. Mais Oscy s'ennuyait tellement ce jour-là. « L'Armée c'est l'Armée, tout le monde a le même uniforme. On t'a baratiné en te disant que les Rangers étaient une organisation à part. C'est faux, Benjie, c'est complètement faux et stupide. Mais ça ne m'étonne pas de toi. »

Benjie s'insurgea : « C'est des conneries ce que tu dis. On porte un truc sur le bras qui dit clairement : "Ranger". »

Oscy riposta : « De loin, on a quand même l'impression que tu es dans l'Armée.

— Conneries ! Le type qui s'approche, il voit bien que tu es un Ranger.

— Tu racontes n'importe quoi. Le temps que le type s'approche pour lire ton bras, tu as le temps de mourir dix fois.

— C'est toi qui racontes n'importe quoi, Oscy. Parce que longtemps avant que le type...

— Il doit bien y avoir des filles, sur cette île perdue. » C'était Hermie qui reprenait la parole, donnant des nouvelles de son coin du terrain où aucun ballon n'était tombé depuis des siècles.

Oscy roula sur lui-même dans la vague, préférant de beaucoup dialoguer avec Hermie que de supporter ce nigaud de Benjie : « Et toi, Hermie, tu comptes aller dans quelle armée ?

— Mon père dit que la guerre sera finie avant que j'aie l'âge de la faire. Alors je n'irai nulle part. »

Cette réponse déplut à Oscy. Elle était trop sèche, montrait trop clairement que Hermie n'était pas d'humeur à débattre ; Oscy se mit alors en tête de le faire réagir à tout prix : « Qu'est-ce qu'il en sait ton père ? Il est représentant de commerce.

— Il lit le *New York Times.* Et puis laisse tomber, Oscy, je sais ce que tu essaies de faire et tu n'y arriveras pas. »

Oscy se roula de nouveau dans l'eau et passa silencieusement le relais à Benjie, qui releva le défi avec noblesse : « Tu sais ce que c'est ton problème, Hermie ?

— Oui. Toi.

— Ton problème, c'est que tu as une sœur au lycée. »

Hermie ne voulait pas se laisser entraîner dans cette conversation, mais l'absurdité de cette remarque l'énerva tellement qu'il y fut happé comme dans un siphon : « Tu pourrais m'expliquer ce que tu veux dire par là ?

— Ce que je veux dire, c'est que si tu avais un frère sur le front, ton père ne ferait peut-être pas autant le malin.

— J'ai un cousin sur le front. Ronald. Il est commandant dans les îles Aléoutiennes. À Kiska, si tu veux savoir.

— Un cousin ça compte pas comme un frère.

— Pour son frère, si.

— Qu'est-ce qui me dit qu'il a vraiment un frère ?

— Il en a un.

— Ouais. Sauf que sur ce point je n'ai que ta parole, Hermie. »

Hermie roula à son tour sur lui-même. Ça ne servait à rien de discuter avec des imbéciles et il s'en voulait d'avoir essayé. Il déclara alors forfait : « Je ne sais pas pourquoi je parle à des crétins comme vous. Vous êtes des abrutis. »

Oscy était revenu dans la course, s'exprimant avec une douceur teintée de menace : « Hermie, il faut que tu arrêtes de nous insulter. Nous sommes en guerre, tu sais.

— Seigneur », marmonna Hermie. C'était précisément le genre de remarques qui lui faisaient préférer la compagnie des escalopes et des mouettes à celle de ses plus chers et proches amis.

Oscy s'était relevé. Debout et souriant. Lorsque son ombre passa sur la figure de Hermie, ce dernier leva les yeux. Quand Oscy était debout et qu'il souriait ainsi, c'était qu'il y avait de l'électricité dans l'air : « Écoute, Hermie… en guise de punition, comme je ne veux pas ta peau, je vais me contenter de te confisquer ta stupide chemise. » Il s'exécuta. « Je te la rendrai quand tu auras appris ce qu'est le patriotisme. »

Oscy s'éloigna avec la chemise de Hermie qu'il tenait par la manche et traînait dans ces saletés qu'on trouve souvent bien alignées au milieu de la plage, là où les vagues rejettent tout ce qui pue. En fidèle Igor, Benjie, le plouc lourdaud, se leva et suivit Oscy. Hermie ne bougea pas et se contenta de regarder. Le moment était venu de comprendre pourquoi il n'allait pas tirer sa chemise des griffes du Kaiser Oscy. Premièrement, se dit Hermie, il n'aimait pas particulièrement cette chemise – c'est d'ailleurs pourquoi il la portait toujours pour aller à la plage et nulle part ailleurs. Deuxièmement, s'il ne récupérait pas son bien, il serait relativement facile de rapporter les faits à sa mère, la Vengeresse Pourpre, qui les rapporterait à son tour à la mère d'Oscy, la Tigresse ; et après ça, non seulement la chemise lui serait restituée, mais Oscy se retrouverait au pain sec et à l'eau pendant une semaine. Malheureusement tout cela n'était que pure spéculation. La vraie question était la suivante : est-ce qu'une chemise à carreaux vert et jaune, à manches courtes et en coton non traité valait la peine qu'on se batte pour elle, juste pour une question de sens de la propriété ? La réponse était évidente. On se bat pour une chemise McGregor. Mais pour du prêt à porter, ce qui était le cas ici, on laisse tomber. Je t'emmerde, Oscy. Étouffe-toi avec.

Moins de quinze mètres plus loin sur la plage, Oscy fit marche arrière et revint – sans toutefois s'étouffer. Benjie, le poisson pilote, rebroussa chemin avec son maître. Oscy s'arrêta au-dessus de Hermie et laissa tomber la chemise sur lui comme un parachute. Hermie resta immobile, impassible. « Et que ça te serve de leçon. »

Bien que la tête de Hermie fût presque entièrement recouverte par l'abomination qui rétrécissait au lavage, son champ de vision n'était pas complètement oblitéré. Par la manche de la chemise, il scrutait d'un œil le bout de la plage. Cet œil expliqua au cerveau ce qu'il voyait. Le cerveau en informa le cœur, qui transmit le message au pénis, lequel commença à s'enfoncer dans le sable mouillé comme une pelleteuse miniature.

Elle était là. Silhouette gracile qui marchait vers l'océan. La femme. Elle s'avança jusqu'à choisir un emplacement, dont elle revendiqua la possession pour l'éternité en y étendant sa serviette. Cette dernière flotta un moment dans la brise, bannière de l'amour, sémaphore de la passion.

Voix d'Oscy : « Qu'est-ce qu'il regarde ? »

Voix de Benjie : « C'est encore cette femme. »

« Encore cette femme » était allongée sur le dos et prenait le soleil. Son maillot de bain étincelait, car il était composé de dix mille diamants véritables, dont chacun avait été taillé à la perfection par un joaillier belge différent, mort heureux une fois le travail accompli. Ses jambes, aussi bien celle qui avait le genou relevé que celle qui reposait à plat, étaient longues, lisses et belles. Elles étaient superbes et identiques : il n'y avait qu'à faire son choix. Derrière ses lèvres humides et entrouvertes scintillaient trente-deux petites dragées blanches soigneusement choisies. Elle avait les cheveux défaits et, bien que le vent soufflât fort, ils semblaient flotter délicatement sous la douce caresse d'un zéphyr. Ses longs cils voilaient les iris couleur d'émeraude qui reposaient sous ses paupières diaphanes. Et tout ça, Hermie pouvait le voir d'un seul œil, situé au niveau du sol, et à trente mètres de distance. Même un joueur émérite comme Ted Williams n'aurait pu faire mieux.

Voix d'Oscy : « Seigneur, Hermie, tu vas encore entrer en transe ? »

Voix de Benjie : « Hé, attention à la transe ! »

Hermie ne prêta attention ni à l'un ni à l'autre. Sans doute leurs voix avaient-elles été couvertes par celle des anges. Il repoussa sa chemise pour que son second œil puisse entrer en jeu et lui dire si son imagination ne lui jouait pas des tours, si c'était vraiment elle. Pendant un moment, le temps que sa vision fasse la mise au point, ce furent plutôt trois « elle » qui prirent place devant lui. Puis quatre. Puis une douzaine, tournant comme dans un kaléidoscope. Mais quand le mouvement cessa, il n'y en eut plus qu'une, aussi nette qu'il est possible de l'être. Des larmes montèrent aux yeux de Hermie. Il avait du mal à comprendre pourquoi. Le simple fait de la regarder le faisait pleurer. Qu'est-ce que ça pouvait bien vouloir dire ? Pourquoi pleurait-on en contemplant la beauté ? Quelle émotion profondément enfouie le spectacle de sa splendeur avait-il suffi à mettre au jour ?

Voix d'Oscy : « Je te jure, Hermie, je ne sais pas ce que tu as. Cette femme est vraiment très vieille. Je ne vois pas ce que tu lui trouves. »

Voix de Benjie : « Hé, attention à la transe. »

Hermie savait, parce qu'il pouvait se servir de sa sœur comme point de repère, que si cette femme avait plus de vingt-trois ans, ça ne pouvait être que de quelques minutes. Il l'observait encore lorsque le genou relevé descendit et que celui qui était vice devint versa. À la vue de ce simple geste, Hermie eut l'impression que la foudre venait de s'abattre en plein dans son cœur, sans parler de ce qui se passait au même moment en dessous de sa ceinture.

Voix de Benjie : « C'est peut-être son esprit. Peut-être que leurs esprits se rencontrent et se disent bonjour. »

L'image de cet amour en position allongée se mit soudain à trembler, parce que quelqu'un – Oscy vraisemblablement – le poussait dans le creux des reins avec un pied couvert de sable, dont l'un des ongles avait une petite peau répugnante qui en dépassait. « Va dire bonjour à son esprit, Hermie, Va. »

Hermie leva les yeux vers Oscy et le soleil aveuglant qui brillait derrière lui : « La ferme, Oscy.

— Non. » Oscy remit brutalement Hermie debout : « Si c'est l'amour de ta vie, alors va lui dire bonjour. »

Hermie planta son regard droit sur le visage d'Oscy et en détesta chaque millimètre. Il aurait bien aimé lui faire avaler toutes ses dents mais il n'avait pas envie de se faire tuer. Il essaya plutôt de décrypter son sourire. L'expérience lui avait appris que si le sourire d'Oscy remontait vers la gauche, il était de bonne humeur. Mais s'il remontait vers la droite… attention danger. En l'occurrence, le sourire en question remontait des deux côtés. Le chien montrait les crocs tout en remuant la queue. Allez comprendre.

Oscy posa ses deux pattes sur les épaules de Hermie. Puis il le fit pivoter dans la bonne direction et, avec douceur mais fermeté, poussa Hermie vers la femme : « On veut te voir lui dire bonjour parce que si ça se trouve, t'es un vrai don Juan et on ne le sait même pas, alors… » – il poussa un grand coup, projetant Hermie d'environ un mètre cinquante vers elle – « … va dire bonjour Hermie, va dire bonjour. »

Hermie se laissa porter par le mouvement. Il se haïssait d'être aussi lâche, mais il louait aussi son intelligence, car celui qui a assez peur d'Oscy pour le fuir s'offre la possibilité de le fuir un jour de plus. Qui plus est, Hermie savait au fond de lui que, même si Oscy et Benjie n'avaient pas été là, il aurait tenté une approche pour essayer de voir ce qui pourrait plus ou moins en sortir. Hypocrite. Menteur. Lâche. Mais un lâche qui mentait intelligemment. Et qui sortait un tas de conneries.

Hermie marcha du mieux qu'il put, ce n'était pas si mal si l'on considérait qu'il était partagé, tiraillé, tout autant par le désir que la peur. Il se rapprochait de plus en plus d'elle, réduisant le vide immense qui les séparait, et se rendit bientôt compte que son maillot de bain n'était peut-être pas vraiment fait de diamants, après tout, mais d'une matière très fine et si près d'être transparente qu'on en avait le souffle coupé. Ou bien était-ce seulement l'effet de ses yeux à rayons X braqués sur elle ? Seul le temps le dirait. En avant toute.

Les dieux invoquèrent de nouveau l'harmonica magique qui se mit à bercer l'air de sonates exotiques, pour le plaisir des habitants de l'Olympe. Hermie ne daigna pas se retourner pour vérifier si la musique venait d'Oscy, car Oscy ne savait tout simplement pas jouer. Ce qui signifiait que ça ne pouvait que venir de Benjie, ce qui était encore plus improbable. Devant lui, elle était étendue, baignée de soleil et, merveille des merveilles, elle ne transpirait pas. Il n'y avait pas une goutte de sueur sur tout son corps. Elle ne transpirait pas. C'était tout bonnement extraordinaire, car qui peut en toute honnêteté désirer une femme qui sue ? Un singe, peut-être.

Était-elle en train de rêver de lui ? Pouvait-elle détecter sa présence grâce à un instinct mystique ? Il était Errol Flynn en chasse ; Tyrone Power tout droit descendu du jardin d'Éden ; Gary Cooper s'avançant pour décocher un coup magistral pendant que Teresa Wright l'observait, triturant d'inquiétude son mouchoir, depuis les tribunes. Hermie rôdait autour d'elle comme l'aurait fait une meute de loups. Silencieux et furtif. Elle était le centre de l'univers et Hermie, son périmètre écumant. Et comme il tournait en rond, il avait de nouveau l'impression qu'elle se trouvait sur un présentoir pivotant, offerte à son regard curieux qui la détaillait sous toutes les coutures, pour son plus grand ravissement. Ses orteils étaient de petits bijoux. Ses cuisses, gravées dans l'albâtre. Ses doigts, des accroche-cœurs étourdissants. Ses épaules et ses coudes étaient… reliés au reste du corps. De l'or égyptien ornait ses oreilles fines et ciselées comme des coquillages. Ses cheveux, de la soie pure. Ses cils, du velours. Quant à ces voix, c'étaient celles d'Oscy et de Benjie :

« Hé, la dame en maillot bleu ! Attention, voilà Jack l'Éventreur !

— C'est Gaston le Teuton, l'espion nazi !

— C'est un obsédé sexuel !

— Hermie le roi du cuissage ! »

Hermie se figea en voyant la princesse se réveiller et battre ses cils délicats, signifiant que son repos royal venait d'être troublé par les voix rauques de ces mortels mal dégrossis. La trajectoire de Hermie, jusqu'à présent tout en courbes, se changea aussitôt en ligne droite – dans l'autre direction. Il ne jeta qu'un seul et dernier regard à la déesse étendue qui, avec grâce et majesté, prit appui sur ses deux coudes pour se redresser tandis que les rideaux se levaient lentement sur les trèfles d'Irlande qui lui servaient de prunelles. Si le vert des paquets Lucky Strike s'engageait pour la guerre, celui de ses yeux incitait plutôt à déserter. Hermie savait que si jamais elle exerçait sur lui la magie de ses deux émeraudes, il serait perdu à jamais. Il s'éloigna. Et hop, Hermie part au galop. Jamais corbeau ne fila aussi droit. Jamais trouillard ne déserta de façon si manifeste. Hermie avait toujours été rapide – ce n'était pas pour rien qu'il avait fait de la course à pied au lycée –, mais là, sur cette plage, dans ces conditions, il passa sous la barre des dix secondes au cent mètres, performance qui échappait pourtant à l'homme depuis la nuit des temps, et pulvérisa tous les records. Si seulement son coach avait pu le voir. Sa foulée était la perfection même, ses bras se synchronisaient comme jamais, son souffle était sous contrôle absolu. La foule l'acclamait et criait : « Vas-y, Hermie ! » Il avait semé tout le monde, il avait même mis un vent à l'athlète du lycée concurrent, James Madison, et bondi devant le champion de Manual Training, complètement abasourdi. Le gars de Midwood tomba. Celui de Fort Hamilton abandonna. Le coureur de New Utrecht ne sut jamais exactement ce qui s'était passé. Soudain, ils s'abattirent sur lui comme des oiseaux de proie, silencieux et rapides comme des Japs. Oscy l'attaqua par en bas, avec une sorte de coup de pied à mi-hauteur. Benjie l'aurait touché en pleine poitrine si Oscy ne l'avait pas déjà mis à terre. Hermie, étalé sur le sable, eut le temps de voir Benjie passer au-dessus de lui comme un missile, frappant le vide de plein fouet, et atterrir en plein sur le nez. Il aurait du sable dans les muqueuses jusqu'à fin octobre.

Hermie se leva d'un bond ; il allait y avoir du sang sur les murs. Sans un bruit, il serra les poings et avança sur Oscy qui se relevait en riant. Ce dernier se retourna, un peu perplexe de voir Hermie approcher. Puis il sourit, ni vraiment à gauche ni vraiment à droite, ce qui signifiait qu'il ne savait que faire.

Benjie était de nouveau sur ses pieds et, crachant du sable par le nez comme un dragon, il lança une attaque surprise dans le dos de

Hermie. Mais il avait le soleil dans le dos et Hermie, repérant son ombre, l'esquiva d'un simple pas de côté. Benjie passa comme une bombe – le train express de Brighton déraillant – pour aller s'écraser une fois encore dans le néant total, remplissant ses narines déjà irritées de deux autres cargaisons de sable. Le hurlement qui s'ensuivit sembla provenir d'outre-tombe, mais fut royalement ignoré par Hermie qui faisait face à l'instigateur de cette traîtrise, Oscy l'Emmerdeur.

Oscy l'Emmerdeur savait qu'il n'y avait aucun moyen d'éviter la confrontation, ni même de reculer. Benjie le Couillon se remettait péniblement debout, fumant comme un taureau et jurant comme un charretier. Oscy lui fit signe de s'écarter : « Laisse, Benjie, laisse. » Ce qu'il fallait comprendre, c'était qu'Oscy aurait grand plaisir à se charger de cette affaire lui-même. Aussi, le fidèle Benjie obéit en se retirant, et endossa le rôle de spectateur sadique parce que, comme tout le monde le savait, Oscy pouvait réduire Hermie en bouillie.

Oscy était plus grand, plus fort, plus résistant et plus expérimenté. Mais dans le fond, c'était aussi quelqu'un de bien. Il n'avait aucune envie de faire du mal à Hermie car, d'une certaine façon, Hermie était tout ce qu'Oscy n'était pas et avait toujours voulu être : un intellectuel, un poète, un prince. Mais ce petit enfoiré avançait vers lui comme Barney Ross, le poids léger, alors que faire ? Oscy se mit à danser autour de Hermie, lui décochant une série de gauches au visage, retenant ses coups du mieux qu'il pouvait, essayant seulement de montrer à Hermie que combattre n'était pas dans son intérêt. Mais Hermie revenait constamment à la charge, encaissant chaque coup sur le pif en reculant la tête juste au bon moment, de sorte qu'Oscy ne faisait guère plus que l'effleurer. Malgré tout, son visage commençait à se colorer et Oscy s'inquiéta de ne pas le voir abandonner : « T'as ton compte, Hermie ? »

Hermie restait muet, continuant de bouger, de guetter, d'observer le regard d'Oscy et d'attendre cette fameuse ouverture dont son père avait toujours dit qu'elle survenait forcément à un moment ou à un autre, à condition qu'on ne perde pas de terrain et qu'on se protège le menton. Hermie décocha même quelques coups pour exprimer son mépris à Oscy. Certes ses coups n'arrivaient pas à destination, mais avaient tout de même un impact psychologique. De nouveau, il entendit la voix de son père : « Tu envoies quelques droites timides. Tu le laisses croire qu'il n'a rien de plus à craindre. Tu scrutes ses yeux et ses épaules, et tu lui fais comprendre que tu n'as pas peur. » Dans le temps, son père avait livré des combats professionnels, mais Hermie n'avait jamais su s'il les avait gagnés ou perdus. Et s'il les avait perdus ? Bon sang, il était fou de suivre les conseils d'un perdant. Pendant toutes ces réflexions et malgré sa stratégie, Hermie devait encaisser toutes les frappes d'Oscy qui sifflaient dans l'air comme des oiseaux-mouches.

Oscy était de plus en plus préoccupé, car un léger filet de sang commençait à couler de l'un des nobles sourcils de Hermie : « Ça te suffit, Hermie ? Dis-moi quand tu auras ton compte. »

Hermie ne lâchait rien, continuait à décocher des coups dans le vide mais de façon un peu plus méthodique. C'était un coureur de fond, contrairement à Oscy. Plus longtemps il resterait debout, plus il aurait de chances qu'Oscy s'épuise. Il sentit le jus de tomate infiltrer son œil gauche et cligna rapidement des yeux pour s'en débarrasser. Son souffle était régulier, il ne haletait pas. Ses bras n'étaient pas fatigués et son cœur pompait assez d'adrénaline pour lui permettre de tenir un an.

Benjie, qui ne ratait pas une miette du combat, prit peur en voyant le sang sur la figure de Hermie : « Ça suffit, Oscy. Il est fou.

— J'arrête quand tu veux, Hermie », dit Oscy, continuant à se déplacer élégamment autour de lui, sans manifester le moindre signe d'usure.

Hermie tenait bon. Quelques directs supplémentaires d'Oscy donnèrent à sa figure une couleur de betterave. Bientôt, elle aurait la même consistance qu'un potage de légumes chaud ; mais Hermie ne sentait pas la douleur, même s'il avait l'impression que les coutures de son visage craquaient par endroits. Il n'avait qu'une idée en tête : tuer Oscy. Il continuait à avancer, conscient du fait que le cercle qu'ils formaient rétrécissait comme peau de chagrin.

Oscy examina le visage spongieux de Hermie

et décida qu'il n'était pas indispensable que son adversaire admette verbalement sa défaite. Avec le plus grand respect pour la fierté de Hermie et une profonde admiration pour sa ténacité, Oscy annonça d'un ton magnanime : « O.K., Hermie. Ça suffit. » Il baissa également sa garde. Grosse erreur.

Hermie bondit tel un avion de chasse, un Grumman Wildcat lancé dans le ciel par la catapulte d'un porte-avions. Il mit tout le poids de son corps dans son poing droit, qui fendit l'air plus vite que le son et s'écrasa avec force sur le nez d'Oscy. Stupéfait, ce dernier trébucha en arrière en une série de pas d'ivrogne. Déséquilibré, Oscy fléchit les genoux et tomba sans plus de cérémonie sur ses fesses, levant vers Hermie un sourire incrédule. En l'espace de deux secondes, le sang jaillit de son nez comme si une digue venait de céder. Oscy essaya de stopper l'hémorragie, d'abord en reniflant puis en se couvrant le nez avec les mains. Mais le sang continua à couler à travers ses doigts ; alors il regarda Hermie avec un étonnement douloureux : « Ça alors, Hermie. Tu es un sacré bonhomme, tu sais. »

Mais pour Hermie, l'heure n'était pas aux flatteries. Il se jeta sur Oscy les genoux en avant, chacun d'eux prenant une épaule d'Oscy pour cible de manière à le projeter sur le dos. Hermie se tenait à cheval sur lui comme le cow-boy Tom Mix sur Tony, son canasson, le martelant d'une rafale de coups de poing et d'éperons pointus, jouant des gauches et des droites, des genoux et des cuisses.

Son avantage, il ne le conserva pas longtemps. Oscy se cabra, rua et envoya Hermie si haut dans les airs qu'il fit un soleil avant de retomber à plat sur le dos. Pendant une fraction de seconde, les combattants se retrouvèrent allongés tête contre tête sur le sable, comme les aiguilles de l'Ingersoll de Benjie quand elle annonçait six heures pile. Le crâne de Hermie résonnait d'une sonnerie de téléphone et il se demandait s'il ne fallait pas répondre. Oscy en profita pour lui sauter dessus. Du coup, c'était maintenant Oscy qui dominait la situation ; les rôles s'étaient totalement inversés. Oscy l'avait cloué au sol. Il lui enserrait les poignets si fort que son pouls ne mettrait que quelques secondes avant de s'arrêter. Hermie essaya de se cabrer et de désarçonner son cavalier comme Oscy l'avait fait, mais ce dernier avait trop d'expérience pour se faire avoir. À chaque tentative, Oscy lui envoyait son genou dans l'aine, ce qui aurait découragé même un taureau Brahma. Hermie ne pouvait rien faire d'autre que de rester immobile et d'attendre que les mains qui l'emprisonnaient desserrent leur étreinte. Comme il était au-dessus, Oscy prenait un malin plaisir à laisser le sang qui lui coulait du nez venir s'écraser sur la figure de Hermie. Pour éviter les gouttes, Hermie tournait sans cesse la tête d'un côté puis de l'autre parce qu'il avait déjà assez de son propre sang sur la figure, merci. Mais Oscy arrivait néanmoins à viser juste de sorte que, très vite, la tête de Hermie sembla avoir été plongée dans un pot de peinture rouge. Il avait pris un coup au moral. Il était à la merci d'Oscy, mais il aurait préféré se chier dessus en public plutôt que de jeter l'éponge.

Même si Oscy comprenait très bien tout ça, il n'en demeurait pas moins complètement cinglé, au point même de continuer à encourager Hermie dans son combat perdu d'avance, en faisant pleuvoir sur lui une avalanche de coups, quitte à le réduire en purée de poète. Sur sa figure sanguinolente, le sourire tirait désormais définitivement à droite. C'était synonyme d'alerte rouge, Hermie le savait. Mais comme l'otage dans les films avec des nazis, il rassembla tout ce qu'il avait de salive dans la bouche et l'envoya droit sur Oscy. On pourrait appeler ça de la malchance. On pourrait dire que le vent a tourné pile à ce moment, mais le mollard n'atteignit jamais sa cible. Au lieu de ça, il revint sur Hermie comme un boomerang et lui atterrit pile entre les yeux. Oscy ne put s'empêcher de rire, et la tension se relâcha : « Bon, Hermie. Je vais te laisser parce que ça suffit comme ça. Mais n'essaie pas de m'avoir en chacal, d'accord ? »

Hermie ne répondit pas. Il se contenta de regarder Oscy à travers le sang, la salive, le sable, la douleur et la navrante tristesse de la situation. Lentement, en prenant toutes ses précautions, Oscy relâcha son étreinte.

Le coup qu'il reçut au menton fut si parfaitement administré qu'Oscy fut soulevé de quinze centimètres et se retrouva aplati sur le dos, ce qui commençait à devenir une habitude. Il se redressa rapidement, un genou à terre, et constata que Hermie en avait déjà fait autant. Le crochet qui s'abattit sur lui siffla comme une faux et, s'il ne s'était pas protégé de l'avant-bras, Oscy aurait sûrement été décapité. À genoux, ensablés, les deux gladiateurs continuèrent leur combat, projetant du sable et des gouttelettes de sang jusque sur Benjie.

Oscy finit par trouver une ouverture et mit toute sa force dans un ultime uppercut. La tête de Hermie partit en arrière comme une bouteille de soda que l'on décapsule et, en s'écroulant, il vit le ciel bleu et ses propres cheveux qui volaient au vent. Il ne vit rien d'autre pendant ce qui lui sembla durer trois jours.

Oscy se releva et toisa Hermie, répandu sur la plage comme s'il venait de tomber du haut de l'Empire State Building. Il était tellement écrabouillé qu'il ressemblait aux formes à deux dimensions que l'on voit sur les fresques égyptiennes, au Muséum d'Histoire Naturelle. Il avait l'air d'une peinture rupestre, ou encore sorti tout droit d'une campagne contre l'alcool au volant. Il avait l'air mort, et il resta ainsi pendant approximativement dix secondes.

Benjie rejoignit Oscy, choqué de voir Hermie étendu comme une poupée de chiffon. Ils le regardaient, se disant qu'il était vraiment K.-O. Mais à la onzième seconde, le bras vengeur de Hermie revint spectaculairement à la vie – au bout de ce bras, il y avait une main pleine de sable. Il était destiné à Oscy, mais arriva dans les yeux de Benjie qui, aveuglé, hurla : « Sale Jap ! Espèce de saloperie de Jap ! »

Oscy, bien entendu, se roulait par terre à force de rire tandis que Benjie, subitement non-voyant, cherchait à saisir Hermie à la gorge et serrait tellement ses maigres poings que ses ongles s'enfonçaient dans ses paumes. Oscy retint Benjie. Hermie était allongé, aussi immobile qu'une statue. Il n'était pas inconscient, mais il avait son compte. Le sable avait été sa dernière cartouche. Il avait visé Oscy, mais avait manqué son but. Hermie restait donc à terre, incapable de faire ou de penser quoi que ce soit. Bataan était tombé. On entendrait bientôt la Marche Funèbre. Il aurait préféré recevoir une balle en pleine tête. Mets une étoile d'or à la fenêtre Maman, à ma mémoire.

Oscy entraîna Benjie plus loin, et ne le lâcha que lorsqu'ils furent tous les deux pratiquement trop loin pour être vus. Mais de là où il était, Hermie continuait à entendre Benjie jurer en se frottant les yeux, ce qui avait pour seul effet d'y faire entrer plus de sable encore. Oscy se retourna et cria à Hermie : « On te retrouve tout à l'heure, Hermie ! O.K. ? »

Hermie ne répondit pas et ne fit aucun geste. Il se contenta de tourner suffisamment la tête pour voir Oscy agripper fermement Benjie, lequel beuglait des jurons qui n'existaient même pas. Ils disparurent à l'horizon, ressemblant à Abbott et Costello, mais en beaucoup plus drôles.

Quand ils disparurent totalement de son champ de vision, Hermie roula sur lui-même et se remit debout. Le pauvre garçon était dans un si triste état que cela dut lui prendre une bonne heure. Sa chemise était irrécupérable, mais il décida de la garder comme souvenir, peut-être jusqu'à ce que sa mère tombe dessus et en fasse un chiffon. Les jambes en coton, il zigzagua jusqu'à l'océan, le goût métallique du sang emplissait sa bouche. Quand il fut dans l'eau jusqu'aux genoux, il s'y écroula comme un séquoia que l'on vient d'abattre. Sa tête plongea sous l'eau et, partout dans le monde, les lumières s'éteignirent.

La fraîcheur était vivifiante mais le sel brûlait ses plaies ouvertes. Le mélange de ces deux sensations parvenait tout juste à l'empêcher de se noyer d'épuisement. Il se dit que s'il avait découvert les joies du sexe, jamais il n'aurait pu survivre à un tel combat. Dix points pour le célibat. Le jour où les prêtres décideraient de devenir boxeurs, ils remporteraient tous les titres, ça ne faisait aucun doute. Quoi qu'il en soit, il émergea de l'eau tel un marsouin, remplit ses poumons d'oxygène et retourna péniblement vers le rivage. Ses jambes fourbues le portèrent encore quelques mètres, puis il se laissa tomber à plat ventre sur le sable mouillé. Dérangés, des bécasseaux s'envolèrent en piaillant. Appuyant sa tête sur son avant-bras, grimaçant sous l'effet du sel sur ses coupures à vif, Hermie scruta l'horizon. Hitler et Mussolini étaient partis, mais la femme aussi. Avait-elle vu ce combat qu'il avait livré pour elle ? Se doutait-elle qu'il venait tout juste de défier Sherlock Holmes et Dracula en combat singulier ? Bah, il lui en parlerait plus tard. Il se mit debout, prit le chemin de sa maison et à cet instant, pour une raison qui resterait toujours mystérieuse, il se sentit mieux qu'il ne s'était jamais senti de toute sa vie.

7

Hermie passa le reste de la journée dans sa chambre, à méditer. Il ne haïssait pas Oscy. Non, il le comprenait. Oscy n'était qu'un grand gamin, un chien fou, point barre. Tout ce qui l'intéressait, c'était de perfectionner son jeu ; il se moquait pas mal des plaisirs de la vie. Oscy se préoccupait plus de préserver son foutu ballon des égratignures du béton de la rue où ils jouaient : des dizaines de sparadraps étaient collées en croix de chaque côté et, quand on le lançait, on avait l'impression d'envoyer balader une tête amochée de partout. Oscy ne s'intéressait pas encore au sexe, voilà tout. Pourtant, Hermie, arrivé un jour à l'improviste au sous-sol du 81 Ocean Parkway, n'avait-il pas surpris Oscy, son ami le plus cher, en train de se branler devant une photo de Claire Trevor, et ce malgré le fait qu'Edward G. Robinson prenait la pose à côté d'elle ? Et, bien qu'Oscy eût tenté d'étouffer l'affaire en prétendant qu'il s'agissait d'un simple malentendu, n'était-il pas évident, au vu des proportions qu'avait pris la chose, que le sexe ne lui était pas étranger ? Quant à Benjie, c'est la race humaine tout entière qui lui était étrangère ; lui-même n'étant qu'une rature sur la feuille de match des joueurs de l'OPACS, l'équipe de base-ball « Ocean Parkway Athletic Club & Social ». Benjie jouait dans le champ droit, d'une part parce que le club manquait cruellement de joueurs – ce qui rendait Benjie éligible de facto –, et d'autre part parce que c'était le côté le moins vulnérable, étant donné que les bons batteurs gauchers ne couraient pas les rues. Les rares fois où il s'en présentait un, on tirait Benjie de son coma et on le faisait passer à l'opposé, où il pouvait continuer à gober les mouches. Mais en général, c'était sur le champ droit qu'il officiait, avec l'enthousiasme d'un croque-mort. Il conserva d'ailleurs ce même poste lorsque l'OPACS fusionna avec les Kermit Place Eagles dans le but d'aligner enfin une équipe au complet, même si elle n'était composée que de tocards. Benjie était condamné à occuper toute sa vie un poste où il ne se passait jamais rien, il était né pour ça, un vrai désastre. Non seulement il avait deux pieds gauches, mais il lui arrivait même de les confondre. S'il avait été ne serait-ce qu'un tout petit peu plus stupide, on l'aurait probablement mis sous verre pour l'étudier.

Et une fois de plus Tom Mix vous le dit
Et Jane et Jimmy vous le disent aussi :

Les céréales Ralston
C'est du tout bon !

Ainsi s'achevait un nouvel épisode de *Tom Mix.* Bon débarras. Hermie se demandait pourquoi il endurait encore ces conneries. Probablement par nostalgie, parce qu'il écoutait ça depuis qu'il était môme. La radio était toujours allumée quand il cogitait, car il aimait essayer de deviner la prochaine réplique qui sortirait du poste. S'il tapait dans le mille, ça le mettait dans de bonnes dispositions pour se concentrer plus encore. Et s'il se trompait, il devinerait juste la prochaine fois. Après *Tom Mix,* ce fut au tour de *Don Winslow,* qui essayait toujours de se montrer plus malin qu'Ivan Shark et que la Marine japonaise tout entière. Puis il y eut *La Petite Annie,* celle qui n'avait pas de pupilles dans les bandes dessinées, mais qui parlait très bien à la radio – si l'on exceptait ses longues conversations avec son imbécile de chien qui savait seulement dire : « Ouaf ! » Puis vint l'heure du dîner, durant lequel il fit semblant d'être sourd-muet, ce que personne ne remarqua car sa sœur passa la totalité du repas à se plaindre qu'il n'y avait pas d'hommes sur l'île. Quand elle en eut fini avec ses jérémiades, elle quitta la table en larmes et alla se réfugier en courant dans sa chambre où ses seins continuèrent à flétrir doucement. Après le dîner, la mère de Hermie s'installa pour lire *Liberty* pendant que son père, qui était en vacances sur l'île pour quelques semaines, vérifiait les factures et grognait parce que sa femme gaspillait les tickets de rationnement. C'était comme ce poulet qu'ils avaient mangé au dîner : vingt-trois points, rien que pour des os et du cartilage ! On engloutissait tellement de poulets dans sa famille que Hermie était convaincu qu'un jour ou l'autre, en regardant dans la cuvette des W.-C., il tomberait sur un œuf. Hermie s'ennuyait à mourir et, comme il pleuvait, il passa le reste de la soirée à découper des photos de Kay Francis et Jinx Falkenburg, et à leur trouver une place sur son mur, même s'il devait pour cela abattre plusieurs de ses propres avions. Il était tombé sur les deux actrices dans le dernier *Photoplay* de sa sœur, et espérait qu'elle n'en ferait pas tout un plat car, après tout, elle avait déjà découpé Joel McCrea et Don Ameche, sans parler de Smiley Burnette. Dénicher de nouvelles photos de Penny Singleton n'était pas chose facile, tout simplement parce qu'elle n'était pas très demandée. *Fibber Mcgee and Molly* passait à la radio, suivi de *Bob Hope*, qui se trouvait en ce moment même en Alaska où il se gelait les couilles à divertir les troupes en poste là-bas. Peut-être que Ronald, le cousin de Hermie, était dans la salle ? C'était une pensée troublante. Quand il eut éteint la radio, Hermie, allongé dans son lit, pensa à la femme et à l'amour qui était en train de naître dans son cœur. Il s'endormit avec son extraordinaire visage sur l'oreiller à côté de lui. Puis l'oreiller devint la femme tout entière… à qui il fit passer un sacré bon moment. Ce fut un miracle que les plumes ne se soient pas mises à voler partout à travers la pièce. Cela n'aurait rien changé d'ailleurs, parce que Hermie avait atteint le point de non-retour et choisi de poursuivre son délire dans la salle de bains, où il serait plus commode de finir. Sa sœur tambourina à la porte tout le temps que dura ce fantasme, inconsciente des extases que son frère se procurait à lui-même. Ce n'était pas la première fois. Ce ne serait pas non plus la dernière. L'important, c'était de rester concentré.

8

Le réveil hurla et Hermie l'ignora royalement. Il le laissa se fatiguer, ça lui servirait de leçon. Il s'examina consciencieusement dans le miroir et constata qu'il n'avait pas d'ecchymoses visibles. Il se brossa les dents, mais ne prit pas la peine de se coiffer parce qu'il lui aurait fallu des heures pour dompter ses cheveux et leur donner un aspect présentable, et qu'il n'avait pas de temps à perdre pour si peu – bien qu'il n'eût absolument aucun projet pour le reste de la journée. Il entra dans la cuisine sur la pointe des pieds et se versa un bol de céréales, car elles faisaient un boucan du tonnerre quand on les mâchait, ce qui meublerait un peu le silence. Il était si fatigué de vivre qu'en sortant il oublia d'empêcher la porte de claquer derrière lui. Il se figea, attendant ce qui ne manquerait pas d'arriver. C'était comme s'il venait d'enclencher un mécanisme directement relié à la bouche de sa mère, car sa voix s'éleva immédiatement comme la sirène qui résonne en cas d'alerte aérienne : « Herman, où vas-tu ? »

Il s'arrêta sur la plus haute marche :
« Sur la planète Mongo.
— Il n'est même pas huit heures.
— Je n'y peux rien.
— Tu as mangé quelque chose ?
— Un éléphant.
— Rapporte le journal.
— D'accord.
— Et *Time magazine* pour ton père.
— Seigneur. »

Hermie longea l'étroit trottoir qui avait dû se fendre et être réparé un bon million de fois depuis la guerre hispano-américaine. Il n'éprouvait rien d'autre qu'un sentiment de vide. Il passa devant quelques maisons, devant quelques gosses sur des tricycles rouillés et devant quelques chiens qui avaient meilleure mine que le poulet de la veille. Il leva les yeux au ciel pour voir si sa mouette y était, mais non. Elle devait être en train de se gaver de poissons morts pour avoir de quoi le bombarder en fin d'après-midi. La plupart des vacanciers dormaient encore. Mais le ferry était là et ça faisait du bien de le regarder, du moins pendant une demi-heure, après quoi on risquait de s'assoupir.

Dans la grande rue, il fut de nouveau stoppé dans son élan par le maillot de bain à pois qui, tout à coup, se mit à lui rire au nez. Un maillot de bain qui se marre, voilà qui avait de quoi surprendre ! Mais bientôt la véritable source de ce rire franchit la porte du magasin sous la forme de deux grosses dames, gloussant à perdre haleine. En voyant trembloter le gras de leurs bras, Hermie sut que jamais plus ce maillot de bain-là ne lui ferait le même effet.

Il sortit de la boulangerie Killerman avec un sac de beignets à la confiture, fraîchement saupoudrés de sucre glace et sentant rudement bon. Quand il mordit dans le premier, la confiture lui barbouilla les joues, si bien qu'on aurait dit qu'il venait de se prendre une balle dum-dum en pleine bouche – ce qui aurait été pour le moins illégal. Le sucre glace, ou plus probablement un ersatz, lui traça une traînée blanche d'une oreille à l'autre. Il continua à marcher en engloutissant avec gourmandise beignet sur beignet.

Il s'arrêta pour regarder dans la vitrine du coiffeur où un garçon de son âge, qu'il ne connaissait pas, était en train de se faire couper les cheveux en brosse. Cela lui donnait un peu l'allure d'un ballon poilu. Le problème, c'est que le type avait l'air d'en être conscient. Hermie resta là, à l'observer, parce que la scène ressemblait à un numéro de cirque. C'était vraiment ce qu'il y avait de pire chez les coiffeurs : ils vous mettaient toujours en vitrine, comme si les clients étaient leurs publicités. Après ça, ils vous recouvraient d'une serviette constellée des cheveux de quelqu'un d'autre qui vous donnait l'impression d'être jusqu'au cou à l'intérieur d'une fourmilière. Là-dessus, il vous faisait raquer un demi-dollar et si vous aviez le toupet de ne pas donner de pourboire, il vous injuriait dans une langue incompréhensible – probablement de l'italien –, et vous pouviez être sûr que la prochaine fois il ne manquerait pas de vous couper une oreille, parce qu'un coiffeur n'oublie jamais, surtout s'il est l'un des deux seuls sur une île et que l'autre est son frère. Le gosse dans le fauteuil baissa les yeux et essaya de se convaincre qu'il n'était pas vraiment là. Il ne pouvait tout simplement pas supporter le regard de Hermie. Enfin, le coiffeur fit pivoter le fauteuil du pauvre gamin et sortit un rasoir pour l'affiler juste sous son nez. Hermie s'en alla. Tout cela était bien trop barbare.

Il acheta un numéro du *Time magazine* avec en couverture la photographie du pilote américain Jimmy Doolittle, lequel venait apparemment de bombarder Tokyo. Hermie se doutait que ce devait être important, parce que jusque-là les G.I. n'avaient pas tellement eu le vent en poupe. Quand on arrivait à redresser la situation au dernier moment, c'est que les choses n'allaient pas si mal. Bravo Jimmy Doolittle. L'Amérique est fière de toi. Hermie acheta aussi le journal et continua son chemin en essayant de jongler avec les beignets, le journal et le *Time magazine.* Soudain, il la vit. Son estomac fit une chute libre jusque dans ses baskets.

Elle était radieuse. Il n'y avait pas d'autre mot. Radieuse. Avec ses longues jambes, sa chevelure flottant au vent et ses yeux verts, ses yeux verts si doux et si limpides, ces yeux qui hantaient tous mes rêves… mais, était-ce possible, elle était en détresse. Elle avait les bras chargés de plus de paquets qu'elle ne pouvait en porter. Ils allaient bientôt tomber, ça ne faisait pas un pli. Enfin une mission pour Super Hermie. Une dernière bouchée de beignet pour activer ses pouvoirs et, aussitôt, il sentit ses cinquante kilos se durcir comme du béton.

L'un des paquets oscilla et commença à basculer, mais elle réussit à le poser de justesse avant qu'il ne s'écrase. Puis, quand elle se pencha pour mieux le saisir, ce fut un autre qui se mit à vaciller. C'était un combat perdu d'avance ; finalement, tous les paquets lui glissèrent des bras et elle resta là, désemparée. Le chagrin en jupe plissée. La fragilité en cardigan gris.

Super Hermie prit une grande inspiration, essuya la confiture de ses lèvres, envoya l'emballage vide au diable, fourra Jimmy Doolittle dans une poche de son pantalon, le journal dans l'autre et, plus rapide qu'une locomotive, s'élança au secours de la demoiselle en détresse. Mais quand il arriva à côté d'elle et ouvrit la bouche pour parler, il s'adressa à elle de telle manière qu'il se sentit aussitôt stupide : « Puis-je vous être de quelque secours ? »

Il ne put réprimer une grimace – qu'elle ne rata sûrement pas –, mais elle répondit avec une grâce infinie : « Vous pouvez. » Elle fit même une brève révérence. Dans quel monde était-il tombé ?

Elle n'était pas franchement plus grande que lui. En fait, ils étaient à peu près de la même taille. Mais sa dignité la faisait paraître immense. Il mit un genou à terre, s'attendant presque à être adoubé, à ce qu'elle lui donne une de ses jarretières ou lui accorde une faveur. Mais ce qu'il voulait en réalité, c'était ramasser ces foutus paquets, et il y en avait pas mal. Elle fit la conversation d'une voix ensoleillée. *Ensoleillé* était un adjectif qui lui convenait parfaitement. Toute sa personne était ensoleillée :

« Je ne pensais pas faire autant d'achats. J'aurais dû prendre mon cabas.

— Vous auriez dû prendre votre cabas. » Était-ce vraiment lui qui avait dit ça ? Seigneur.

« Oui. »

Ça devait effectivement être lui, puisqu'elle venait d'acquiescer.

Hermie avait ramassé les paquets et les avait bien en main, mais le journal ne cessait de glisser de sa poche. Dieu merci, ce n'était pas l'édition du dimanche avec tous ses suppléments. Il passait son temps à essayer de le remettre en place. Le rôle de bon Samaritain n'était pas des plus faciles. La femme fit mine de l'aider : « Non pas, dit-il. Ça ira.

— Mais je peux en prendre un.

— Ça ira. » Il avait laissé tomber le « non pas ». Heureusement. Toujours dans la même position chevaleresque, il encercla les paquets de ses bras ; ses doigts se rencontrèrent et sa main gauche serra la droite, comme Stanley et Livingstone. Quelque chose se déchira. Ce n'était pas un sac en papier. Soit il venait de se faire une hernie, soit son caleçon avait rendu l'âme : « Ce qu'il vous faut c'est un cabas. » Il avait dit cela d'un coup pour couvrir le bruit de déchirure. C'était la première chose qui lui était venue à l'esprit.

« Je crois que vous avez raison », dit la voix ensoleillée. Sur quoi, elle s'agenouilla à côté de lui. Hermie était mortifié, mais elle lui parla avec gentillesse et sans aucune trace de condescendance : « Si vous en portez quelques-uns et que je prends les autres, je crois que nous y arriverons. Et je vous paierai avec plaisir.

— Hors de question. » Voilà qui était mieux, qui faisait plus sûr de soi. Ils étaient debout tous les deux, et les yeux verts de la femme fixaient les siens. La glace était enfin rompue.

« Je dois vous avouer que ma maison n'est pas tout près d'ici. »

Elle sourit.

« Je sais où elle est. »

Ça lui avait échappé.

« Vraiment ? »

Il retrouva sa contenance : « Oui. C'est par là. » Il indiqua vaguement la direction où étaient situées pratiquement toutes les maisons de l'île. La femme sourit et secoua la tête pour repousser quelques mèches. Une bouffée de son parfum parvint à Hermie et monta de son nez pour aller s'ancrer directement dans sa mémoire. Ils se mirent en route.

Hermie ne trouvait rien à dire mais, une fois de plus, elle combla le vide :

« Vous habitez l'île ?

— Pendant l'été.

— Avec votre famille ?

— Oui, mais ils ne me dérangent pas. La plupart du temps je pars de mon côté. »

Il estimait important d'affirmer son indépendance.

« Qu'est-ce que vous faites ?

— Oh, des choses… intéressantes. »

Comme quoi par exemple ? Découper des photos de stars du cinéma ? Écouter la radio ? Manger du poulet ? Tripoter des oreillers ?

Tandis qu'ils marchaient, Hermie essayait tant bien que mal de dissimuler la peine qu'il avait à porter les paquets. Il savait maintenant que la déchirure qu'il avait entendue ne venait pas de son aine, mais bien de son caleçon. Les sacs paraissaient de plus en plus lourds, la gravité n'arrangeait rien et le prochain bruit de déchirure signalerait l'explosion de ses testicules, cédant sous la pression.

Par-dessus le bord du plus grand des sacs, Hermie aperçut les deux crétins. Oscy et Benjie venaient vers lui. Ils étaient les dernières personnes au monde qu'il avait envie de voir. Il rentra sa tête comme une tortue et continua de marcher en suivant le chemin que prenaient ses orteils. Bientôt, ses deux baskets croisèrent les quatre de ses amis. Il se demanda alors s'ils l'avaient reconnu. Probablement pas, mais enfin, ce n'était pas impossible non plus. Il poursuivit sa route. Les sacs étaient lourds comme du plomb. Il jeta un coup d'œil à la femme qui souriait et il sourit aussi, essayant de ne pas parler, parce qu'il avait besoin de toute son énergie.

« Hé Hermie… ! » C'était la voix de Benjie. Mais elle s'arrêta aussitôt, comme si Oscy lui avait donné un bon coup de coude là où il fallait. Sacré Oscy. Il avait bien compris que Hermie était au milieu de quelque chose d'important. Ce bon vieil Oscy, c'était déjà un adulte. Ce n'est pas pour rien qu'un gars se branle sur Claire Trevor.

« On vous a appelé ? demanda-t-elle.

— Non, ça n'était pas pour moi.

— Vous vous appelez Hermie ?

— Oui.

— Quelqu'un vous a appelé là-bas derrière.

— Ça n'était pas pour moi.

— Il a dit “Hermie”.

— C'est un prénom assez commun. »

La femme sourit et n'insista pas. Ils reprirent leur marche. Il commençait à croire qu'ils devaient se rendre à Chicago à pied et avaient encore les Appalaches à franchir. Mais bordel, où donc était sa foutue baraque ? Régulièrement, Hermie levait un genou pour y laisser glisser un paquet, s'accordant ainsi un court répit afin de renouveler sa prise. À un moment, il essaya même l'autosuggestion : il tenta de se convaincre que les sacs étaient remplis de ballons de baudruche, que ses bras n'étaient pas en train de s'étirer comme des élastiques, et qu'elle n'était pas en train de lui faire porter quatre paquets de briques. Peut-être travaillait-elle dans le bâtiment. Peut-être allait-elle lui demander de construire un mur tout autour de la Chine. Ou alors quelque chose de plus simple, comme un canon antichar ou un abri sous-marin ? Ou bien une maison de trois cents mètres de haut ? Il pourrait monter les briques une à une et finir quand il aurait cent ans. Hermie savait que s'il n'arrivait pas chez elle très bientôt…

« Nous y sommes, dit-elle.

— Je peux continuer. » À n'en pas douter, cette réplique méritait sa place parmi les plus débiles de son répertoire.

Elle en fut d'ailleurs elle-même étonnée : « Mais… ce n'est pas la peine, vraiment. » Elle désigna sa maison comme s'il était incapable de la voir.

« O.K. »

En s'approchant, il découvrit – Dieu merci – qu'il n'y avait pas d'escalier à gravir. Il la suivit, ne distinguant que le haut de sa tête : « Pouvez-vous les apporter à l'intérieur s'il vous plaît ?

— Avec plaisir. »

Au moment où ils franchirent le seuil, de la musique sembla jaillir de nulle part : bien que l'intérieur n'eût rien de vraiment particulier, tout paraissait extraordinaire. Il suivit sa chevelure dansante à travers une véranda, puis dans un salon ordonné, lequel parut brusquement se parer de mille feux au moment où elle y passait. Sur le manteau de la cheminée, Hermie repéra une photographie de l'homme dans un cadre. Il n'y jeta qu'un bref coup d'œil, parce qu'il n'avait pas de temps à perdre ; malgré ça, il se la rappellerait à jamais. L'homme était si beau que Hermie sut qu'il avait tout à perdre à se trouver dans la même pièce que lui ; il ne soutenait clairement pas la comparaison. Son sourire était généreux et viril. Revêtu de son uniforme, l'homme serrait une pipe entre des dents d'une blancheur aveuglante. Hermie fut pris de désespoir. Tout le monde sur terre avait une dentition régulière, sauf lui. Ses dents étaient quasiment jetées en vrac dans sa bouche. Il y avait quelque chose d'écrit sur la photographie. Une dédicace : « Tout mon amour pour toujours, Pete. » Pete. Voilà donc comment il s'appelait. Hermie sentit qu'il venait de faire un grand pas en avant, sans savoir vers quoi exactement.

« Ici. Dans la cuisine. »

Hermie entra dans la cuisine et remarqua d'abord les fleurs qu'elle avait disposées dans une douzaine de vases. Une chose était sûre : elle aimait les fleurs. Une chance que Hermie n'y fût pas allergique.

« Pourriez-vous les mettre sur la table ? » demanda-t-elle.

Hermie voulut déposer délicatement les paquets à l'endroit indiqué. Mais tous les muscles, tendons et ligaments de ses bras cédèrent en même temps et les sacs s'écrasèrent comme les bombes de Jimmy Doolittle sur Tokyo. Simultanément, le caleçon de Hermie se déchira un peu plus et se mit à pendouiller dans son pantalon comme deux mouchoirs. Il se sentit idiot et furieux : « Ils devraient fabriquer des sacs plus résistants. » Il essaya de rattraper les articles en train de se faire la malle et de rouler n'importe où, sans doute par pure méchanceté.

« Laissez-moi vous donner un petit quelque chose, s'il vous plaît. »

Elle avait ouvert son sac à main et fouillait à l'intérieur. Si ç'avait été le sac de la mère de Hermie, il aurait bien fallu un an pour qu'elle trouve quoi que ce soit et, au final, la seule récompense qu'elle aurait réussi à repêcher serait un badge publicitaire ou quelque chose dans le genre.

« Il n'en est pas question. »

Merde, il était d'une galanterie !

Elle lui sourit :

« Mais comment puis-je vous remercier ?

— Je ne sais pas. »

Peut-être avait-elle quelque chose en tête ? Une proposition d'une autre nature. Non, sans doute pas.

Elle reposa son sac à main et se tourna vers les paquets : « J'ai acheté de délicieux beignets à la confiture. » En la voyant s'emparer d'un emballage sur lequel était inscrit *Boulangerie Killerman*, Hermie eut un haut-le-cœur. Après tous ceux qu'il venait d'engloutir, il ne pourrait jamais en avaler un de plus, même si sa vie en dépendait. Elle les disposa sur une assiette et, au moment où elle lui tourna le dos, il toussa pour tenter de faire passer son envie de vomir. « J'ai du café, dit-elle. Il est de ce matin, mais enfin, il faut faire durer les choses ces temps-ci. » Elle alluma le feu sous la cafetière, puis se retourna vers Hermie :

« Vous buvez du café, n'est-ce pas ?

— Avant la guerre, j'en buvais plusieurs tasses par jour. »

Avant la guerre, il tétait son biberon.

Elle semblait hésiter : « J'ai du lait, vous savez. »

« Non merci, je le prends noir. » Au moment où les mots sortirent de sa bouche, il réalisa qu'il avait mal compris ce qu'elle avait voulu dire, et à nouveau il se sentit stupide. Où donc était passé le flegme naturel qu'Oscy voyait en lui ?

« Asseyez-vous, je vous en prie », dit-elle. Hermie prit place à la petite table de cuisine et s'assit directement sur Jimmy Doolittle – un geste vraiment maladroit pour un homme digne de ce nom. Il se releva donc, retira le magazine et le journal de ses poches et les posa sur la table. On aurait dit que Dumbo était resté assis dessus pendant un an.

« Oh, dit-elle, jetant un œil par-dessus son épaule depuis le fourneau où elle ramenait le café à la vie. *Time*...

— Je le lis régulièrement. Il faut se tenir au courant. »

Jamais il n'en aurait lu ne serait-ce qu'une ligne, même pour une médaille.

Elle mit des fleurs fraîches dans de l'eau et leurs couleurs se reflétèrent dans ses yeux :

« Vous êtes au lycée ?

— Oui. À Erasmus Hall, à Brooklyn. Vous ne pouvez pas le rater. Je suis en seconde.

— Ah, en seconde.

— Oui.
— Hmm…
— J'y suis entré l'an dernier.
— Je vous aurais cru plus âgé.
— Et l'an prochain, je serai en première.
— Ne soyez pas trop pressé. Vous ne seriez que trop vite enrôlé dans l'Armée.
— La guerre sera terminée d'ici là.
— Mais quand ?
— D'ici là.
— Je vois. »

Mais Hermie savait qu'elle ne voyait pas du tout. D'après lui, le cerveau féminin était fait de telle sorte qu'il avait du mal à comprendre certaines choses. Le cerveau féminin était parfaitement adapté pour faire du café. Sauf que son café à elle n'avait pas franchement l'air d'avoir envie de ressusciter. Il se tortillait, soufflait, fumait et commençait même à geindre.

« Enfin, dit-elle, j'espère que vous avez raison.
— Mais si jamais la guerre devait continuer, je suis prêt à y aller. Je suis des cours d'initiation au pilotage au lycée, et je pense que je pourrai bientôt manœuvrer un avion.
— Ça doit être passionnant. » Elle fixait le café, se demandant peut-être s'il n'avait pas déjà été réchauffé trop de fois, et espérant qu'il ne serait pas trop lavasse.

« Je ferai peut-être équipe avec mon frère. Il est parachutiste. Ce sera peut-être moi qui le larguerai. »

De quoi, de son esprit ? De son imagination ?

Ce qui ressemblait le plus à un frère dans sa vie, c'était sa sœur avant qu'elle ait des seins.

« Ah, votre frère est parachutiste.

— En fait, j'ai surtout une sœur au lycée. »

Se confesser était bon pour l'âme. Et puis, mieux valait être honnête s'il voulait la présenter un jour à sa famille.

« Le café est prêt. » Elle apporta la cafetière sur la table et en versa deux tasses. Comme l'imbécile qu'il était, Hermie prit la sienne et, voulant faire comme s'il n'avait bu que ça toute sa vie, s'ébouillanta la langue. Qu'il surmonte ainsi la douleur sans hurler était la preuve de ce flegme auquel Oscy avait si souvent fait allusion. Mais il commença à avoir les larmes aux yeux et sa langue à pendre hors de sa bouche jusqu'à se dérouler sur sa poitrine comme une cravate. La femme s'écria : « Oh ! J'aurais dû vous prévenir ! Il est très chaud ! Ça va ?

— *Ui, krès bien.* »

Il pouvait sentir l'odeur de sa propre langue en train de cramer. C'était peut-être bon pour ses sinus. On disait que les inhalations soignaient le nez, un tas de gens en étaient persuadés.

De son côté à elle, c'était la panique totale. Elle culpabilisait énormément et voletait autour de lui en lui proposant des soins, comme une mère – mais il en avait déjà une. « Vous ne voulez pas un peu de glace ? Je peux vous apporter de la glace. Si je vous apportais un peu de glace ? Je vais vous apporter un peu de glace. De la glace. De la glace. » Elle courut vers le réfrigérateur. Peut-être était-elle infirmière à la Croix-Rouge ? Peut-être allait-elle l'allonger sur son lit et lui panser la langue ?

Elle revint avec quelques glaçons qu'elle jeta si vite dans sa tasse que, l'espace d'une seconde, Hermie crut qu'ils étaient peut-être brûlants eux aussi. Il regarda les cubes de glace fondre. Il n'avait pas beaucoup de temps. Dans une seconde, il n'y en aurait plus. Aussi, dès qu'elle eut le dos tourné – elle était partie chercher d'autres glaçons –, il se pencha et posa sa langue sur ceux qui n'avaient pas encore trépassé. Il fut immédiatement apaisé. Seigneur, cette femme faisait le café le plus chaud de toute l'île.

Il ne savait pas depuis combien de temps elle lui parlait, ni ce qu'elle disait exactement. Il était trop occupé à se soulager. Quand enfin les cubes de glace disparurent comme des explorateurs dans des sables mouvants, laissant le café à une température d'à peine trois ou quatre cents degrés, il leva les yeux pour voir ce qu'elle faisait. Elle était assise en face de lui et mangeait un de ces beignets – *gloups*. Elle était également en train de parler et il la rattrapa au milieu d'une phrase : « … c'est un si vieux fourneau que je n'arrive jamais à bien le régler. J'ai voulu le faire réparer, mais il n'y a personne ici qui connaisse ces vieux modèles. » Soudain, elle se rendit compte qu'il la dévisageait et conclut qu'elle devait arrêter de jacasser. Elle sourit et ramena la conversation sur lui : « Avez-vous beaucoup d'amis sur l'île ? Hermie ? Hermie ? »

Jamais il n'avait vu de femme parler avec autant de charme : « Deux, dit-il. J'en ai deux. Mais ils sont totalement immatures. » Sa langue récupérait gentiment.

« Alors… que faites-vous ? Pour vous occuper ?

— J'aime bien le basket, mais je trouve le base-ball pas mal non plus. Au base-ball, on se fait moins de tendinites.

— Ah.

— Je fais également de la course à pied.

— Vous êtes très sportif.

— Oui. Je ne suis pas le seul. Alors le truc, c'est d'être le meilleur.

— Est-ce que vous… Est-ce que vous aimez la musique ?

— Oui. J'ai l'oreille assez musicale. »

Cette conversation était vraiment parfaite. Qui plus est, il avait les choses bien en main. La vie était magnifique.

« Est-ce que vous jouez d'un instrument ?

— Oui. Je chante.

— Ah ? » dit-elle en riant.

Hermie n'avait pas voulu plaisanter. Il fallait donc qu'il s'explique : « Euh, j'estime que la voix est un instrument comme un autre.

— Moi aussi. » Elle disait ça pour être gentille. Qu'est-ce qu'elle pouvait bien y comprendre, à la musique ? Après tout, elle n'était que la plus belle femme sur terre. Qu'elle s'y connaisse ou pas en la matière n'avait aucune importance.

« En tout cas… on peut aussi siffler, pour

changer. Ça ouvre des horizons. » Cette fois, c'était une plaisanterie.

Mais elle passa à côté. Elle secoua donc sa jolie tête et dit le plus sérieusement du monde :

« C'est entièrement vrai.

— Il m'arrive également, de temps en temps, de m'intéresser à la poésie. »

Il fut surpris par ses propres paroles. Il n'avait jamais confié ce secret à personne, pas même à Oscy. Pas plus qu'il n'avait laissé traîner ses vers là où quelqu'un risquait de les trouver. Tout ce qu'il avait écrit, il l'avait brûlé. C'était plus sûr. Il protégeait son rêve, comme ça. Si personne ne le lisait, personne ne pourrait dire que c'était minable.

« Vous vous intéressez à beaucoup de choses, semble-t-il. »

Hermie se leva. Il avait lu quelque part qu'un homme d'expérience sait quand il est temps de partir : « Eh bien, je crois que je vais m'en aller. Sinon vous allez finir par me garder à déjeuner. »

Elle se leva aussi : « Vous devez vraiment partir ? » Elle semblait sincère. Elle avait vraiment envie qu'il reste plus longtemps, qu'il s'attarde un peu.

« Oui. Je dois aller porter de la graisse de bacon chez le boucher. J'en collecte depuis trois semaines. On s'en sert pour fabriquer des munitions. Avez-vous des vieux bas ? On les utilise pour faire des sacs à poudre, pour la Marine.

— Je ne porte pas de bas en été.

— C'est très patriotique de votre part.

— Je ne sais pas si c'est patriotique, mais c'est plus agréable, en tout cas. » Elle souriait. C'était donc une plaisanterie.

Il sourit aussi et s'essaya même à un petit rire d'adulte. Elle n'était pas très drôle, évidemment, mais combien y avait-il de Buster Keaton au féminin ?

« J'aimerais (elle était en train de remettre des beignets dans le sac de la boulangerie) que vous emportiez quelques-unes de ces délicieuses pâtisseries. C'est vraiment le moins que je puisse faire. » Elle lui fourra le sac dans les mains. Les beignets étaient à lui pour toujours.

« Merci beaucoup. Je les mangerai dès que je pourrai.

— Oh, c'est moi qui vous remercie, Hermie.

— Je vous en prie. C'était avec grand plaisir. » Il reculait vers la porte avec la désagréable impression de renverser tout ce qui se trouvait sur son passage, ce qui était effectivement le cas. Une chaise. Une lampe. Un porte-revues.

Elle sourit et l'accompagna sans paraître rien remarquer : « La prochaine fois que j'irai faire les courses, je prendrai mon cabas.

— Je crois que ce serait plus sage, oui. Ou vous risqueriez de vous faire une hernie. » Il ne saurait jamais ce qui lui avait pris de dire ça.

Elle ne releva pas, se disant peut-être qu'elle avait mal entendu :

« Je vous reverrai ?

— Avec grand plaisir. »

Il commençait à manquer de choses à dire. S'il

ne filait pas tout de suite, il finirait par lui dire « Bonjour » à nouveau. Il avait franchi la porte.

« Au revoir, fit-elle.

— Au revoir », répondit-il, et la porte se referma. Il se retrouva dehors et lui fit signe de la main, luttant désespérément contre l'envie de dire : « Je reviendrai. »

Il prit le chemin de la ville, portant le sac de beignets comme s'il s'était agi d'un cadavre en décomposition. Il s'en voulait de ne pas avoir su mieux s'exprimer, enrageait devant son ineptie orale et se frappa la cuisse du poing à maintes reprises en répétant : « Une hernie ! Seigneur ! »

Oscy et Benjie semblèrent se matérialiser de nulle part. Une seconde plus tôt il n'y avait rien, la seconde d'après ils étaient sur son chemin. Oscy, tout sourire comme d'habitude, avait une paire de jumelles pendue autour du cou : « Salut Hermie. »

Hermie les contourna d'un parfait demi-cercle. « Salut », lâcha-t-il d'un air hautain, espérant – en vain – qu'ils allaient s'évaporer dans un nuage de fumée verte. Il ne les entendait pas marcher derrière lui, car ils étaient aussi silencieux que des Apaches, mais il sentait leur présence et savait qu'ils étaient sur ses traces. Il était bien trop occupé à rafraîchir sa langue avec la brise marine pour parler avec des crétins comme eux. Il poursuivit son chemin, la langue pendante comme celle de Lassie.

Oscy le rattrapa rapidement et se mit à marcher à ses côtés : « Il se trouve, Hermie, que tu étais sous notre surveillance. Nous t'observions à une distance de trente mètres.

— Sans blague.

— Tu es resté longtemps dans cette maison. Pourtant, tu aurais pu y déposer tes paquets et ressortir en dix secondes. Qu'est-ce qui s'est passé ? »

Hermie envisagea un instant de ne pas répondre ; autant essayer d'ignorer une guêpe dans son pantalon. Il envisagea ensuite de mentir. Mais ce n'était pas vraiment son style. Même s'il s'y était essayé un peu plus tôt dans la matinée. Il décida finalement de dire la vérité, mais de manière à les épater : « Nous avons pris un verre. »

Le regard d'Oscy s'éclaira : « Tu rigoles ?

— Oui, je rigole. » Et il accéléra le pas.

Oscy savait qu'il ne rigolait pas ; il rattrapa Hermie tout en se tournant vers Benjie, qui traînait derrière à une distance réglementaire de dix pas : « Ils ont pris un verre.

— Chapeau. »

Piqué au vif, Oscy se pencha vers Hermie alors qu'ils continuaient d'avancer et lui demanda sur le ton de la confidence : « Dis donc… elle t'a laissé sortir tes mains de tes poches ?

— Tu avais des jumelles. Qu'est-ce que tu as vu ?

— Mes jumelles ne voient pas à travers les murs. Allez Hermie. Elle t'a laissé faire le beau ? »

Hermie refusait catégoriquement de s'abaisser à une telle vulgarité : « Tu es un crétin. »

Oscy était peut-être un crétin, mais il avait de la suite dans les idées : « Une femme de son âge… qu'est-ce que ça peut bien lui faire de se laisser peloter un peu ? Hein, Hermie chéri… elle t'a laissé la tripoter ?

— Elle m'a filé des beignets. » Hermie choisit de s'en tenir à la vérité. Il était trop épuisé – et bizarrement inquiet à l'idée de s'être fait une hernie – pour transformer sa rencontre fortuite avec la femme en saga romanesque. Sans se retourner, il lança le sac de pâtisseries par-dessus son épaule, de manière à ce que Benjie puisse le rattraper.

Benjie vit le sac arriver. Il ouvrit les mains pour s'en saisir, mais son absence totale (et presque inhumaine) de coordination fit qu'il le reçut en plein milieu du front. « La barbe, Hermie », grogna-t-il avant de donner un coup de pied dedans de toutes ses forces. Le sac roula sur à peine un mètre.

Oscy ne lâchait pas Hermie : « Allez, dis-moi ce que tu as foutu là-bas pendant tout ce temps ?

— Je n'avais pas conscience d'être resté si longtemps. Tout est allé très vite. »

Le souvenir de la femme lui donna de l'emphase et, comme sa langue se portait beaucoup mieux, il l'aspira pour qu'elle réintègre sa bouche tel un gros macaroni.

Son imagination était en train de rendre Oscy carrément fou ! « Mon vieux, je peux te dire que, moi, je lui mettrais bien la main au panier à cette femme.

— Je te croyais plus adulte que ça, Oscy. » Hermie remarqua que jamais le ciel n'avait été aussi bleu ni la brise, plus agréable. Pour couronner le tout, il ne s'était pas fait de hernie. Le monde n'avait jamais eu l'air aussi charmant pour un homme qui avait une hernie.

« Ben quoi, c'est très adulte de peloter les filles. Mon frère le fait tout le temps.

— Alors comment ça se fait qu'il soit dentiste ? »

Cette remarque, il l'avait faite en pensant à sa sœur. Mieux valait une sœur avec des gros seins qu'un frère dentiste.

Choqué, Oscy lui barra la route : « Ne prends pas de grands airs, tout à coup. Et n'essaie pas de nous faire croire qu'il s'est passé quelque chose là-dedans ! »

Hermie tenta de s'écarter, sans montrer le moindre signe de peur, ce qui était une manœuvre absolument impossible. « Je n'essaie pas de te faire croire quoi que ce soit. »

Oscy restait en travers de son chemin, comme Horatius à l'entrée du pont : « Tu fais exactement le contraire. C'est comme si tu nous disais qu'il s'est passé des tas de trucs là-bas. Des tas ! »

Hermie sentit la colère s'emparer de lui, mais pas parce que Oscy se comportait comme un crétin – Oscy se comportait toujours comme un crétin. Non, c'était parce que Oscy était en train de gâcher les souvenirs de son précieux rendez-vous avant même qu'ils n'aient eu le temps de se solidifier dans sa mémoire.

« Je t'emmerde, Oscy ! » (« Je t'emmerde » était un peu moins dur que « Va te faire foutre ». En disant « Je t'emmerde », peut-être qu'il ne se ferait pas casser la gueule. Mais en disant « Va te faire foutre » si près d'Oscy, il était sûr de se prendre la rouste de sa vie.) Hermie continua : « Je ne vais pas te dire qu'il s'est passé quelque chose s'il ne s'est rien passé du tout ! Il n'y a rien eu ! Et si tu as envie d'en déduire qu'il s'est passé un tas de trucs, alors je suis désolé pour toi. Parce que ce n'est pas le cas ! Si tu veux tout savoir, je ne connais même pas son nom ! » Cette prise de conscience soudaine lui fit l'effet d'un choc. Sans réfléchir, il dégagea Oscy de sa route.

Il était rare qu'un type prenne l'initiative d'un contact avec Oscy sans en garder des traces. Mais Oscy comprit à quel point Hermie était troublé et décida de renoncer au châtiment, du moins pour le moment. Au lieu de ça, il le rattrapa et reprit la joute verbale : « Tu espères peut-être qu'on va te croire !

— Je vais te dire... Je me fiche éperdument de ce que vous croyez. Je rentre chez moi. Mon père attend son journal et son maga... » Il les tira tous deux de ses poches. Ils étaient dans un sale état. « Seigneur ! » Que dirait-il à son père ? Qu'ils étaient arrivés comme ça par le ferry ? Qu'un rouleau compresseur leur était passé dessus ? Il regarda la couverture du *Time magazine.* Jimmy Doolittle arborait maintenant des rides qu'un humain aurait mis soixante-dix ans à récolter. On aurait dit qu'il avait essayé de s'évader de

Shangri-La, la propriété où Roosevelt passait ses vacances. D'ailleurs, ce dernier n'avait-il pas dit que les avions étaient lancés de là-bas ? Ce n'était sûrement pas une coïnci…

« Tu rentres chez toi ? » Oscy ne le lâchait pas d'une semelle.

« Oui. Je vais chez moi. J'ai besoin de réfléchir.

— Et après, qu'est-ce que tu vas faire ? »

Oscy se montrait maintenant un peu plus gentil.

« Me tuer !

— Et après…

— Je ne sais pas, Oscy, je ne sais pas ! »

Il planta là ses amis et fila chez lui, continuant à se donner des coups sur la cuisse avec son poing, et répétant : « Une hernie. N'importe quoi ! »

9

Le reste de la journée se déroula sans but et n'aboutit d'ailleurs à rien. Hermie passa presque tout son temps allongé sur son lit, les mains jointes derrière la tête, plongé dans ses pensées. Les idées se succédaient un peu au hasard, difficiles à saisir ou même à classer : elles se bousculaient dans sa tête dans le plus grand chaos. Avant tout, bien entendu, il y avait la femme. Si ravissante, si intelligente et patriote. Mais il y avait l'homme également. Pete. Hermie savait que si les choses tournaient bien pour les États-Unis, Pete reviendrait un jour ou l'autre ; alors il faudrait compter avec lui, ce qui serait délicat car Hermie avait le plus grand respect pour les mobilisés. Il commençait à prendre la mesure de son délire ; ce constat le submergea et le mit face à la dure réalité qu'il ne parvenait pas à occulter : celle d'un jeune garçon amoureux d'une femme plus âgée. Ce n'était pas la première fois que ça lui arrivait. Durant son année de troisième, il était tombé sous le charme de Joséphine Ruth, sa prof de maths. Mais il avait rapidement tiré un trait dessus. Un après-midi où il était resté à traîner après la classe pour poser une question dont il connaissait déjà la réponse, il l'avait surprise en train de retirer un dentier de sa bouche.

Son amour n'y avait pas survécu et désormais, chaque fois qu'il pensait à elle, c'était sous les traits d'une vieille sorcière ricanante qui mettait ses fausses dents à tremper dans un verre d'eau la nuit avant d'aller empoisonner une douzaine de pommes destinées à la petite Blanche Neige. Mais aujourd'hui, celle qui faisait battre son cœur n'avait rien d'une vieillarde. Ses dents étaient vraies. C'était obligé. Dieu ne pouvait pas se montrer cruel à ce point deux fois de suite. Ses jambes aussi étaient vraies. Et longues et bronzées et magnifiques. Les prothèses, ça ne trompe jamais bien longtemps. Sa chevelure ne pouvait pas être une perruque non plus. Depuis qu'il la connaissait, il y avait eu au moins trois grosses bourrasques capables d'envoyer *ad patres* n'importe quel postiche, alors que ses cheveux n'avaient pas bronché. Quant à sa poitrine, eh bien… elle n'était peut-être pas très généreuse, mais à vrai dire Hermie avait un penchant pour les petits seins, comme ceux de Margaret Sullavan. D'ailleurs, toutes les beautés classiques de l'Histoire avaient des petits seins : Diane, Juliette ou la fille sur les publicités des boissons White Rocks.

Hermie feuilleta un moment *Popular Mechanics* et y lut qu'un homme de la ville de Joplin, dans le Missouri, s'était construit son propre avion avec des vieilles pièces détachées d'automobile, trois motos et l'aile d'un planeur. Incroyable.

Le dîner fut... original. Sur la table, des boulettes de viande et de la salade de fruits, dans des plats séparés. Puis un flan étrange, aussi connu sous le nom de Peste Rose. Et des cookies faits par la sœur de Hermie, entre deux inspections de ses seins. Les biscuits étaient plats, contrairement à sa sœur.

Après le dîner, son père exprima sa consternation en découvrant l'état dans lequel se trouvait son exemplaire du *Time magazine.* Hermie expliqua qu'il avait été attaqué en chemin par une brigade de parachutistes italiens égarés et qu'il devait s'estimer heureux d'en être sorti vivant. Voyant que son fils racontait n'importe quoi, une fois de plus, le père laissa tomber. Mieux valait appeler le docteur.

Quand Hermie quitta la maison ce soir-là, sa sœur était encore en train de lire Jane Austen. Sa mère faisait la vaisselle en fredonnant. Ce qui était assez incroyable sachant que la radio diffusait les infos. Paddy Finucane, l'as de la R.A.F., avait été abattu, le présentateur rapporta ses dernières paroles : « Cette fois, j'ai mon compte les copains. » Que sa mère puisse fredonner à l'écoute de ce genre de nouvelle dépassait l'entendement. Quand Hermie sortit dans la véranda, son père, installé sous un ventilateur, marmonna que les fils Roosevelt étaient maintenant plongés dans la guerre jusqu'au cou.

Hermie acquiesça et laissa la porte se refermer derrière lui.

Ils étaient là, resplendissants, sur sa pelouse. Oscy et Benjie, les copains du bonheur. Oscy avait dégoté une méthode d'harmonica pour débutants et essayait de tirer de son instrument un son s'approchant vaguement de « *Jingle Bells* », choix musical parfaitement approprié pour un soir d'été. Quant à Benjie, il jouait avec un tape-balle, comptant toutes les fois où il parvenait à toucher la boule de caoutchouc avec la raquette en bois – les deux étant reliés par un élastique rouge. Il en était à 143. Cela signifiait qu'il avait triché sans vergogne car, avec ses problèmes psychomoteurs, il n'avait aucune chance de réussir son coup plus de trois fois de suite. À moins, bien sûr, d'immobiliser la balle par terre, de s'accroupir et de taper dessus. Oscy et Benjie virent Hermie mais aucun ne fit allusion à ce qui s'était passé dans l'après-midi. C'était la règle. Le dîner balayait la journée. Tout ce qui avait eu lieu avant appartenait au passé. Tout ce qui avait lieu après était d'un ennui mortel.

Ce fut donc « *Jingle Bells* » et – à dix pas derrière tout de même – tape-balle pendant le quart d'heure suivant. Comme il avait mangé et ses boulettes et sa salade de fruits, aucune voix ne s'éleva de la maison pour harceler Hermie. Il pouvait quitter les lieux sans risque. Personne ne l'arrêterait. Il pouvait se rendre en ville avec ses copains et acheter des glaces. Cela ne dépendait que de lui. Ils allèrent donc en ville et Hermie acheta une glace à la fraise avec des copeaux de chocolat parce que Monsieur Sanders, le patron du drugstore, ne radinait pas sur le chocolat. Oscy choisit chocolat-menthe, parfum que Hermie détestait. Benjie, lui, opta pour du chewing-gum, même s'il ne savait pas très bien faire des bulles. Il finit, comme d'habitude, par s'en mettre partout sur le nez. Les trois garçons regardèrent le dernier ferry partir puis réintégrèrent leurs pénates respectifs. Encore une soirée palpitante sur Packett Island qui entrerait dans l'Histoire.

Hermie se glissa dans sa chambre sans dire bonne nuit. En général, cela rendait sa mère folle de rage, parce qu'elle était très à cheval sur la politesse. Mais ce soir-là elle était complètement accaparée par une discussion très animée avec sa sœur, aussi ferma-t-elle les yeux sur l'infraction. Allongé sur son lit, il les entendait débattre. Sa sœur refusait d'écrire à un type parce que c'était un abruti, mais sa mère disait qu'à l'Armée même les abrutis aimaient recevoir du courrier, parce qu'ils risquaient leur vie pour leur pays. Sa sœur demanda comment l'abruti en question pouvait risquer sa vie alors qu'il était en garnison à New York, sur Governors Island. Sa mère répliqua en lui faisant remarquer la taille exceptionnelle des moustiques de l'Hudson en été. Sa sœur partit en courant – et en beuglant – dans sa chambre, et claqua la porte. Sa mère, de là où elle était, rappela en hurlant que tout le monde devait agir en patriote. Son père, qui passait par là, rappela en hurlant qu'il ne voulait pas de hurlements. Sur quoi l'incident fut clos et tout le monde alla se coucher.

Allongé dans son lit, Hermie se demanda pourquoi il passait aussi vite à côté de la vie. Il alluma la radio et apprit que Rommel était lâché en Afrique et qu'apparemment il pouvait aller où il voulait. Hermie souhaita que Rommel débarque à Packett Island avant la fin de l'été. L'île avait certainement un quelconque intérêt stratégique qui ne manquerait pas d'attirer les Allemands. Sinon, pourquoi y aurait-on mis des garde-côtes ? Hermie se demanda quel était le rôle exact de ces types en dehors du fait de garder des côtes, ce qui semblait le comble de la stupidité puisque Packett Island n'était composée que de côtes et n'avait pour ainsi dire pas d'arrière-pays. Puis il décida qu'il y avait encore plus idiot, à savoir la « Marine marchande ». Comment fallait-il comprendre cette dénomination ? Il avait bien un oncle qui travaillait dans la maroquinerie, et qui se définissait lui-même comme un vendeur, un marchand. Se pouvait-il qu'un corps de Marine spécifique soit uniquement composé de marchands ? Voire de marchands en maroquineries ? Était-ce de là que venait le terme « rond-de-cuir », qui paraît-il désignait certains officiers ?

Hermie s'endormit avec le visage de la femme flottant à travers ses rêves ; il aurait bien aimé que les Allemands attaquent pour pouvoir lui sauver la vie.

10

Le lendemain, sur la plage, les adorateurs du soleil étaient tous agglutinés sur une bande de sable étroite mais immensément longue, bien qu'il y eût de larges portions de plage disponibles au-dessus et en-dessous d'eux. Ça devait être l'instinct grégaire ou quelque chose comme ça. Les bras et les jambes de tous ces gens qui lézardaient au soleil paraissaient détachés du reste, et lorsque Hermie passa à travers cet enchevêtrement, il sentit une odeur de Skol et de Noxzena parvenir à ses narines. C'était un parfum qui n'avait rien de sexy et qui ruinait la véritable raison pour laquelle Oscy, Benjie et lui-même traversaient ce rassemblement de corps partiellement nus. Ils étaient venus se rincer l'œil, puisque c'était ici que traînaient les filles en maillots de bain un peu osés. Quant aux quelques hommes qui se trouvaient là, ils n'avaient pour la plupart pas l'âge d'être mobilisés et étaient à peine plus vieux que le Trio infernal – bien qu'un peu plus grands et sans aucun doute plus malins. Hermie,

Oscy et Benjie traversèrent cet amas d'humains tannés par le soleil comme s'il s'était agi d'un champ de mines. Les radios déversaient une cacophonie de chansons à la mode, et, à mesure qu'ils avançaient, les paroles se mêlaient les unes aux autres.

Oscy jetait des regards lascifs aux filles étendues, feignant d'être à la recherche d'une connaissance – peut-être espérait-il l'identifier à l'allure familière de son entrejambe. Hermie suivait, quelques corps plus loin. Benjie, lui, était à la traîne, trébuchant maladroitement sur des genoux et des chevilles dans son effort pour ne pas perdre ses amis de vue.

Quand ils eurent passé en revue l'ensemble du périmètre sans le moindre résultat, ils s'isolèrent sur un bout de plage moins peuplé, laissant derrière eux musique et libido. Oscy insistait cependant : « Mes enfants, j'aimerais peloter chacune de ces filles. Il y en a quelques-unes sur qui j'aurais bien eu envie de trébucher, comme la rousse là-bas, vous l'avez vue ? Elle ne se serait jamais rendu compte que je la tripotais. Bon Dieu ! »

Hermie se sentait adulte, trop adulte même pour les avoir accompagnés dans cette promenade au soleil : « Ce n'est pas comme ça qu'on fait. » Oscy l'obligea à se retourner : « Comment est-ce qu'on fait alors ? »

Hermie le repoussa : « Il faut dire des trucs.

— Je dirai "excusez-moi".

— Tu sais très bien de quoi je parle. On ne

s'affale pas comme ça sur une fille. Ça ne se fait pas.

— C'est pourtant ce qu'on a fait avec Gladys Potter.

— Elle avait douze ans. Que voulais-tu qu'elle dise ? »

Oscy sourit avec nostalgie : « Je ne sais pas. En tout cas, elle n'avait pas l'air furieuse.

— Elle était surprise.

— Moi aussi. Il n'y avait rien à peloter. » Il se tourna vers Benjie qui avait du mal à rester debout sur le sable chaud : « Bordel, Benjie. Qu'est-ce que tu fous à danser comme ça ?

— Ta gueule », dit Benjie, se laissant tomber sur les fesses et examinant les plantes carbonisées de ses pieds.

Oscy confia à Hermie : « Je me demande ce qu'on va bien pouvoir faire de lui. Il n'éprouve aucune émotion.

— Il ne sait pas où il en est, c'est tout. » Hermie s'assit sur une bûche rongée par les vers. « Et pour être honnête, je ne suis pas sûr de savoir où j'en suis, moi non plus. » Oscy s'assit à son tour, chassant les mouches avec ses bras et mettant un terme à la vie d'une douzaine d'entre elles. Il prit soudain un air très pensif : « Je me réveille souvent au milieu de la nuit.

— C'est normal, dit Hermie. Moi aussi.

— Mais je me réveille comme un fou en pensant à Vera Miller.

— Et alors ?

— Et alors je déteste Vera Miller !

— Arrête de penser à elle, dans ce cas. »

Oscy l'avait donc éprouvé lui aussi, le chamboulement des émotions que provoque l'amour…

« Dis, tu crois que je suis amoureux d'elle ?

— Je ne sais pas.

— J'espère que non, parce que je la déteste.

— Quand tu penses à elle, qu'est-ce que tu imagines ? »

Oscy devint évasif : « J'ai oublié.

— Alors, comment veux-tu que je t'aide ?

— Qui te demande de m'aider ? »

Il poussa violemment Hermie, qui bascula de sa bûche et atterrit sur le dos, face au soleil. Mais ce dernier s'en fichait pas mal. Cette position était bien plus confortable, et ça lui donnait l'occasion de voir ses orteils sous un angle qu'il n'avait plus expérimenté depuis l'âge de six mois. Oscy frappa la plante des pieds de Hermie : « Il y a des jours où tu te prends vraiment pour un cador, Hermie. Fais gaffe. »

Hermie prit un air faussement repentant et répondit : « D'accord, je ferai gaffe. »

Benjie entra alors en scène : « De quoi vous parlez, tous les deux ? »

Oscy l'écarta d'un geste : « Tu ne comprendrais pas.

— Va te faire foutre. »

Oscy fit preuve d'une tolérance pour le moins inhabituelle : « C'est bien ton problème, Benjie. Tout ce qui t'intéresse, c'est que j'aille *me faire* foutre. Si tu essayais plutôt d'aller *te faire* une fille pour changer ?

— O.K. »

Oscy s'esclaffa en regardant Hermie : « T'as entendu ça ? Il a dit "O.K." ! Je rêve. » Et, se retournant vers Benjie : « Tu ne saurais même pas par où commencer.

— Si, justement.

— Alors dis-moi, par où commence-t-on ?

— On les pelote.

— Erreur. On les embrasse. »

Benjie eut l'air interloqué : « On n'a pas embrassé Gladys Potter.

— On n'était pas amoureux de Gladys Potter. Quand on aime une fille, on l'embrasse. » Il donna un coup dans le pied de Hermie : « Pas vrai, Hermie ? »

Hermie leva les yeux et mit un moment à formuler sa réponse : « En tout cas, c'est plus poli. » Le ciel est bleu, les nuages blancs / La stupide mouette est partie dans le vent. *En regardant le ciel*, poème, par Hermie.

Benjie était agité : « Poli, mon œil. Ça n'est pas obligatoire. »

Oscy se leva et s'approcha de Benjie : « C'est plus qu'obligatoire, petit crétin. » Il le bouscula sans ménagement.

Bien sûr, Benjie recula. Mais pas sur le plan de la discussion. Là, il se montrait inflexible. Il plaça ses mains sur ses hanches, se planta droit dans le sol et dit : « Non, ça n'est pas obligatoire. »

Cet entêtement éveilla la curiosité d'Oscy : « Qu'est-ce que tu en sais ?

— Je le sais, c'est tout.

— Comment ?

— J'ai trouvé un livre. »

Oscy le dévisagea, le souffle coupé. Hermie roula sur lui-même et scruta Benjie de la même façon. Ensuite, Oscy regarda Hermie, et Hermie regarda Oscy. Puis tous deux fixèrent Benjie de nouveau. Il y eut beaucoup de regards échangés. Parce que, contre toute attente, Benjie venait de faire don du feu à l'humanité.

11

Le poulailler abandonné était l'endroit idéal. Il avait encore l'odeur des jours passés et de ses occupants précédents ; ses murs inclinés étaient tellement souillés de fientes que très peu de gens y voyaient un attrait touristique. Le soleil de fin d'après-midi filtrait à travers les fentes du plafond et éclairait les trois garçons accompagnés de leur énorme traité d'anatomie. Hermie et Oscy étaient plongés dans le texte, tandis que Benjie allait et venait au milieu des déjections de poulets desséchées, gardant un œil sur ses vieux amis. Benjie surveillait aussi l'entrée, haute d'à peine un mètre, au cas où sa mère se trouverait dans les parages – même si les alentours consistaient en un champ envahi de mauvaises herbes et quelques bâtisses en ruine. Autant dire qu'aucune mère au monde n'irait mettre les pieds dans un endroit pareil.

« Si ma mère apprend que j'ai pris ce livre… » Benjie était de ceux qui se plaignaient tout bas. « Il n'est pas à moi. Il n'est même pas à ma mère. Il était déjà dans la maison ! »

Il n'y eut aucune réponse de ses deux comparses, devenus simultanément sourds et studieux. Hermie n'avait pas particulièrement apprécié le choix du poulailler à cause de son aversion pour le poulet. Mais c'était toujours mieux qu'un entrepôt frigorifique rempli d'escalopes. Il mouilla son index, prêt à tourner la page. Oscy plaqua une main sale sur la feuille : « Attends. »

Hermie retint son geste. Il commença par patienter le temps qu'il estimait nécessaire à un débile profond pour lire la page. Puis il finit par s'agacer : « Oscy…

— Ça va, je ne lis pas aussi vite que toi, t'as qu'à appeler les flics si t'es pas content. » Oscy prit encore quelques précieux instants pour se dire à lui-même : « Mmm… Mmm… Mmm… O.K., c'est bon. » Hermie tourna la page et tous deux se replongèrent dans leur lecture pour étancher leur soif de connaissance.

Benjie montait la garde d'un air maussade et jouait les oiseaux de malheur : « Les mecs, si on retrouve vos empreintes digitales sur ces pages, vous êtes morts. »

Oscy et Hermie continuèrent à bûcher en silence, accordant au livre toute leur attention. Les moindres détails de l'anatomie féminine flottaient devant leurs nez sur des pages transparentes et superposables, exposés sous tous les angles et entièrement en couleurs. Oscy n'en croyait pas ses yeux : « Seigneur, tu peux te fabriquer ta propre fille ! » Ce qu'il fit sur-le-champ, laissant de côté les intestins. Puis, après avoir changé de rhodoïd, il se fabriqua une fille sans vagin. Puis une autre, uniquement dotée d'un vagin. Il partit d'un rire dément et, quand il se lassa de toutes ces combinaisons, il tourna la page et tomba sur la photo d'une femme nue, les jambes généreusement écartées devant l'objectif. La légende : *Organes génitaux externes de la femme.* Il y avait des indications partout. *Cavité clitoridienne. Capuchon clitoridien. Glande clitoridienne. Grande lèvre. Petite lèvre. Méat de l'urètre. Canal vaginal. Périnée.* C'était un nouveau continent qui s'ouvrait à eux, un univers tout entier fait de sexe, qu'ils pouvaient contempler à loisir, à en devenir fous. Oscy, incrédule, donnait des coups de coude à Hermie : « Hermie, t'y crois à tout ça ?

— C'est une publication médicale, dit Hermie. Pourquoi est-ce qu'ils mentiraient ? »

Oscy ne parvenait pas à détacher son regard du nu : « C'est qui, à ton avis ?

— Je n'en sais rien. Ça pourrait être n'importe qui. »

Hermie aussi avait les yeux rivés sur la photo.

« Je me demande comment elle s'appelle.

— Je ne sais pas.

— Je dirais qu'elle a l'air d'une Barbara.

— Oui. Ça pourrait être une Barbara.

— Ou peut-être Alice.

— Oui. Peut-être.

— Comment ils font pour prendre des photos pareilles ?

— Ils ont des appareils spéciaux. À grande vitesse d'obturation.

— Je crois que je suis amoureux d'elle.

— On ne voit même pas sa figure.

— Ce n'est pas la figure qu'on baise, Hermie.

— Tu t'emballes.

— Quel genre de photographe accepte de développer des photos pareilles ? Si nous, on apportait des pellicules de ce genre à développer, on se retrouverait illico en maison de correction.

— Je suppose qu'ils s'en chargent eux-mêmes. » Hermie s'approcha un peu plus de la publication : « Oui, c'est sans doute ça. »

Benjie planait au-dessus d'eux : « Faites voir.

— Arrête un peu, Benjie. » Oscy couvrit la page comme si Benjie essayait de copier sur lui pendant un devoir : « Je parie que tu as déjà regardé ce livre un bon millier de fois.

— Pas du tout. » Puis il ajouta d'un ton hésitant : « J'ai commencé... mais ça m'a rendu très nerveux. »

Oscy le toisa : « Nerveux ? Comment pourrais-tu être nerveux ? Il y a tout ce qu'il y a à savoir là-dedans !

— Je sais, dit Benjie. Je crois que je devrais le regarder de plus près. En plus, c'est mon livre.

— Ouais, c'est ça, dit Oscy. Tu l'as seulement trouvé dans la maison que vous louez. D'ailleurs, je me demande à qui elle appartient, cette maison. » Il balança un coup dans les côtes de Hermie : « À Barbara peut-être, hein ? » Benjie essayait de se rapprocher du livre et Oscy le repoussa : « Dégage, petit. Tu vas baver. »

Hermie, étant celui qui se rapprochait le plus d'un Roi Salomon dans leur petite bande, intervint : « Laisse-le regarder.

— D'accord, dit Oscy méchamment. Je vais le laisser regarder. Mais alors, il faut qu'il ait tout sous les yeux. » Oscy alla quelques pages plus loin, jusqu'à la photo d'un homme et d'une femme en plein coït. Il poussa le livre vers Benjie : « Et voilà, champion. »

Benjie examina l'illustration pendant au moins cent cinquante ans. Il ne bougeait pas. Il ne respirait pas. Il n'entendit même pas Oscy qui disait : « C'est Barbara et son petit ami, Monsieur Grossebite. »

Des millions d'années plus tard, Benjie finit par sortir de son mutisme pour déclarer d'une voix blanche : « J'y crois pas. »

Oscy se mit à rire : « Ils sont en train de le faire, Benjie. C'est ça. La totale. Ils sont en train de baiser. »

De nouveau, la voix blanche : « J'y crois pas. »

Oscy perdit son calme d'un seul coup. La tension et l'excitation eurent brusquement raison de lui et l'attaquèrent là où ça faisait mal : dans son pantalon. « Je te conseille d'y croire en tout cas, Benjie, parce qu'un jour ce sera ton tour et alors il vaudra mieux pour toi que tu saches ce que tu fais ! » Il commençait à transpirer et il y avait une limite à ce que son T-shirt pouvait absorber.

« J'y crois pas, dit Benjie. C'est… impossible. »

Oscy leva les bras au ciel : « Et pourquoi ce serait impossible ?

— Parce que… les gens ne se plient pas comme ça.

— Les gens se plient quand ils doivent se plier ! »

Benjie ne se laissait pas démonter : « Surtout les gros. Les gros ne peuvent pas faire ça.

— Les gros le font plus que les autres ! » Oscy ne savait plus ce qu'il disait, et d'ailleurs il ne se rendait même pas compte qu'il était en train de hurler.

« En tout cas je peux t'assurer – Benjie était étrangement calme – que mon père et ma mère n'ont jamais fait ça. » Il tapotait la photo d'un doigt connaisseur.

Oscy avait une furieuse envie de lui casser la figure : « Pourquoi pas ?

— Parce que c'est stupide.

— Comment crois-tu qu'ils t'ont eu, Benjie ? Dans une pochette-surprise ? »

Hermie n'avait rien dit depuis un moment. Du coup, quand il se décida enfin à parler, ses paroles eurent l'air d'être celles d'un grand sage : « Je suis navré d'avoir à te l'apprendre, Benjie, mais c'est bien comme ça que les choses se passent. Et la graisse n'a rien à voir là-dedans. En fait, si ça se trouve, ça facilite même pas mal de trucs. »

Benjie s'enflamma et ses yeux se mirent à lancer des éclairs. Il était complètement perdu : « Vous feriez mieux d'arrêter de vous foutre de moi, parce que... ça pourrait mal tourner. Vraiment. »

Hermie était bien décidé à rester calme. Dans les discussions animées, il fallait impérativement qu'une personne au moins garde son sang-froid : « Tu vois, Benjie, quand on regarde cette photo comme ça... je suppose que ça a l'air idiot, c'est vrai, mais quand deux personnes s'aiment, tout ça devient très... agréable. »

Benjie retourna son angoisse contre Hermie : « Qu'est-ce que tu en sais ? Tu ne l'as jamais fait ! »

Hermie était un modèle de patience : « Tu vois, Benjie...

— Je t'emmerde avec tes "tu vois" ! »

Hermie ne se laissa pas déstabiliser : « Tu vois, Benjie, tout est dans ce livre. Noir sur blanc. » Il loucha rapidement sur les transparents et ajouta : « Et en couleurs. C'est pour ça que les gens s'embrassent d'abord. Ça leur donne une chance d'apprendre à se connaître. Puis, une fois qu'ils se connaissent, ils tombent amoureux. Et une fois qu'ils sont amoureux... »

Oscy s'empara du livre et se mit à hurler comme un fou : « Les préliminaires ! On appelle ça les préliminaires ! Tout le monde se désape et on commence les préliminaires ! Et après, le type, il fait ça ! » Il passait furieusement d'une photographie à l'autre : « Et la fille, elle fait ça ! Et lui, il fait ça ! Et avant que tu comprennes ce qui se passe, ils se retrouvent en train de baiser ! » Il referma le livre d'un geste si sec qu'il fit un bruit de mortier : « C'est aussi simple que ça ! » Oscy était remonté à bloc. Benjie était terrifié. Hermie était surpris. Mais Oscy avait complètement perdu la boule. Il arpentait furieusement le poulailler, comme Groucho Marx en pleine crise : « Avant d'avoir vu ces photos, moi non plus je ne croyais pas que c'était possible. Mais ce sont des photos, Benjie. Des pho-to-gra-phies ! Pas des dessins ! J'en avais vu, des dessins, avant ça. Mais là, ce sont des putains de photos ! Et je te jure qu'on va s'y mettre nous aussi ! » Des larmes montèrent aux yeux de Benjie. Quelque chose de bien différent monta dans le jean de Hermie. Oscy, leur chef, ne les laisserait pas tomber. Aujourd'hui les préliminaires, demain le monde.

12

La ville respectait scrupuleusement la réglementation en matière d'éclairage qu'imposait l'Armée en temps de guerre. Cet été-là, à Packett Island, il y eut deux exercices de black-out total ; mais en général les habitants n'avaient à se préoccuper que de black-out partiels, de pannes d'électricité ou encore, dans certains endroits, de simples chutes de tension. Du fait de cette législation, l'enseigne électrique du cinéma avait des ampoules nues dont les moitiés supérieures étaient peintes en noir. Tout concourait à donner un air assez étrange à la ville, comme si on marchait dans la rue avec une casquette baissée sur les yeux. En dehors de ça, ce n'était qu'une chose de plus à laquelle il fallait s'habituer. À en croire les posters placardés à l'entrée du cinéma, le film de la semaine était *Une femme cherche son destin*, avec Bette Davis et Paul Henreid en tête d'affiche ainsi que, dans une moindre mesure, Gladys Cooper et John Loder – lequel, selon la rumeur, filait le parfait amour avec Hedy Lamarr.

Une foule de gens faisait tranquillement la queue devant le cinéma en attendant la séance de vingt heures. La plupart des adultes présents étaient des femmes. Et la majorité d'entre elles étaient plus âgées que Hermie, Benjie et Oscy qui leur décochait pourtant des œillades à tout-va.

Oscy draguait sans vergogne. Hermie semblait plutôt indifférent et avait choisi de rester en arrière pour voir comment évoluaient les événements. Benjie, quant à lui, aurait préféré être ailleurs – au fin fond de la Birmanie, par exemple. Ils avaient tous les trois l'air de gosses au milieu des adultes. Il faut dire que les cornets de glace avec lesquels ils jonglaient précautionneusement pour éviter les bras, les fesses et les ventres des gens les rajeunissaient encore plus. Trois misérables billes dans le flipper de la vie, voilà ce qu'ils étaient. Et avec un style inimitable, ils tentaient de marquer des points.

Ah ! Oscy avait repéré une cible ! Il donna un coup de coude à Hermie, qui ressentit aussitôt cette crispation au creux du ventre qu'il éprouvait toujours dans les moments cruciaux. Oscy désignait une ouverture dans la foule, à travers laquelle on pouvait voir trois filles bavarder et échanger leurs stupides secrets en riant bêtement.

D'un geste presque militaire, Oscy ordonna à ses troupes d'attendre pendant qu'il partait en reconnaissance. Le bataillon indiqua d'un signe de tête qu'il avait reçu le message cinq sur cinq ; Oscy se mit en mouvement.

Il se trouva que les trois filles étaient légèrement plus grandes que lui. Elles étaient aussi, sans aucun doute, un tantinet plus âgées et un brin plus mûres. Mais rien de tout ça ne sembla l'inquiéter, et Hermie s'émerveilla de la manière dont celui-ci se lançait dans la bataille. Oscy choisit la seule blonde de la bande, qui par un heureux hasard était aussi celle qui avait les plus gros seins et, inclinant poliment son cône de glace, il dit : « Bonsoir. »

Les filles se lancèrent entre elles des regards qui signifiaient : « *Il est culotté, ce gamin.* » Mais Oscy n'était pas du genre à se laisser si facilement dissuader. Il fit son possible pour paraître mature aux yeux de la blonde à gros nénés qui, il n'allait pas tarder à l'apprendre, s'appelait Miriam : « Belle soirée pour aller au ciné. » Hermie avait parfaitement compris qu'Oscy se réservait Miriam. Lui et Benjie devraient se débrouiller avec les autres. L'une était presque jolie et avait le sourire de la Pietà. L'autre avait carrément un physique ingrat. Hermie se décida en silence pour la première. Benjie savait que son destin, c'était la dernière.

Miriam, à qui on ne la faisait pas, allait mettre le petit bonhomme qui se tenait devant elle à l'épreuve. Elle bomba le torse, manquant de briser le nez d'Oscy avec ses seins : « Vous avez l'âge de rester debout si tard ? » Son amie laideron se mit à glousser stupidement, révélant les bagues métalliques qui recouvraient ses dents et donnaient à son sourire un faux air du Pont de

Brooklyn. Benjie en eut un haut-le-cœur. L'autre fille, celle de Hermie, continua à sourire joliment. Elle devait être sourde, ou stupide.

Stimulé par la magnificence des seins de Miriam, Oscy fit mine de ne pas avoir entendu la pique et poursuivit la conversation qu'il avait engagée avec tant d'esprit : « J'ai avec moi deux amis tout à fait charmants. » Miriam sortit un mouchoir en papier et essuya le visage d'Oscy. « Vous avez aussi de la glace plein la figure. » Ses amies ricanèrent.

Aussitôt, Oscy lui attrapa la main et pressa le mouchoir contre ses narines dilatées. Il respira profondément et fit semblant de défaillir : « Ah, ce parfum m'enivre. » Déconcertée, Miriam retira précipitamment sa main et sembla heureuse de découvrir qu'elle était maintenant sur la défensive. Oscy sentit le vent tourner en sa faveur : « Mes amis et moi aimerions que vous vous joigniez à nous pour aller voir le film.

— Chacun paye sa place, je suppose », déclara Miriam, toujours pour le tester.

« Oui. Mais laissez-nous vous offrir les rafraîchissements. »

Miriam et ses amies tinrent conseil. Et patati et patata. Puis, tout en s'adressant à Oscy, elle fouilla la foule du regard : « Où sont-ils ? »

Le doigt d'Oscy fit demi-tour et s'arrêta pile là où se tenaient Hermie et Benjie. C'était comme être surpris par l'un de ces projecteurs de prison au moment même où l'on en franchit le mur. La mitrailleuse n'allait pas tarder à retentir. Hermie réussit péniblement à afficher un sourire crispé, tout en donnant à Benjie l'un des cinq millions de coups de coude qu'il reçut cet été-là. « Souris, dit Hermie. Et essaie d'avoir l'air plus vieux. »

Benjie sourit en s'efforçant de paraître plus âgé et plus élégant, et à travers ce rictus grotesque, annonça à Hermie : « Ils viennent par ici.

— Ne panique pas.

— Je suis en sueur.

— Ne transpire pas. »

Oscy arrivait, suivi des trois filles. Les garçons étaient tous plus petits qu'elles. Surtout Benjie, qui s'appliquait à creuser un trou dans le béton avec ses sandales, sans doute pour s'y cacher. Oscy fit les présentations. Merde, il était d'une classe ! « Voici Hermie et Benjie. Et je vous présente Miriam. »

Puis Miriam présenta ses amies : « Voici Aggie (la fille presque jolie, stupide et sourde) et Gloria (l'une des sept plaies d'Égypte). »

Oscy, véritable maître de cérémonie, désigna les couples : « Hermie, tu es avec Aggie, parce que vous êtes tous les deux des intellos. Et toi Benjie, tu es avec Gloria parce que c'est comme ça.

— Il faut que je rentre chez moi. » C'était Benjie, parlant de cette voix blanche qui commençait à devenir coutumière chez lui. Et avant que quiconque ait eu le temps de réagir, il avait disparu dans la foule. Gloria sembla anéantie par cette soudaine désertion. Elle enfouit son visage dans ses mains. Il aurait mieux valu qu'elle l'enfouisse sous terre.

Miriam était furieuse. Le comportement de Benjie lui parut intolérable. Elle prit la mouche et, en voyant ses seins se gonfler comme deux zeppelins, Oscy se dressa inconsciemment sur la pointe des pieds : « Si Gloria ne vient pas, nous non plus. » Elle omit d'ajouter : « Un point c'est tout. »

Oscy n'avait pas l'intention de laisser Benjie tout faire capoter ; les mâchoires serrées, il l'appela en grondant. Avec le ton doucereux d'une colère contenue, son cri déforma le prénom de Benjie en Banzaï, ce qui fit se retourner plusieurs personnes. Et s'il y avait quelqu'un d'agacé par ces hurlements, c'était bien l'homme qui était situé juste à côté d'Oscy. Mais Benjie avait disparu corps et âme, avalé par la nuit ; il avait tiré sa révérence. Déclaré forfait à la simple vue de sa cavalière. *Sic transit gloria mundi.*

Voyant que Miriam rejouait la colère d'Achille, Gloria fit sa Cosette. Elle zozota à travers son appareil dentaire trempé de salive, chaque syllabe occasionnant une nouvelle salve de postillons : « C'est pas important que z'y aille. »

Miriam tomba naïvement dans le panneau mais refusa noblement de l'abandonner : « Ne sois pas stupide.

— Ze ne suis pas stupide. Ze ne veux pas y aller, ze te zure.

— Dans ce cas, dit fièrement Miriam, nous n'irons pas non plus. »

Oscy attira doucement Miriam à part. Il se pencha vers elle et lui parla *mezzo voce* comme Méphistophélès à Faust : « Venez donc sans elle.

— C'est notre amie. Nous resterons ensemble. » Miriam était inébranlable. Gloria zézaya une fois de plus son sens du sacrifice : « Ze t'assure, Miriam, ça ne fait rien si ze ne vois pas ce film. »

Oscy s'était fait son écho : « Elle n'a pas envie d'y aller. »

Miriam tenait bon : « Alors nous n'irons pas non plus. »

Gloria de nouveau : « Allez-y sans moi. »

Oscy donna un coup de coude à Miriam : « Elle veut que vous y alliez sans elle.

— Elle ne le veut pas vraiment.

— Elle le veut.

— Elle ne le veut pas.

— Elle est partie. »

Miriam se retourna d'un bond et constata que Gloria avait effectivement disparu, engloutie par le même manteau de nuit que Benjie. Ne restait plus qu'Aggie, sûre de rien, avec un sourire qui commençait à faiblir, à vaciller comme une bougie dans le vent. Elle avait peur de se tourner vers Hermie et de se rendre compte qu'il avait fui lui aussi. Mais non, Hermie avait seulement les yeux levés vers le ciel, attendant Buck Rogers.

C'était le moment ou jamais pour Oscy, et il ne comptait pas laisser passer sa chance. Il glissa son bras sous celui de Miriam : « Allons faire la queue. Nous avons la soirée devant nous et je ne veux pas manquer le dessin animé. »

Miriam chercha le regard d'Aggie dans l'espoir d'avoir son avis sur la question. Aggie haussa les épaules. Elle n'avait rien à proposer, hormis des sourires. Des kilomètres de sourires. Miriam fit face à Oscy, décidée à ne pas se vendre pour rien. « Il nous faudra du pop-corn à quinze *cents* le paquet », déclara-t-elle entre les deux ballons de basket qui lui servaient de seins.

Il ne fallut guère plus qu'un coup d'œil d'Oscy pour inciter Hermie à obtempérer. Celui-ci avait compris les règles du jeu et acquiesça de la tête. L'affaire était donc conclue et tous quatre se mirent dans la queue qui commençait lentement à se former. Miriam et Aggie étaient devant, Oscy et Hermie les suivaient de près.

Oscy marmonna à Hermie : « C'est la dernière fois que je fais quelque chose pour Benjie. La dernière.

— Il est trop jeune. Ça le dépasse.

— Ce fils de pute a failli tout foutre en l'air. Elle n'était pas si mal cette Gloria. » Oscy n'attendit pas que Hermie lui dise à quel point il avait tort et poursuivit : « C'était seulement la fille la plus laide de tout l'univers. » Puis il murmura dans l'air nocturne, de manière à ce que seul Hermie puisse l'entendre : « Cours, Benjie, cours. Ne te retourne pas. » Et il manqua de s'étouffer de rire.

« Oscy, j'ai une mauvaise nouvelle, lâcha Hermie entre tristesse et totale indifférence.

— Qu'est-ce qu'il y a ?

— Tu vas devoir me prêter dix *cents.* »

Oscy glissa discrètement dix *cents* à Hermie, mais ses pensées étaient ailleurs : « Tu as vu les nénés de Miriam ?

— C'est à toi de faire plus que les voir, maintenant.

— Si elle les agite sous mon nez, je vais les choper. Je serai prêt. » Oscy était toujours en plein délire quand soudain Hermie aperçut quelque chose qui, en une fraction de seconde, lui fit perdre tous ses moyens. « Oui, mon vieux, disait Oscy, quand ces nénés seront à ma portée, je serai là. Quand ils descendront du ciel, je serai là... »

Oscy reçut un coup de coude en plein foie – un signal très clair qui annonçait un danger. Il se raidit, se demandant quelle mouche avait piqué son ami. Ce dernier montrait quelque chose du doigt, très nerveux.

C'était la femme, au milieu d'un groupe d'adultes qui attendaient apparemment pour voir le film. Ses beaux cheveux flottaient dans le vent et ses yeux rencontrèrent ceux de Hermie. Peut-être lui avait-elle lancé ce coup d'œil parce que leurs cerveaux étaient entrés en contact par ondes radio. Elle lui sourit. Le sourire de tous les sourires. Puis elle s'approcha de lui : « Bonjour, Hermie.

— Bonjour, vous. » Il accompagna sa réponse d'un mouvement de la main, un vague demi-cercle dessiné dans l'air avec la paume comme un chanteur de swing, puis se promit intérieurement de ne plus jamais recommencer : ce geste n'était ni naturel ni digne de lui.

« Vous allez au cinéma ? » demanda-t-elle. Ça n'était pas une question particulièrement pertinente, car pour quelle autre raison ferait-il la queue ici, son argent à la main ?

Il répondit par un « oui » qu'il espérait très sophistiqué.

De son côté, elle mit fin à la conversation d'un : « C'est bien, ça » on ne peut plus ésotérique, puis se détourna, consacrant de nouveau tout son charme à ses compagnons.

Oscy était abasourdi : « Hermie ! Mais alors, c'est vrai qu'elle te connaît !

— Bon sang, c'est d'un gênant... » Hermie était mécontent.

« Quoi ?

— Ben, qu'elle me voie avec... ça. » Du pouce, il désigna par-dessus son épaule cette idiote d'Aggie qui souriait comme une hystérique à la vie et au monde. Peut-être avait-elle la bouche paralysée. Peut-être qu'elle trouvait secrètement quelque chose de drôle à la situation. Peut-être y avait-il quelque chose qui lui chatouillait les fesses.

Brusquement, sans que Hermie sache comment, la femme fut de nouveau à côté de lui, souriante : « Excusez-moi, Hermie ? Je voulais vous demander quelque chose. Pourriez-vous passer chez moi jeudi après-midi ? »

Hermie sentit Oscy s'affaisser à côté de lui. Cet idiot était pratiquement en train de s'évanouir. La femme poursuivit : « J'ai des choses assez lourdes à déplacer et – elle sourit et eut un petit haussement d'épaules – pas d'homme pour m'aider. »

Cette dernière remarque eut sur Oscy l'effet d'une fléchette enduite de curare. Il devint rigide puis flasque ; il s'effondrait contre Hermie à un angle de quarante-cinq degrés. Hermie dut à son tour se pencher de quarante-cinq degrés, à l'opposé, pour le retenir. Dans cette position, ils faisaient penser à une tente. « Bien sûr, répondit Hermie. O.K.

— Oh, très bien », dit-elle, puis elle ajouta : « En fait, je pense que ce serait mieux que vous veniez le matin. Nous aurions plus de temps. Dix heures, ça vous irait ?

— Bien sûr. Nous prendrons le café. » Cette fois, Oscy avait trépassé pour de bon. Il venait de succomber, là, appuyé contre le corps de son cher ami Hermie qui sortait des phrases comme « Bien sûr. Nous prendrons le café ».

« Vous l'aimez noir, n'est-ce pas ?

— C'est exact.

— À jeudi alors », dit la voix ensoleillée. Puis elle retourna auprès de ses amis.

Hermie se cramponnait à Oscy qui était transformé en zombie, en mort-vivant qui aurait quand même gardé l'usage de la parole car il déclara à Hermie, d'une voix monocorde : « Toi, mon vieux… t'es dans la place.

— La ferme, Oscy. Tu es encore plus bête que Benjie. » Hermie n'avait pas envie que quelqu'un voie Oscy perdre les pédales comme ça. Il le tint par le bras et le secoua pour qu'il reprenne ses esprits : « Allez, ressaisis-toi. »

Oscy revint à lui et, bientôt, son immense sourire orna de nouveau sa figure : « Tu es dans la place, Hermie. Je n'en reviens pas. Elle est folle de toi. Le café à dix heures. Merde alors !

— Tais-toi, tu veux.

— Non. Je ne peux pas me taire. Je suis dans tous mes états. Où est passée cette Miriam ? Elle va voir ce qu'elle va voir ! Dès que les lumières s'éteignent, j'attrape ses nibards et je me balance dessus comme Tarzan ! » Il tambourina sur sa poitrine et se prépara à pousser le cri sauvage de l'homme-singe.

Mais Hermie plaqua sa main sur la figure d'Oscy : « T'es vraiment un sauvage ! Tu ne peux même pas attendre la fin du dessin animé ? »

Oscy dégagea sa bouche et son sourire éclatant s'échappa : « Je ne peux pas attendre ! Je ne peux pas attendre ! » Oscy avait enfin révélé sa véritable nature. Il était le loup-garou de Londres et, auprès de lui, personne n'était en sécurité.

Une quarantaine de spectateurs prirent place dans la vieille salle en bois construite en 1845 par des prisonniers de guerre mexicains. Oscy avait pris soin de guider sa troupe vers le dernier rang ; entre les autres spectateurs et la bande d'Oscy, il y avait une vingtaine de rangées vides. Un vrai *no man's land* séparait les insulaires rationnels des deux obsédés sexuels et de leurs proies.

Pendant les actualités, ils virent le politicien

Harold Ickes se plaindre de ce que les gens stockaient du caoutchouc chez eux. Ils apprirent aussi que, quelque part en Russie, Sébastopol était tombée. Des filles tricotaient des chaussettes écossaises pour leurs fiancés, qui avaient bien du mal à passer inaperçus quand ils les portaient à l'Armée. Des Liberty-Ships patrouillaient le long de toutes les côtes américaines. Frank Sinatra faisait se pâmer les filles. Et l'humoriste Lew Lehr répétait en boucle sa phrase fétiche : « Les singes sont les gens les plus dingos. »

Vint ensuite le dessin animé, dans lequel un chat pourchassait une souris, laquelle tua le félin une douzaine de fois. Mais il en redemandait toujours et la souris ne se faisait pas prier. Elle frappa tour à tour le chat avec une enclume, un rocher, une maison et un porte-avions. Elle lui tira dessus avec un arc, une fusée, une torpille et un fusil destiné à la chasse à l'éléphant. Elle l'asphyxia aussi, puis le poignarda, le noya et y mit le feu, le tout sur une musique du Looney Tune National Symphony Orchestra. Ce chat était vraiment increvable.

Oscy, qui prenait toujours le parti de la souris, se marra comme un dingue pendant tout le dessin animé. Hermie, de son côté, ne pouvait pas sympathiser totalement avec le chat parce que c'était toujours lui qui cherchait les ennuis. Il ressentait cependant une certaine compassion pour le malheureux greffier parce que, comme lui-même, il essayait seulement de faire son chemin dans un monde qui ne le comprenait pas.

Le quatuor s'était installé de telle sorte que Miriam était assise la plus à gauche. Venait ensuite Oscy. Puis Aggie. Puis Hermie. Derrière eux, il n'y avait que le mur du fond. À gauche, à droite et devant, il n'y avait que de l'air. Tout le temps que durèrent les actualités – mais pas pendant le dessin animé –, Oscy n'avait cessé de jeter des regards en coin vers les seins de Miriam qui saillaient, aussi impressionnants que l'auraient été les Montagnes Rocheuses si elles avaient été couchées sur le flanc. Miriam était tout à fait consciente de ces regards avides que lui lançait Oscy, mais faisait mine de ne rien remarquer. Par expérience, elle savait que les garçons gardaient les mains dans leurs poches au moins jusqu'à ce que le film soit bien avancé. Se sentant donc en sécurité, pour le moment en tout cas, elle se concentrait sur son pop-corn. Miriam était une vraie pro. Jamais ses seins n'avaient raté les actualités, ni un dessin animé.

Quant à Aggie et Hermie, en les voyant, on aurait pu penser qu'ils n'étaient pas venus ensemble. Hermie ne manquait pas une miette de ce qui se passait à l'écran, soit par peur, soit par manque d'intérêt envers la fille en blouse paysanne bouffante assise à côté de lui. Tout ce qui était au-dessus des seins d'Aggie était nu, y compris la partie supérieure de ses bras. Le reste était couvert d'une masse de fronces et de demi-manches. Ces dernières, il faut le souligner, commençaient au-dessus du coude et laissaient quinze bons centimètres de chair nue sous les pointes de ses épaules. Sa robe était tellement tirée vers le bas qu'elle ressemblait à la Comtesse de Monte-Cristo, dos nu, prête à être fouettée. Cela ne l'empêchait pas de mâcher du pop-corn et, si de quelconques pensées passaient derrière ses doux yeux gris, elles demeuraient tout bonnement impénétrables.

Le film commença enfin et chacun, dans la petite bande, devint plus tendu. Tout le monde était sur la ligne de départ ; dans la compétition de ce soir, il y avait deux belles pouliches, un étalon pur-sang et Hermie, à mi-chemin entre le poulain affolé et le cheval hongre. La course allait pouvoir démarrer.

Bette Davis devait faire face à ses souffrances habituelles. Paul Henreid, le crétin, était allé beaucoup plus loin avec elle qu'il n'aurait dû, car il était marié. John Loder traînait dans les parages pour pimenter tout ça. Hermie aimait bien John Loder, parce qu'il faisait très R.A.F., qu'il avait l'air d'être un parfait gentleman. Mais il était évident que Loder allait finir tout seul, parce qu'il était trop occupé à agir comme il fallait – alors que ce qu'il aurait dû faire, c'est jeter Bette Davis sur le divan et la baiser. Hermie savait qu'il avait beaucoup de John Loder en lui, ce qu'il tenait probablement d'un oncle du côté de sa mère, qui était né à Londres et que l'on aurait très bien pu prendre pour un noble s'il n'avait pas tenu une épicerie dans le quartier de Bensonhurst à Brooklyn – activité roturière qui, de toute façon, l'aurait dépouillé de toute prétention liée à la couronne. C'était quelqu'un cet oncle. Hermie commençait à divaguer. Il savait que c'était à cause de la pression. Il sentait la chaleur du corps d'Aggie à côté de lui et, de temps en temps, une bouffée de son eau de Cologne emplissait ses narines et l'étourdissait complètement. Elle était tellement brûlante qu'il aurait pu faire cuire un œuf sur ses seins. Quelque chose bougeait derrière Aggie. C'était Oscy.

Cet enfant de salaud s'était transformé en vraie pieuvre, encerclant sa victime. Mais ce n'était pas la première fois que Miriam allait au cinéma, et elle avait au moins autant de bras qu'Oscy. Pendant un moment, on aurait dit qu'ils étaient en train de nager. Mais le plus important dans tout ça, c'était qu'Oscy n'arrivait à rien.

Les yeux de Hermie restèrent vissés sur l'écran. La mère de Bette Davis mourut dans son fauteuil et Bette Davis, qui pourtant avait déjà assez d'ennuis comme ça, se mit à culpabiliser. Claude Rains, un médecin ou quelque chose du genre, lui dit que ce n'était pas sa faute – mais si elle ne s'était pas sentie coupable, il n'y aurait pas eu de film. Elle culpabilisa donc pendant encore dix bonnes minutes, durant lesquelles Oscy abandonna le crawl pour une autre tactique. La furtivité. Sa main droite fit une sortie de piste et toucha le genou droit de Miriam. Simultanément, son bras gauche passa derrière le siège de Miriam pour se poser, l'air de rien, sur son épaule. Là encore, Miriam fut à la hauteur de la situation. La main sur le genou reçut une chiquenaude et s'éclipsa. Celle sur l'épaule reçut une claque et battit en retraite. Attaque repoussée.

Sur le théâtre des opérations Hermie/Aggie, aucun changement notable. Hermie continuait à regarder le film nonchalamment, navré de voir John Loder réduit à jouer ce rôle de bouffon. Le temps passa encore. Aggie s'empiffrait de pop-corn. Au bout d'un moment, Hermie essaya de regarder vers la zone Oscy/Miriam sans bouger la tête. Cela aurait été plus facile s'il avait eu des yeux dans l'oreille.

De sa main gauche, implacable, Oscy maintenait une prise inamovible sur la cuisse droite de Miriam. Celle-ci contra en refermant sa main autour de l'avant-bras d'Oscy. La main d'Oscy ne pouvait donc pas remonter plus haut sur la cuisse de Miriam. Rommel contre Montgomery. Une véritable impasse.

Un instant plus tard, Oscy riposta. Sa main libre agrippa le poignet du bras de Miriam qui agrippait son avant-bras ; mais de son autre main, Miriam agrippa le bras qui venait de saisir son propre bras. Toutes ces prises finirent par empêcher leur sang de circuler. Oscy et Miriam étaient emmêlés comme un nœud marin raté.

Du côté Hermie/Aggie, il y eut un frémissement. Aggie, touchée par le caractère dramatique de ce qui se passait à l'écran, se rapprocha de Hermie – moins par désir que par compassion vis-à-vis de tous les humains en détresse. Hermie remarqua ce mouvement pourtant imperceptible, parce qu'il causa un léger courant d'air ; son sismographe intérieur s'emballa. Aggie avait manifesté son désir brûlant, Hermie devait agir : c'était maintenant ou jamais. Que Bette Davis le veuille ou non, le film tirait à sa fin et il ne restait plus beaucoup de temps à Hermie pour saisir sa chance. Son bras décolla de l'accoudoir dans le but d'atterrir dans le dos d'Aggie. Mais Hermie apprécia mal la distance et sa main s'écrasa sur le nez de la jeune fille.

Elle lâcha un « Oooooh » comme si c'était de sa faute à elle. Puis elle eut un sourire bête et dit : « Excusez-moi. » Hermie sourit à son tour, car il faut toujours combattre le feu par le feu. Il ne comprenait absolument pas pourquoi elle s'excusait. Mais quelle que fût la folie qui poussait cette fille à sourire, le contact physique que Hermie venait d'établir avait fait bouillir son sang dans ses artères surchauffées. Il compta jusqu'à trente – nombre qu'il choisit de manière arbitraire, il faut bien l'avouer –, et tenta de nouveau la manœuvre du bras derrière le fauteuil, en se concentrant un peu plus. L'opération fut couronnée de succès. Aggie ne fit aucun geste pour l'arrêter, ni même pour protester. Bonne nouvelle, Hitler. Les Pays-Bas ne résisteraient pas.

Les doigts de Hermie se replièrent et se mirent à avancer comme des pattes de tarentule. Ils remontèrent doucement le long du fauteuil et vinrent se poser sur l'épaule chaude d'Aggie, où ils parurent se solidifier et mourir. Aggie ne bougeait toujours pas. La Norvège n'avait pas opposé de résistance non plus. Hermie aspira une grande bouffée d'air imbibé de fumée de cigarette et toussa. Quand il eut fini de tousser, il laissa sa main où elle était, se disant qu'elle déciderait d'elle-même ce qu'elle ferait ensuite.

À l'est, rien de nouveau. Mais des stratégies étaient en train d'être élaborées en secret. Le sang avait cessé de circuler dans les bras d'Oscy. La gangrène menaçait. N'ayant plus d'autre choix, Oscy desserra peu à peu son emprise sur la cuisse de Miriam, qui libéra à son tour son étreinte. Puis il lâcha le bras de la jeune fille, qui fit de même avec le sien. Détachés l'un de l'autre, ils frottèrent leurs membres respectifs pour faire circuler de nouveau tout leur sang.

Oscy se rencogna dans son siège, déçu et furieux. Elle était trop forte pour lui. Il devait bien le reconnaître. Miriam se remit à regarder le film. Brusquement, Oscy sortit à nouveau de son pré carré pour avancer sournoisement une main inopinée vers les genoux de sa voisine. Poussant un juron, Miriam fit une brusque embardée sur son siège ; un peu plus, elle sautait au plafond. Avec un sourire mauvais, Oscy se contenta de plonger ses griffes dans le sac de pop-corn qu'elle gardait sur ses jambes et sur lequel, légalement, il avait certains droits. Il lui tira la langue. Par bonheur, Miriam ne le vit pas faire. Dans le cas contraire, elle se serait dit qu'elle se trouvait en compagnie d'un gosse de neuf ans et le combat aurait cessé sur-le-champ et pour toujours.

Vaincu, Oscy se retourna pour voir comment

les choses se passaient pour son allié. La première chose qu'il vit, dans la faible lumière de l'écran, fut la main de Hermie gisant sur l'épaule d'Aggie, immobile, comme une omelette géante. Fasciné, Oscy continua à l'observer, se demandant quelle stratégie extraordinaire Hermie pouvait bien employer.

Doucement, les doigts de Hermie revinrent à la vie et se déplacèrent un peu plus loin, comme s'ils jouaient du piano au ralenti. Ils descendaient le long de cette épaule douce et chaude. Mais Aggie était venue au cinéma avec un pull-over pour se protéger du froid de la nuit lorsqu'elle rentrerait chez elle. À l'insu de Hermie, elle avait gardé le vêtement entre ses bras pendant le film, de sorte qu'une bonne partie en recouvrait sa poitrine. Aussi, quand les doigts de Hermie crurent atteindre leur cible et rencontrèrent le doux cachemire, ils furent logiquement très troublés. Ils commencèrent à tirer lentement sur le pull-over et à le rouler en une espèce de grande boule de laine rampante. Aggie baissa les yeux et vit son pull se faire la malle. Elle avait peur de l'arrêter, car elle craignait de stopper du même coup la main timide de Hermie, ce qu'elle ne voulait surtout pas. Au contraire, elle souhaitait que cette main continue encore et encore. De toute manière, le pull-over ne tarda pas à se retrouver sur les genoux d'Oscy, qui était aux premières loges de ce spectacle torride. Oscy accepta la situation sans broncher, se disant qu'il devait faire de son mieux pour contribuer à l'effort de guerre. L'une des manches du pull-over était encore roulée autour du poignet de Hermie, ce qui força sa main à se tortiller dans tous les sens pour trouver la peau d'Aggie. Finalement, il se libéra du vêtement et ses doigts rencontrèrent enfin de la chair. De la *vraie* chair. Chaude. Ferme. Wouah !

Les yeux de Hermie s'écarquillèrent. Il commença à transpirer. Il s'attendait à être immédiatement remis à sa place. Voire à ce qu'on l'engueule carrément. Peut-être même assez fort pour que tout le monde dans le cinéma se retourne et qu'on appelle les flics. Mais Aggie ne broncha pas. Le Danemark capitulait à son tour.

Aggie se laissa faire et se rapprocha très légèrement de Hermie, posant pratiquement sa tête contre son épaule. Oscy regardait la scène ; désormais, il n'était plus sûr de rien.

La main de Hermie caressait la chair, encore et encore. Elle glissait. Elle pressait et relâchait. Pressait, relâchait. Pressait, relâchait. Le sein d'Aggie était docile, doux et chaleureux. Mais la stupéfaction d'Oscy se basait sur une tout autre vérité, une triste vérité que les doigts de Hermie n'avaient pas encore découverte. La chair qu'ils massaient avec tant d'avidité était celle du bras d'Aggie, à mi-chemin entre le coude et l'épaule. Avec toutes ces allées et venues entre le pull-over de cachemire et la blouse paysanne, les doigts avaient dévié de leur trajectoire initiale et s'étaient posés à une bonne quinzaine de centimètres de leur objectif. Si Aggie avait eu 95 de tour de poitrine et non 70, Hermie se serait rendu compte de son erreur. Mais, en l'occurrence, il n'avait aucune idée de ce qu'il était réellement en train de faire et continuait à peloter un bras.

En bon ami qu'il était, Oscy commença par s'assurer que le pull-over ne gênait plus Hermie. Puis il décida de corriger l'erreur d'appréciation de sa main quant à la géographie d'Aggie. Il la prit doucement et essaya de la remettre dans la bonne direction.

Mais Hermie sentit la patte d'Oscy sur la sienne et crut tout d'abord que c'était Aggie qui lui demandait d'arrêter de la tripoter. Mais lorsqu'il regarda les genoux de cette dernière, il constata que ses deux mains s'y trouvaient encore, tenant le sac de pop-corn. C'était donc la main de quelqu'un d'autre. Mais de qui ? Hermie regarda derrière le fauteuil d'Aggie et vit Oscy qui formulait silencieusement des mots pour essayer de lui dire quelque chose. Lui expliquer son erreur de latitude. Mais Hermie répondit par une grimace qui signifiait : « Arrête ça tout de suite ou je te tue ! Va peloter Miriam ! »

Aucun ami au monde n'aurait pu faire plus. Oscy avait essayé d'aider Hermie, mais il n'y a pire aveugle que celui qui refuse de voir. Alors Oscy se rassit droit dans son siège et observa, incrédule, l'évolution de la main de Hermie comme si elle appartenait à un grand chirurgien en train d'opérer le cerveau d'Albert Einstein.

Quant à Aggie, elle attendait depuis une demi-heure que la main de Hermie atteigne son but. Elle le voulait. N'avait-elle pas été assez claire ? Son petit cœur battait si fort dans ses oreilles que quand Bette Davis parlait, elle avait l'impression d'entendre Gene Krupa jouer de la batterie.

La main de Hermie devenait folle de passion. Presser, relâcher. Presser, relâcher. Plus que jamais convaincue de caresser le sein d'Aggie, la main tenta même d'aller plus loin. Elle se glissa sous l'élastique de la manche comme un rôdeur sous un barbelé au Texas, puis elle commença à chercher le tétin.

Oscy ne manquait rien de la scène. Il souriait de toutes ses dents et donnait des coups de coude à Miriam pour attirer son attention. Miriam se tourna pour voir quelle bêtise Oscy comptait faire maintenant. Il se contenta de lui montrer la main de Hermie, enfouie jusqu'au poignet dans la demi-manche d'Aggie, telle une taupe sous une pelouse.

Miriam comprit immédiatement la situation et plaqua sa main sur sa bouche pour étouffer le rire qui n'allait pas manquer de s'en échapper. Durant ce court instant, Oscy sentit qu'elle baissait sa garde et décida de s'engouffrer dans la brèche. Aussitôt, ses deux mains s'ouvrirent comme des serres de faucon et se jetèrent sur leurs proies : il se retrouva bientôt avec une généreuse portion de nénés dans chaque paume. Elle se débattit, comme il convient à une jeune fille de bonne famille, mais elle se laissa bientôt faire et poussa un long soupir, ce qu'Oscy prit d'abord pour un mécanisme de protection visant à dégonfler ses seins en cas d'attaque surprise. Mais tout resta bien en place, et Oscy prit son plaisir à pleines mains, malaxant Miriam à volonté et jouant de ses dix doigts une mélodie d'amour sur sa poitrine. Miriam émit quelques cris de protestation ravis tandis qu'Oscy, véritable virtuose, remuait ciel et paire. Tout à son excitation, Oscy cogna par inadvertance son genou contre celui d'Aggie, assise sur le fauteuil voisin.

Aggie sursauta et se retourna pour voir ce qui se tramait de ce côté-là ; un tas de choses, c'était le moins qu'on puisse dire. D'où elle était, les seins de Miriam avaient l'air de deux ballons de foot essayant de s'échapper. Cela dérangea Aggie de voir une telle activité sexuelle se déployer si près alors que, de son côté, les choses étaient au point mort. Elle baissa les yeux vers la stupide main de Hermie, qui semblait se satisfaire de lui pincer le bras au point de lui faire des bleus. Elle était perdue. Que faire ?

Pendant ce temps, Hermie était dans une extrême perplexité. Sa main avait tâtonné partout mais… Aggie n'avait pas de tétin. Il savait qu'il en existait de formes et de tailles diverses, mais comment ceux d'Aggie pouvaient-ils être petits au point d'échapper à tous ses efforts de détection ? Il explora toute la région, encore et encore, comme un bateau de secours à la recherche de naufragés, mais toujours rien. Il se demanda si Aggie n'était pas difforme. Cette pensée le pétrifia.

Aggie sentit la main dans sa manche s'immobiliser. Elle décida alors de passer à l'action. De sa main libre, elle dénoua le petit lacet de sa blouse pour que ses seins soient plus faciles à atteindre, même par le dernier des empotés, car elle commençait à soupçonner que c'était bien à cela qu'elle avait affaire. Puis, effleurant au passage son sein palpitant, elle plaça doucement ses doigts sur la main errante de Hermie afin de la guider vers son véritable but… et d'en finir.

À son contact, Hermie tressaillit. Il fut tiré de son extase et ramené à la réalité. Pensant qu'Aggie cherchait à lui faire savoir que cela suffisait pour ce soir, il retira rapidement sa main de sa manche ; l'élastique qui se trouvait à cet endroit claqua si fort que le baiser que Bette Davis était en train de donner à l'écran sonna comme une gifle. Pas étonnant que Paul Henreid ne veuille pas l'épouser. Hermie rapatria rapidement sa main et la déposa, toujours brûlante de passion, sur ses propres genoux. Il lança à Aggie un regard penaud et dit en souriant : « Veuillez m'excuser. Je ne savais plus ce que je faisais. »

Aggie sourit bêtement. Que pouvait-elle faire d'autre ? Quel genre d'homme était-il, pour prodiguer tant de caresses à son bras ? Y avait-il quelque chose à propos des bras qu'elle ignorait encore ? Étaient-ce des « zones érogènes » ? Il n'y avait rien à ce sujet dans les manuels d'éducation sexuelle qu'elle avait réussi à feuilleter en cachette. Elle accorda de nouveau toute son attention au film, aussi dénué de sens que sa propre vie. Elle aurait quelques questions brûlantes à poser à sa grande sœur en rentrant.

Hermie se tourna lui aussi vers l'écran, mais à l'inverse, il se sentait plutôt exalté. Il avait longuement tâté un joli sein bien chaud. C'était un très bon début. Quelle importance qu'il ait raté son tétin ? Des tétins, il y en avait plein d'autres. Le monde en était rempli ! Et s'il ne touchait pas ceux d'Aggie, ce seraient ceux de quelqu'un d'autre. Il sourit intérieurement parce que, deux fauteuils plus loin, il pouvait apercevoir Oscy qui faisait sursauter Miriam. Imbécile d'Oscy. Grossier. Tellement grossier. Le truc, c'était d'être subtil et délicat. On ne traitait pas une fille comme un animal. On la cajolait doucement, avec sentiment. Oscy était vraiment idiot, stupide, lourdaud. Hermie profita de la fin du film et fut touché par les dernières paroles : « Pourquoi demander la lune ? Nous avons déjà les étoiles. » Ça, c'était formidable. Du grand cinéma. Bravo les frères Warner. Les lumières se rallumèrent. Ils reprirent tous leurs esprits et se levèrent.

Devant le cinéma, le public se dispersait comme il était arrivé, par petits groupes. Les gens rentraient chez eux ou allaient prendre un café, ou faire autre chose. Oscy, Hermie, Miriam et Aggie formaient leur propre petit groupe. Oscy voulait prolonger la soirée à tout prix : « Et si on allait sur la plage pour regarder la mer ? »

Les seins de Miriam étaient aussi fatigués que

Miriam elle-même. Seulement, contrairement à elle, ils ne bâillaient pas, ils restaient bien accrochés à leur place, continuant à faire leur autopromotion.

« Il est tard. Il faut qu'on rentre, dit Miriam.

— Oh, s'il vous plaît, lâcha Oscy d'un ton étrangement dramatique, vous plaisantez. »

Miriam fit signe que non : « Nous vous verrons peut-être sur la plage demain. Vous y serez, demain ?

— Je ne serai pas à la montagne, en tout cas. » Personne ne comprit vraiment ce que ça voulait dire. Mais personne ne s'en souciait vraiment non plus.

« Très bien, nous nous verrons là-bas. Bonne nuit. Merci pour le pop-corn. » Sur ces mots, Miriam passa son bras sous celui d'Aggie et les deux filles disparurent comme le reste des spectateurs.

Oscy et Hermie prirent le chemin de leurs maisons respectives, Oscy scrutant le visage de Hermie dans le noir. Il ne manqua pas d'y voir le sourire triomphant qui s'y étalait. Mais Oscy savait une chose que Hermie ignorait. Le tout, c'était de tirer le maximum de cette information : « Comment ça s'est passé, Hermie ?

— Pas mal.

— Ah oui ? Qu'est-ce que tu as fait ? » Oscy jouait son rôle à la perfection.

« J'ai touché son sein.

— Tu déconnes ?!

— Non.

— Mince alors… Youhou… Tu lui as touché le sein. Génial !

— Pendant presque onze minutes. » Hermie était l'incarnation même de l'enthousiasme modéré.

« Fantastique. » Oscy aurait mérité un Oscar.

« Oui. Onze minutes.

— Tu t'es chronométré. Wouah.

— Oui. Jusque-là, je n'avais jamais dépassé les huit minutes avec Lila Harrison. Et encore, avec les mains sur les vêtements. Cette fois, c'était avec la main en dessous.

— Un sein nu.

— Exactement.

— Et tu as battu ton record ?

— De trois minutes.

— Comment c'était ? »

Cette question déconcerta vaguement Hermie : « Qu'est-ce que tu veux dire ? C'était comme un sein.

— Ce n'était pas comme un bras, plutôt ?

— Un bras ?

— Oui. Tu sais… un bras.

— Non. C'était comme un sein.

— Moi, je parie que c'était comme un bras.

— Pourquoi ça aurait été comme un bras ?

— Parce que c'en était un. » Oscy avait lâché cette bombe d'un ton nonchalant et continuait à marcher comme si de rien n'était. Mais Hermie s'était arrêté net : « C'est quoi ton problème, Oscy ? »

Oscy s'immobilisa également et se tourna vers

lui. Il lui répondit aussi doucement que possible. Ça ne servait à rien de s'exciter pour si peu : « C'était son bras que tu pelotais, Hermie. Je t'ai vu faire. C'est ce que j'essayais de te dire tout à l'heure. Tu as caressé un bras pendant onze minutes. » Sur quoi il ajouta : « Espèce d'idiot.

— Écoute, Oscy… » Hermie était en train de se vexer.

Oscy alla quand même au bout de sa pensée, avec le plus large sourire qu'il ait jamais eu : « Et donc, officiellement, ton record de huit minutes avec Lila Harrison tient toujours. »

Hermie commençait à comprendre quelque chose qui ne lui plaisait pas du tout : « Oscy, je te connais depuis longtemps et…

— Et tu sais que je n'inventerais pas un truc pareil. » Il s'amusait vraiment beaucoup.

La vérité pénétrait cruellement le cerveau de Hermie. Avec elle venait l'hiver. Les arbres perdirent leur manteau de feuilles, la vie s'achevait et, plaintivement, Hermie dit : « Un bras. Seigneur… pas étonnant que… j'étais dans tous mes états et… ce n'était qu'un bras.

— Oui. Mais un très joli bras. » Oscy prenait carrément son pied !

« Je comprends mieux pourquoi elle n'avait pas de tétin.

— Quoi ?

— Je n'arrivais pas à trouver son tétin.

— Estime-toi heureux de ne pas avoir trouvé son coude. »

Hermie s'énerva brusquement : « Espèce d'enfoiré !

— Quoi ?

— Pourquoi est-ce que tu ne m'as pas laissé continuer à croire que c'était un sein ?

— Merde. J'ai pensé que tu devais connaître la vérité, que ça t'éviterait de te planter une autre fois.

— Tu as seulement voulu gâcher mon souvenir de cette soirée, espèce d'enfoiré de fils de pute ! »

Oscy n'avait pas l'intention de tolérer ce genre de langage : « Je t'emmerde ! Qu'est-ce que ça peut me foutre, à moi, si tu continues à tripoter des bras toute ta vie ? J'ai simplement pensé que tu devais regarder la vérité en face ! Surtout si tu te chronomètres et que tu te mets en tête de battre des records… »

Hermie retrouva son calme. Aussi déplaisante et intolérable qu'elle fût, il fallait affronter cette vérité. Hermie sentit son pénis se ratatiner dans son jean, se détacher et tomber par terre. Si jamais Hermie le retrouvait un jour, il se rendrait compte qu'il avait été emporté plus loin par une fourmi : « Bon Dieu… je pourrais plus jamais la regarder en face…

— La prochaine fois, assure-toi qu'elle a des manches longues. » C'était l'idée que se faisait Oscy d'un trait d'esprit.

Les deux garçons se regardèrent pendant un très long moment. Puis, simultanément, ils éclatèrent de rire et s'assénèrent mutuellement de grandes claques viriles ; Hermie frappa peut-être un peu plus fort qu'il n'aurait dû et Oscy prit sur lui parce qu'il comprenait.

Ils poursuivirent leur chemin, riant, se donnant des bourrades et hurlant dans la nuit : « C'était un bras ! » « Onze minutes de bras ! » « Lila Harrison, ton record ne risque rien ! » Leurs voix s'engouffraient dans les maisons par des fenêtres ouvertes et, parmi ceux qui se trouvaient derrière ces fenêtres, certains ne savaient même pas qui était Lila Harrison.

Cette nuit-là, allongé dans son lit, Hermie était rongé par l'inquiétude, se demandant s'il arriverait un jour à faire les choses correctement. Il chercha à se rassurer en se disant que tous les hommes en passaient par l'adolescence et en sortaient grandis. Mais ce qu'il voulait savoir, c'était combien de temps durerait la sienne. Au train où allaient les choses, il en aurait pour vingt ans. L'adolescence. Jamais jusque-là il ne s'en était préoccupé, principalement parce que sa figure n'avait pas été ravagée par l'acné comme celle des autres. Il commençait à croire que c'était parce que ses boutons à lui poussaient à l'intérieur, côté cerveau. Il parvint à se convaincre qu'il n'avait pas à se sentir si con au sujet d'Aggie, car il n'avait aucune intention de la revoir, même par hasard. Alors bon débarras à elle et à ses inaccessibles tétins. Puis il se dit qu'il avait eu beaucoup de chance en effet de ne pas effleurer son coude. Un tétin avec un os à l'intérieur aurait pu le faire régresser de plusieurs années. Il s'était endormi avec sa radio allumée, mais sa mère avait dû entrer et l'éteindre sans le réveiller. Il aimait sa mère, malgré les escalopes. Il aimait son père aussi, et aurait aimé pouvoir passer plus de temps avec lui, et lui poser tout un tas de questions sur le sexe. Il savait qu'il ne devait pas interroger sa sœur, parce qu'elle avait ses propres problèmes et des boutons plein la figure, que même l'Eau Précieuse n'arrivait pas à guérir. Non, quand il s'agissait de sexe, les mecs devaient se débrouiller tout seuls. Christophe Colomb sans carte. Jack Armstrong perdu dans la Galerie des glaces. Hermie dans l'espace, flottant à cheval sur son propre scrotum engorgé, veillant aux éventuels coups d'épingle qui pourraient venir détruire tous ses rêves, scrutant le ciel au cas où la mouette pleine de merde se pointerait. Une merde par-ci. Une merde par-là. De la merde partout. Il s'endormit quatre-vingt-trois fois cette nuit-là. La dernière, ce fut dans les bras de la femme merveilleuse dont le visage hantait toutes ses pensées, telle la lueur d'un phare qui revenait sans cesse, sans cesse, sans cesse…

13

Le jeudi arriva enfin, et il avait pris tout son temps. Inutile de demander à Hermie ce qui s'était passé entre *Une femme cherche son destin* et ce matin-là. C'était le vide total, le néant. De l'amnésie délibérée. Ou bien était-elle involontaire ? Quelle importance ? Qui s'en souciait ? Hermie était en train de se peigner dans la salle de bains, debout devant la glace de l'armoire à pharmacie. Dans les moments de tension extrême, il pensait souvent à Penny Singleton car, d'une certaine façon, elle était à la fois une amie en qui il pouvait avoir confiance et son amante imaginaire. Ses désirs ne lui étaient pas étrangers car il s'était souvent confié à elle. Combien de baisers mouillés avait-il déposé sur son visage de papier glacé, souillant l'éclat de plus d'une photo dédicacée ? Il fit différentes tentatives pour se faire une raie, mais aucune qui soit flatteuse ou même convenable. Il se demandait toujours pourquoi la nature ne l'avait pas doté des cheveux qu'il avait toujours voulus : le soyeux de Richard Denning, l'épaisseur de William Lundigan et le mouvement de Gilbert Roland. Il s'était déjà versé tant d'eau sur la tête qu'il aurait tout aussi bien pu prendre une douche – ce qu'il finit par faire d'ailleurs, car il était en sueur rien qu'à l'idée de ce qui l'attendait. Sous le jet chaud, il chanta « *As Time Goes By* » comme lui seul savait le faire :

You must remember this, a kiss is still a kiss;
A guy is just a guy.
The fundamental things apply
As time flies by.

Encore une fois, Sam.

And when two lovers, woo, they still say I love you,
A guy is just a guy.
The world will always welcome lovers,
As time flies by.

Allez Rick, chante encore.

Moonlight and love songs, jealousy and hate
Hearts full of passion, lovers need a mate;

Sa sœur tambourinait à la porte. Quelle emmerdeuse. C'était bien le moment.

Woman needs man and man must have a date…
On that you can rely.

La raie qu'il venait de tracer dans sa chevelure était ce qu'il pouvait obtenir de mieux vu les circonstances : sa sœur martelait toujours, et la salle de bains était si embuée qu'il n'aurait pas le temps d'essuyer le miroir pour en essayer une autre et admirer le résultat, avant qu'il ne soit à nouveau recouvert de vapeur. Il se passa généreusement le déodorant de sa sœur sous les bras. Puis il se massa la figure avec quelques gouttes de l'after-shave de son père, un produit français, sans doute, qu'il était toujours bon d'avoir sous la main. Il ouvrit la fenêtre pour chasser un peu de condensation et essuya la glace afin de se contempler dans toute sa splendeur. Il recula d'un pas et répéta quelques phrases poétiques qu'il avait mises au point pour la matinée : « Bonjour, avez-vous mis le café à chauffer ? » ; « Alors, où sont ces objets à déplacer ? » ; « Non, non, non. Je ne peux pas accepter votre argent » ; « Ah, le rire vous va si bien… » Il savait que cette dernière ne serait pas évidente à placer dans la conversation. Mais elle était tellement parfaite, tellement en accord avec l'image qu'il espérait qu'elle avait de lui… Il l'essaya de nouveau : « Le rire vous va si bien. » Tout en prononçant ces mots, il tourna rapidement la tête de côté pour tenter d'avoir un aperçu de son profil avant que celui-ci ne s'en aperçoive. Il échoua. Il passerait probablement sa vie entière à ne jamais savoir à quoi ressemblait son visage vu de côté. Il quitta la salle de bains avant que sa sœur ne se mette à hurler à sa mère de le faire sortir de là. Avant de quitter les lieux, il s'assura qu'il n'aurait pas besoin de la salle de bains pendant les trois prochaines heures – c'était généralement le temps qu'il fallait à sa sœur pour se préparer, ce qui mettait parfois sa vessie au supplice. Un jour, il dut même se résoudre à pisser dans l'évier de la cuisine, mais personne n'en sut jamais rien.

Il s'habilla en évitant de revêtir ses plus beaux habits ; elle se serait doutée de quelque chose. Il passa cependant quelque chose de propre et opta logiquement pour une chemise à carreaux marron au cas où il renverserait de nouveau son café. Il enfila ses baskets plutôt que d'aller pieds nus, comme le font la plupart des habitants de l'île. Cela lui semblait plus adulte. Et puis, pourquoi prendre le risque de s'enfoncer une écharde sur le chemin de l'amour ? Pour compléter sa tenue, il mit un short qui lui assurait plus de mobilité et de dextérité. Il était propre et fraîchement repassé par sa mère, qui repassait tout ce qui traînait dans la maison. Un jour, elle avait même repassé son ciré. Le pauvre n'y avait pas survécu. Hermie s'était cependant fait la réflexion que cette bêtise cachait peut-être autre chose. Il avait ce ciré depuis six ans et il ne lui allait plus du tout, mais son père avait dit qu'ils ne pouvaient pas se permettre d'en acheter un nouveau. En repassant ce ciré, elle s'en était débarrassée une bonne fois pour toutes dans un nuage de fumée malodorante. Elle avait dit à son père que c'était un accident, mais il avait eu l'air de ne pas trop y croire. Il l'avait embrassée et Hermie avait eu un nouvel imperméable. Ce qu'il y avait de formidable chez sa mère, c'est que ses techniques pour duper les gens étaient si évidentes que, même si tout le monde les devinait, personne ne lui en tenait rigueur.

Il descendit l'escalier sur la pointe des pieds, évitant soigneusement la marche qui grinçait, parce qu'il ne tenait pas à se lancer dans un débat interminable avec sa mère à propos de l'endroit où il allait et s'il avait mangé. Il fit aussi remarquablement attention à la porte. Il se déplaçait avec une discrétion telle qu'il aurait pu entendre le ciel.

« Hermie ? C'est toi ?

— Non.

— Où vas-tu ?

— À Londres, voir la reine !

— Sois rentré pour midi. Ton Oncle Charlie vient déjeuner.

— Merde ! » Hermie savait qu'il était trop loin pour qu'on l'entende, hors de portée des banalités de sa mère qui se perdaient dans le vent avant même de l'atteindre.

Une belle journée se déployait devant lui comme les pages d'un livre pop-up, chaque maison près de laquelle il passait se dressait tout à coup, charmante et fraîchement repeinte. Judy Garland chantait « *Over the Rainbow* » accompagnée par Elmo Tanner, le siffleur aveugle qui voyait la vie du bon côté parce que c'était comme ça avec les aveugles, du moins si l'on croyait à ce genre de conneries. Le son de l'harmonica l'accompagna jusqu'à la maison qui s'élevait au loin, sur une bordure de sable, telle Camelot. Il continua à répéter ses phrases tout en marchant : « Le café est exquis, absolument exquis » ; « Ah, le rire vous va si bien » ; « Rien n'est trop lourd quand il y a de l'amour dans l'air » ; « Votre voix est comme un doux nuage de coton rose » ; « Vraiment, le rire vous va bien ».

Arrivé devant la maison, il cessa de faire l'imbécile. Il tira son miroir de poche métallique. Il y avait un trou en haut de la glace permettant de l'accrocher à un clou. Mais il n'avait pas le temps pour ça et d'ailleurs il n'y avait ni clou ni arbre dans les parages. Il tint la glace devant son visage pour vérifier qu'il était présentable, mais il n'y vit que neuf mille exemplaires de ses propres empreintes digitales. Il essuya le miroir sur son pantalon et se regarda de nouveau. Cette fois, il crut voir un petit garçon avec un épi sur le crâne qui faisait penser à un balai usé. Il remit la glace dans sa poche d'un geste sec et fit comme s'il ne s'était jamais regardé. Pile au moment où il avait besoin d'avoir l'air adulte et beau, le miroir l'avait laissé tomber. Il franchit les quelques pas qui le séparaient de la véranda, ouvrit la porte et continua à avancer. Il envisagea très sérieusement de repartir en courant ; ça lui semblait toujours plus intelligent que d'arriver en ayant l'air d'un gosse idiot. Il hésitait encore lorsque la voix lui parvint, semblant provenir de partout à la fois. Ses mots sonnèrent comme une chanson d'amour : « C'est vous, Hermie ?

— C'est bien lui. »

Il se débattit avec l'idée que sa phrase était peut-être grammaticalement incorrecte, et se demanda pourquoi il n'avait pas simplement dit « c'est moi ».

« Entrez. La porte est ouverte. »

La porte était ouverte, en effet. Elle n'avait pas menti. Hermie entra, encouragé par cette découverte. Toujours figé sur sa photographie, le beau soldat sourit de nouveau à Hermie. Ou peut-être se moquait-il de lui ? La voix de la femme flotta dans l'air comme prise dans le sillage vaporeux d'un papillon : « Je suis à vous dans une minute. Prenez un siège en attendant !

— Il n'est pas nécessaire que je m'assoie. » Sa phrase lui sembla encore fautive. « M'assieds », se reprit-il. C'était encore pire. Il s'assit donc sur le divan et essaya de ne pas transpirer, se rappelant ce qu'il avait dit à Benjie à ce propos, il y avait bien cent ans de ça, devant le cinéma. Cependant, il sentait ce foutu déodorant lui couler le long des aisselles et il savait que bientôt il ne serait plus protégé. Il envisagea de prendre ses jambes à son cou. Avec un peu de chance, elle ne l'aurait pas vraiment vu et pourrait penser que c'était un autre qui avait pris la fuite. Et la prochaine fois qu'il la verrait sur la plage, il lui expliquerait que son contingent avait été rappelé. Mais n'avait-elle pas demandé : « C'est vous, Hermie ? » Et n'avait-il pas répondu : « C'est bien lui » ? D'ailleurs, n'était-ce pas à cet instant précis que tous ses ennuis avaient commencé ? Il se remit sur ses pieds comme s'il avait été attiré par un aimant, car brusquement, la pièce s'emplit de musique.

Elle se tenait devant lui. Ou plutôt, elle marchait vers lui. Non, elle flottait, portant un plateau avec une cafetière et des tasses, pénétrant dans la pièce comme Aladin sur son tapis volant. Il fut obligé de cligner des yeux pour constater que ses pieds touchaient vraiment le sol, comme il se doit. Le déodorant sous ses bras était si brûlant qu'il lui envoyait des bouffées de vapeur dans les yeux, à travers lesquelles il distinguait à peine son incroyable visage. Il était en feu. Tout brûlait ! Les femmes et les enfants d'abord !

« Je crois que ce sera moins chaud que la dernière fois. » Elle faisait, bien entendu, allusion au café.

« Oui, il paraît qu'il va pleuvoir. » Lui, bien entendu, parlait du temps.

Elle eut la bonté de ne pas relever le malentendu, et posa le plateau avec douceur. « Oui », dit-elle. Elle avait prononcé ce « oui » sur le ton qu'emploient les gens lorsqu'ils ne voient absolument pas de quoi vous parlez. « Asseyez-vous, je vous en prie. » Il se dit qu'il l'avait déjà fait, mais si ça pouvait lui faire plaisir… il s'assit à nouveau. Sur son miroir de poche. Il le sentit se plier. S'il était cassé, il pourrait demander à être décoré pour avoir reçu des éclats d'obus dans les fesses au cours d'une dangereuse mission. Mais il savait que la glace ne s'était pas brisée. Elle était seulement dangereusement tordue. Il s'assit deux centimètres plus haut qu'il ne l'avait jamais fait auparavant. Elle s'était remise à parler : « Vous avez aimé le film l'autre soir ?

— Oui. » C'était lui maintenant qui avait recours à ce ton hypocrite. C'était très impoli de sa part. Il développa donc un peu, histoire de rompre la glace : « J'aime bien John Loder.

— Ah ? C'était lequel John Loder ?

— L'autre.

— Ah ! » Cette exclamation résonnait exactement comme son « oui ».

« John Loder joue toujours l'autre. Sauf quand c'est Ralph Bellamy. Quand c'est Ralph Bellamy… ce n'est pas John Loder. » Il redevenait brillant : « C'est comme ça que ça marche. Quand ce n'est pas l'un, c'est l'autre. Ou alors c'est Herbert Marshall qu'on reconnaît parce qu'il boite. Il a une jambe de bois. Peu de gens le savent. Ce n'est pas une information très répandue. » Il savait qu'après ça elle avait toutes les raisons de croire qu'il était complètement détraqué. Il la regarda servir le café et attendit qu'elle lui ordonne de ficher le camp de sa maison parce qu'il était bon pour la camisole.

« La jeune fille avec qui vous étiez avait l'air tout à fait charmante. » Elle s'assit à son tour et croisa les jambes et, voyant cela, Hermie frôla la crise cardiaque.

« Elle n'était pas mal. » Il n'avait aucune envie de parler d'Aggie alors que ses genoux étaient à moins de quinze centimètres des siens et se rapprochaient.

« Une petite amie ?

— Pas la mienne en tout cas.

— Ah. C'est juste temporaire.

— Oui. » Il avait envie de laisser tomber le sujet une bonne fois pour toutes.

« De toute manière, je ne pense pas que je la reverrai. » *Fini.*

« Vous vous êtes disputés ? » Elle refusait de lâcher le morceau.

« Elle ne parle pas. Comment pourrions-nous nous disputer ?

— Vous voulez dire qu'elle est… muette ?

— Je ne sais pas. » C'était la vérité. Il ne l'avait jamais entendue parler. Il commença à se sentir envahi par une sorte de dégoût. Il avait peloté une sourde-muette. Pas étonnant qu'elle n'ait pas de tétins. Et elle devait certainement avoir plein d'autres défauts dont il n'avait même pas idée.

« Ah », dit-elle. Pour l'instant, on en était à deux « ah » et à un « oui », ce qui indiquait clairement qu'elle ne savait pas par quel bout le prendre.

Hermie se dit que le moment était venu d'être charmant. Il but le café à petites gorgées en lui faisant bien voir qu'il y attachait de l'importance et qu'il en évaluait la température comme un expert : « Hmmm, dit-il. Ce café est exquis. »

Elle fut touchée et sourit devant ce langage poétique : « Merci beaucoup.

— Vous l'avez depuis longtemps ?

— Je viens de le faire.

— Dans ce cas, je vais essayer de ne pas trop en boire pour que vous puissiez en avoir encore demain.

— C'est très gentil à vous mais…

— Je ne voudrais pas vous priver. » Il n'avait mis ni sucre ni crème, mais il continuait à le remuer comme s'il voulait en faire du beurre.

Elle souriait et sirotait son café, avec la même prestance que la reine d'Angleterre. Puis, alors qu'elle avait toujours les jambes croisées, elle commença à battre une espèce de mesure avec sa jambe du dessus. Hermie avait entendu dire que, pour les femmes, battre la mesure dans cette position équivalait à se masturber. Il fut pris de panique. Si elle était effectivement en train de se donner du plaisir, il se sentait un petit peu trop près d'elle pour être à l'aise. Le déodorant bouillonnait sous ses bras comme une potion de sorcière dans son chaudron. Elle décroisa les jambes pour mettre celle qui était dessous sur le dessus. Incroyable. Elle pouvait se tripoter avec n'importe quelle jambe ! Elle était ambidextre. Bien entendu, elle faisait comme si de rien n'était et continuait tranquillement à parler : « L'autre garçon qui était avec vous, Hermie… c'était un ami ? »

Pendant un instant, il crut que c'était son genou qui parlait et ce fut donc à lui qu'il s'adressa en répondant : « Oui. »

Elle remarqua qu'il regardait son genou, en

éprouva de la gêne et décroisa ses jambes pour modestement les cacher toutes les deux sous sa jupe. Elle s'accordait une pause, et un peu d'air. Si elle avait atteint l'orgasme, elle arrivait parfaitement à donner le change : « C'est un bon ami ? Hermie ?… Hermie ? » Elle alla jusqu'à claquer les doigts sous son nez pour le ramener à lui.

Hermie leva les yeux parce que, apparemment, la voix venait de sa bouche. Elle devait être un genre de ventriloque. Quant à sa voix à lui, elle lui sembla parvenir de l'autre bout de la pièce. Il regarda dans cette direction mais ne vit personne. C'était seulement lui qui disait : « Oui. C'est une connaissance de l'Armée.

— Ahhhh. » Elle était impressionnée. Elle aimait les combattants. De toute évidence. Sinon, comment expliquer la photographie de Pete ?

— Oui, il va bientôt entrer dans les Marines. Son frère est colonel et il se bat en ce moment. Dans le Pacifique. » Mensonges, mensonges.

« Oh, vraiment ?

— Il vient d'une famille de militaires. » En fait, ils étaient dentistes.

« Vous avez l'air d'avoir beaucoup de choses en commun tous les deux.

— Oui, je crois. » Il la regardait boire son café. Elle avait les lèvres humides et elle devait les entrouvrir pour laisser passer le liquide. Cette façon qu'elle avait d'entrouvrir les lèvres puis de les refermer avec une moue légère quand elle en avait assez… c'était un des spectacles les plus sexy qu'il lui eût été donné de voir. Ah, s'il était une tasse entre ses lèvres, ils feraient l'amour à petites gorgées. Un vrai poème.

« J'espère que ça ne vous a pas dérangé de passer comme ça.

— Pas du tout. » Je veux passer, soupirer, vous toucher et trépasser. Un autre poème, du même auteur. Si elle ne s'arrêtait pas de sucer cette tasse, il ne résisterait sans doute pas longtemps avant de l'attraper et de la baiser comme John Loder aurait dû baiser Miriam Hopkins.

Elle se leva. Ses genoux disparurent du même coup – il était grand temps. Elle ne saurait jamais combien elle était passée près de se faire sauter dessus par son invité. Elle avait dû le trouver un peu bizarre, parce qu'elle avait brusquement décidé de presser les choses : « Hermie, je ne pense pas que cela vous prendra longtemps.

— Ça ne fait rien. Mon Oncle Charlie vient déjeuner. » Même si elle était totalement absurde hors contexte, sa phrase ne détonnait pas car elle avait à peu près autant de sens que tout ce qu'il avait dit jusque-là.

Comme elle passait dans une autre pièce, il s'était mis debout et suivit son derrière. Ce dernier se tortillait et de la musique en sortait. Des harmonicas, des chœurs et quelques violons. Il aurait suivi ce derrière n'importe où. À Waterloo. Au Brésil. En l'occurrence, il le suivit dans sa chambre à coucher. « Ce sont surtout ces cartons. » Le derrière parlait. Puis il se tourna et ce fut le visage qui acheva les instructions : « Ce sont des vêtements. Il faut les monter au grenier. »

Son bras désignait un panneau amovible au plafond.

« Et où sont les objets lourds dont vous m'avez parlé ? » Hermie était complètement étourdi. Ils se tenaient tous les deux à moins de vingt-cinq centimètres de son lit, sur lequel reposait une couverture à motifs. Pour peu que le vent vienne de Java, ils s'y retrouveraient projetés tous les deux. Allez, Java. Vous m'entendez, Java ? Elle semblait troublée, peut-être par quelque chose qu'il venait de dire. Elle désignait les grands cartons en question, que même un aveugle n'aurait pu manquer : « Tout est là. Hermie ? Vous êtes sûr que ça va ?

— Ah, je vois. C'est donc ça. » Il devait vite reprendre ses esprits, parce que personne ne le ferait à sa place.

Elle sourit, rejeta ses cheveux en arrière et une ravissante petite oreille rose apparut. Il aurait pu la croquer : « Mais je suis vraiment très impolie, Hermie. Vous aimeriez peut-être finir votre café.

— J'en ai bu assez. Vous pouvez remettre le reste dans la cafetière. » L'oreille avait disparu, noyée à nouveau dans sa chevelure. Elle jouait à cache-cache avec le cœur de Hermie.

« Eh bien… », mais elle savait qu'il ne servait à rien d'insister. Il y avait un escabeau contre le mur, et elle alla le chercher de sa démarche souple et longue, comparable à celle d'une tigresse. Il aurait voulu se jeter dans sa cage pour y être dévoré. Mais il savait qu'il n'en était pas question.

« Laissez-moi faire », dit-il. Sur quoi, il attrapa l'escabeau, poussant la femme de côté et la renversant presque sur le lit – ce qui n'aurait pas été une si mauvaise idée, s'il avait eu un peu plus de cran. Rapidement, comme un vrai pro, il le déplia et le plaça sous la trappe du plafond.

« Comment aimeriez-vous qu'on fasse ? »

Hermie refusa de penser au double sens de cette question parce que, tout au fond de son cœur, il savait bien qu'elle n'en avait qu'un, alors pourquoi gâcher une belle amitié ? Il continua donc à examiner le plafond tout en marmonnant : « Mmm... », le temps de recouvrer ses esprits. Il finit par grimper sur l'escabeau, jusqu'à ce que sa tête touche presque le panneau, puis il le poussa en levant les bras. Celui-ci se souleva facilement et resta en équilibre au bout de ses dix doigts. Il le fit alors glisser sur le côté pour s'en débarrasser. Enfin, il grimpa encore quelques barreaux et regarda à travers l'ouverture.

« Qu'est-ce qu'il y a là-haut ? cria-t-elle d'en bas.

— De la poussière.

— Je peux voir ?

— Bien sûr. » Hermie descendit, elle monta. Ce faisant, elle lui tendit automatiquement la main pour qu'il puisse la soutenir dans son ascension. C'était la première fois qu'ils se touchaient. Sa main délicate se posa dans la sienne et là où se trouvaient jadis ses jointures, il y eut désormais des clochettes carillonnantes. Elle avait les mains tellement petites qu'elle aurait pu glisser les deux dans une seule des siennes. Elle avait sûrement remarqué aussi qu'il avait une très grande paume. Elle s'était sûrement rendu compte que ce n'était pas un enfant qui se tenait là, avec elle, dans sa chambre. Pas avec une paume de cette taille. Cette paume était vraiment énorme. Pour autant qu'elle sache, cela aurait pu être la paume de Mel Ott ou d'un autre type super fourni question paumes. Hermie jubila rien qu'à cette idée tandis qu'il la regardait monter sur l'escabeau. Elle était sur la pointe des pieds et avait les jambes juste assez tendues pour révéler les muscles de son mollet au contour délicat. Mais, de l'endroit où le hasard l'avait placé, Hermie en voyait plus. Beaucoup plus. Il voyait ses cuisses. Il les avait déjà vues sur la plage, mais jamais depuis un angle si avantageux. Pour pouvoir profiter pleinement d'une belle paire de cuisses, il faut être dans une position où on peut les regarder entièrement, de bas en haut. Tout était une question d'angle et, à cet instant, celui sous lequel il était placé n'avait rien à envier à celui dont jouirait un ver de terre muni d'un télescope. Il regarda plus loin et plus intensément, au-delà des cuisses fabuleuses. Plus haut. Et il vit… il vit… une culotte. Probablement en rayonne, à cause de la guerre, mais une culotte quand même. Une culotte rose, avec une espèce de dessin brodé dont le sens caché rendrait fou le plus brillant des cryptographes. Et à l'intérieur de la culotte, les fesses… Les fesses, Oscy. Le cul ! Lui aussi était merveilleusement tendu. Jamais de toute l'histoire de l'humanité, il n'y eut plus parfaite et plus captivante paire de fesses. Le moment était venu pour Hermie d'utiliser sa vision à rayons X. Il commença par quelques légers rayons, juste pour tâter le terrain. Et du diable si la culotte ne commençait pas à fondre, à fondre et à disparaître.

« Oh, il y a un tas de place là-dedans. Ça ne devrait pas poser de problème. »

Hermie se redressa. C'était comme si elle pouvait voir ce qu'il avait derrière la tête. Drôle d'endroit pour un œil, hein, Lestrade ? Oui, Holmes. Sa vision à rayons X s'arrêta net, débranchée d'un geste sec par le son de sa voix. La culotte réapparut sur les fesses, au-dessus des cuisses, et Hermie se sentit immédiatement coupable de s'être laissé aller à d'aussi vilaines pensées à propos de quelqu'un qu'il estimait tellement et ce, bien qu'il eût donné sa vie avec joie pour grimper sur cette échelle derrière elle et la baiser sur-le-champ à deux mètres cinquante au-dessus du sol. Il regarda ses membres bronzés, si proches, à quelques centimètres seulement de son esprit troublé, et une vague de sentiments amoureux le balaya, qu'il exprima en chuchotant tendrement à ces jambes qu'il chérissait : « Le rire vous va si bien. » Les jambes ne répondirent pas. Peut-être étaient-elles trop émues.

Telle Vénus, la femme descendit, le derrière d'abord, et, à nouveau, elle plaça la main dans la sienne pour garder son équilibre. Elle aurait très bien pu dire : « Mon Dieu, quelle grande paume. » Au lieu de cela elle déclara : « Je crois que le mieux serait que je vous passe les cartons là-haut un par un, vous ne croyez pas ? Hermie ?… Hermie ?

— Oui ? Oui ?

— Je vais vous passer les cartons, d'accord ?

— D'accord. » Il grimpa sur l'escabeau jusqu'à ce que la moitié supérieure de son corps se trouvât dans le grenier, de sorte que, même si son cœur venait à exploser, elle ne serait pas éclaboussée. Il tendit les mains vers le bas, même s'il n'y voyait absolument rien. Bientôt, elles furent remplies d'une boîte en carton. Elle n'était pas si lourde. Il la ramena à lui et la posa sur le sol du grenier en veillant à ne pas faire de bruit, pour ne pas suggérer qu'il devait faire un effort pour la porter.

Le deuxième carton qui montait vers lui était chargé du son de sa voix :

« Comment ça va ?

— Très bien. » Il fit glisser ce nouveau paquet sur le sol du grenier. C'était une tâche assez simple – les cartons lui arrivaient un par un, parfois accompagnés de paroles, d'autres fois en silence. Mais là où il était, dans le grenier, une image d'elle à la fois terrifiante et excitante le frappa. Cette pensée faillit bien le faire dégringoler de l'escabeau. La femme était en bas, hors de son champ de vision. Il n'y avait personne pour voir ce qu'elle faisait. Personne. Elle était seule. Elle n'avait aucune raison de regarder du côté du short de Hermie, car tout ce qu'elle aurait pu apercevoir, c'était un genou ou deux. Comme elle était quelqu'un de logique, elle n'allait pas perdre son temps avec de pareilles absurdités. Au lieu de cela, consumée par une passion animale et couverte par le sceau du secret, elle lui caressait furtivement la jambe. La gauche, parce que c'était la plus proche du cœur et par conséquent la plus sensible. Elle la caressait, la frottait, passait ses lèvres fabuleuses sur toute sa longueur et – oh merde, c'est pas vrai ! – la mordillait. Même le pansement qui se trouvait là reçut son lot de morsures d'amour. Hermie tremblait en pensant à ces contacts, ceux de ses lèvres, de sa bouche, de ses dents… pinçant, mordant, léchant.

« Hermie ? Tout va bien ? » La voix montait vers lui, inquiète, presque alarmée. Ce fut aussi une interruption épouvantable, car il aurait juré qu'elle était en train de léchouiller sa cuisse. « Hermie, vos jambes tremblent. Hermie ?… »

Il revint à lui. La vision disparut, les morsures amoureuses cessèrent. Il n'était qu'un type lambda en train de bander sur un escabeau, rien de plus. Sa voix s'éleva, rauque et défaite : « Je crois que cet escabeau n'est pas très solide.

— Voulez-vous que je le tienne ? »

Elle recommençait. Les doubles sens. À quel jeu jouait-elle ? Était-il stupide de ne pas relever ? Son fantasme reparut aussi vite qu'il s'était dissipé et s'installa en lui avec une ferveur plus grande, plus d'émotion et de fermeté. Maintenant, sa main était en train de lui caresser la cuisse gauche. Il la sentait s'approcher de lui, son souffle chaud déposant des baisers partout. Devait-elle le tenir ? Il improvisa une réponse qui lui donnerait tout le loisir de continuer ou de se défiler : « Si vous voulez. »

Si elle voulait ? Seigneur, oui, elle le voulait. Les trois boutons de sa braguette sautèrent d'un coup : « Comme ça, dit-elle. Je le tiens. Comment est-ce maintenant ?

— Très bien. » Très bien ? Fantastique aurait été plus exact. Il se sentait tout enflé, comme ce taureau qu'il avait vu un jour dans une ferme. Avec ses petits doigts, elle n'arrivait pas vraiment à en faire le tour. Il imaginait l'expression de plaisir étonné sur son visage. Elle n'avait clairement pas affaire à un gosse. Elle pouvait se servir de son engin comme d'une barre pour faire des tractions. Ou jouer au base-ball avec et envoyer la balle d'Ebbets Fields à Bedford Avenue sans problème. Elle pouvait contenir les Philistins avec, franchir l'Hudson, soulever le *Normandie*, arracher les Pyramides au sol. Elle pouvait…

« Vous voulez que je le tienne plus fort ? » Devait-elle lui tenir plus fort ? Elle aurait mieux fait de demander si elle pouvait le tenir à deux mains. Maintenant, ça prenait des proportions si monstrueuses que s'il tournait sur lui-même, il risquait de lui défoncer le crâne par accident. La taille de la paume est proportionnelle à celle du pénis. C'est mathématique, chérie. Il n'est jamais trop tard pour apprendre.

« Hermie ? Vous tremblez vraiment. Hermie ?… » Il n'avait pas envie d'entendre ça. Il voulait du silence. Mais taisez-vous là-dessous. Assez jacassé.

« Hermie, qu'est-ce qui ne va pas ? » Ce qui n'allait pas, c'était qu'elle gâchait tout en parlant. Voilà ce qui n'allait pas.

« Hermie ? » Et voilà, ça rapetissait, rapetissait. Adieu, King Kong. Bonjour, Bambi.

« Je vous en prie, Hermie, répondez-moi. » Les morts ne parlent pas, madame. Économisez votre salive.

« Descendez, Hermie. Vous pouvez descendre, il n'y a plus de carton. Hermie ? » C'est bon, je descends. Je descends. Pas la peine de me harceler. Je descends.

Après avoir remis la trappe en place, Hermie quitta son perchoir. Il remarqua qu'elle avait les jointures toutes blanches d'avoir maintenu l'escabeau en équilibre aussi longtemps. Il avait dû rester au moins cinq heures dans le grenier, à un ou deux ans près. S'il n'avait pas si dramatiquement perdu son érection, il y serait encore, incapable de passer par le trou pour descendre.

Elle le dévisageait d'un air très étrange : « Qu'est-ce qui s'est passé, Hermie ? J'ai cru que vous alliez tomber !

— Je crois que votre escabeau n'est pas très solide. » Un mauvais ouvrier accuse toujours ses outils.

« Mais je le tenais si fort. Et vos jambes tremblaient quand même.

— C'était peut-être à cause de ma malaria,

une brusque montée de fièvre. » Et comme dit le proverbe, tout ce qui monte doit descendre.

« Quoi ?

— J'ai dit que je pensais que ces cartons ne risquaient pas de bouger. » Ça suffit, les proverbes.

Elle le regarda encore un moment de ses magnifiques yeux forgés dans les cieux pour contempler les imbéciles. Puis elle laissa tomber le sujet et alla chercher son sac : « Je crois que cette fois vous devez me laisser vous payer.

— Il n'en est pas question. »

Elle fourra néanmoins un billet d'un dollar dans sa paume si pitoyablement petite : « Jamais je n'aurais pu monter ces cartons là-haut toute seule. »

Il prit le billet et, ne voyant pas de table à côté de lui, le posa simplement sur le lit. À peine avait-il fait cela qu'il se rappela que c'était ainsi que l'on traitait les prostituées : on déposait sur le lit le prix auquel on estimait ses prestations et, si elle ne discutait pas, l'affaire était dans le sac et il ne restait plus qu'à la sauter. En l'occurrence, quelle insulte... Un dollar ! Un misérable dollar ! Si au moins il avait eu un compte en banque... Il aurait voulu mettre son cœur à côté du billet, mais ça n'aurait pas été commode.

À voir son expression, elle devait tout ignorer de la légende de l'argent sur le lit. Elle sourit : « Je vous en prie, Hermie, je n'ai pas d'autre moyen de vous payer. »

Il aurait pu lui en suggérer plus d'un, mais les

mots qui sortirent de sa bouche furent si doux et si candides : « Ça ne fait rien. Je vous aime bien.

— C'est très gentil, Hermie. Moi aussi, je vous aime bien.

— Je veux dire… je n'aime pas beaucoup de gens. » S'il continuait comme ça, Hermie ne tarderait pas à la demander en mariage. D'ailleurs, quand il y réfléchissait, combien d'années de plus que lui pouvait-elle bien avoir ? Six, sept peut-être ? Il pouvait arrêter l'école, travailler dans une usine en attendant et puis, quand il aurait l'âge, s'engager dans l'Armée. Un officier, ça lui plairait. Pete n'était que sergent. Bien mieux, dans la *Navy*, un pilote de chasse pouvait devenir capitaine avant vingt-trois ans. Si la guerre s'éternisait, il pourrait en sortir amiral et être un héros. Ensuite, ils reprendraient leur existence là où ils l'avaient laissée. Une petite maison près de l'Académie. Avec une barrière blanche et un canon sur la pelouse, une réserve de boulets et un drapeau américain. Il pourrait former de jeunes pilotes. Ou alors, il partirait en tournée à travers le pays et passerait sous des ponts et à travers des tunnels avec son avion, portant une casquette de pilote à la Lindbergh. Il la voyait se rapprocher de lui. Il sentait son odeur, il pouvait la toucher. Les lèvres douces et mûres comme des prunes avançaient, prêtes à embrasser. Il se raidit et prépara ses propres lèvres à l'abordage. Mais, à la dernière seconde, elle redressa le cap et son baiser l'atteignit au front, si directement entre les yeux qu'il fut temporairement pris de strabisme et de vertiges mortels. Mais la douceur même de ses lèvres, leur moiteur sur son front lui firent reprendre ses esprits parce qu'il voulait vivre, parce qu'il avait tant de *raisons* de vivre. La façon dont il sortit de la maison et se retrouva sur la plage demeurerait à jamais un mystère pour lui.

Il avait vraisemblablement quitté la maison en descendant les quatorze marches qui menaient à la plage, car c'est là qu'il se retrouva, marchant tout seul et essayant de recoller les morceaux de ce qui s'était passé, de manière à donner un sens à tout ça. Il ne savait absolument pas depuis combien de temps il déambulait, encore baigné de la musique et de l'odeur qui avaient émané d'elle, quand tout à coup il vit une ombre fondre sur lui, comme si elle venait tout droit du soleil. La mouette ! Elle se déplaçait vivement, les ailes déployées en un piqué dévastateur. Il fit un pas de côté, mais ce ne fut pas suffisant pour esquiver le bombardement qui l'atteignit sur le devant de la chemise et le força à reculer de quelques pas. Dix centimètres plus à droite et la merde lui aurait transpercé le cœur. Au lieu de quoi, elle éclata seulement sur sa poitrine et s'y répandit, esquissant ce qui ressemblait au drapeau crasseux du Japon. L'opération n'avait pas pris plus de quelques secondes. Ensuite, l'oiseau avait disparu en poussant des cris de triomphe rauques. Hermie agita son poing dans sa direction : « Espèce de connard d'emmerdeur d'oiseau ! » Mais le mal était fait. Aide-toi et le ciel te couvrira de merde. Il frotta sa chemise avec du sable mais ne parvint qu'à étaler la tache et à la durcir comme du ciment. C'était à se demander ce que ce piaf avait mangé. En tout cas, si cet oiseau de malheur se sentait d'humeur bâtisseuse, il pouvait toujours construire une super-autoroute avec sa merde. Ce qui troublait le plus Hermie dans cette histoire, c'était qu'il avait toujours entendu dire que les oiseaux ne pouvaient pas chier en volant ; qu'ils devaient d'abord se poser. Encore une légende de sa jeunesse qui volait en éclats. Elle irait rejoindre celle du Père Noël et du lapin de Pâques. Hermie se demanda si cette mouette n'avait pas quelque chose à voir avec la réincarnation. C'était peut-être Johnny Stella qui revenait se venger. Johnny Stella, ce gamin qui l'avait provoqué en duel un jour à quinze heures dans la cour de l'école, et à qui Hermie avait décoché un crochet du droit incroyablement chanceux qui avait coûté à Johnny deux de ses meilleures dents. C'était ce même Johnny Stella qui, par la suite, s'était fait tuer par un car en traversant le carrefour de Flatbush Avenue et de Church à vélo. Hermie hurla vers le ciel vide, car la mouette était partie depuis longtemps : « Je sais que c'est toi, Johnny Stella ! Fais ça encore une fois mon vieux… et tu regretteras de ne pas être revenu en Joe Louis ! Espèce de connard, emmerdeur ! »

Hermie tomba alors sur Oscy qui contemplait justement le néant du ciel vers lequel il criait. Oscy avait une paire de jumelles et scrutait les alentours telle une vigie. Comme il ne vit rien à l'horizon, il laissa retomber ses jumelles et sourit à Hermie : « Encore en train de gueuler contre les nuages, Hermie ? » Benjie se tenait à côté d'Oscy et souriait aussi.

Hermie n'avait pas assez de patience en réserve pour les supporter plus longtemps : « Oui, je gueule toujours contre les nuages. Ça chasse le mauvais sort. » Il essaya de s'éloigner. Pourquoi endurer leur présence inopportune ? Son cœur n'avait-il pas été suffisamment blessé aujourd'hui ? Une fois par l'amour, une fois par la merde.

Mais Oscy se mit en travers de son chemin, ce qui était assez risqué vu l'état de tension et de trouble affectif extrêmes dans lequel se trouvait Hermie : « Dis donc, tu es resté longtemps là-bas, Hermie. »

Benjie regarda son Ingersoll : « Vingt minutes. » Puis il sourit en voyant la chemise de Hermie : « Qu'est-ce qu'elle t'a fait ? Elle t'a chié dessus ? »

Hermie était tellement furieux que même l'idée d'écraser la petite cervelle de Benjie d'une seule de ses énormes paumes ne lui suffisait pas. « Benjie, tu vis en sursis. » Puis, sans crier gare, Hermie fut pris d'une violente nausée. Il eut des vertiges et dut s'asseoir. Il avait la tête embrumée, folle, malade. C'était soit l'amour, soit le choléra – il avait une préférence pour ce dernier parce qu'au moins on pouvait en guérir.

Oscy s'agenouilla près de lui, très inquiet : « Hermie ? Tu es malade ?

— Je ne sais pas.

— Tu ne te sens pas bien ? » Oscy était nerveux. Il n'avait jamais vu son ami dans un tel état.

Hermie se massa les tempes : « Je crois que j'ai la nausée.

— Tu devrais peut-être t'asseoir. »

Hermie leva vers lui un regard furieux : « Mais je suis assis ! Merde, Oscy ! »

Oscy était déconcerté : « Alors, tu devrais peut-être t'allonger.

— Et toi, tu devrais peut-être la boucler. » Hermie ramena ses genoux vers son torse. C'était ce qu'il fallait faire dans ce genre de situation. Remonter ses genoux et baisser la tête et, comme par magie, la nausée s'en allait. Bien entendu, si jamais vous vous mettiez à vomir dans cette position, vous deveniez le type le plus impopulaire du vestiaire pendant une semaine. Il examina sa jambe gauche. Cet étrange picotement : « Je crois… Oscy ? Je crois qu'elle m'a mordu la jambe. Tu vois du rouge à lèvres dessus, toi ? Ma vue est trouble. »

Oscy s'agenouilla et examina l'endroit suspect : « Juste quelques croûtes. »

Hermie tapa sur l'une des croûtes : « Je ne me rappelle pas celle-là. »

Oscy fut catégorique : « Si. Celle-là, tu l'avais déjà hier. Et ce pansement aussi. J'en suis certain.

— Comment peux-tu en être si sûr ?

— Parce que je remarque les choses.

— Les croûtes et les pansements ?

— Oui. Je suis bizarre, O.K. ?

— Dans ce cas… tu ne vois pas de nouvelles croûtes ? Ou un pansement propre ? Prends ton temps. »

Oscy examina la jambe de beaucoup plus près, tâta la croûte, en souleva le bord : « Non. Je ne pense pas qu'on puisse cicatriser si vite. Et ce pansement a bien quelques jours.

— Qu'est-ce que tu en sais ?

— Parce qu'il y a une date tamponnée dessus ! Je t'emmerde, Hermie ! Qu'est-ce que je fous là à examiner tes croûtes ? Je ne suis pas docteur ! »

La nausée de Hermie s'estompait, mais il continuait à se sentir passablement étourdi et il avait toujours ce picotement dans le genou : « Seigneur… tu crois que j'ai la polio ? »

Oscy se fit plus sérieux : « Tu as mal à la nuque ?

— À la nuque ? Non.

— Alors ça va. La méningite infantile commence par des crampes dans la nuque.

— Mais quand on a des picotements dans la jambe, qu'est-ce que ça veut dire ?

— La méningite… adulte. » Benjie venait de livrer son inestimable opinion.

Oscy prit un air grave. Et dans leur bande, pour prendre un air grave, il fallait commencer par ignorer Benjie. « Essaye de te rappeler ce qui s'est passé, Hermie. Depuis le début. » On l'aurait dit tout droit sorti de Scotland Yard.

« Eh bien, dit Hermie s'efforçant de reprendre

les choses dans l'ordre, nous avons commencé par prendre le café.

— Quand est-ce qu'elle t'a chié sur la chemise ? » C'était de nouveau Benjie. Il avait lâché cette phrase en se reculant, pour s'assurer qu'il était hors de portée des poings de Hermie. Mais ce fut Oscy qui lui asséna un coup qui le fit tomber sur ses fesses.

« Benjie, on essaye d'aller au fond des choses, alors ferme ta gueule.

— Je t'emmerde, Oscy. » Benjie resta là où il était. C'était plus sûr, mais aussi plus confortable. De plus, il pouvait chronométrer le temps qu'il resterait ici.

Oscy reporta son attention sur Hermie.

« Continue, Hermie. Après ça ?

— Après le café, j'ai monté les cartons dans le grenier, et pendant que j'étais sur l'escabeau… » Le temps s'arrêta tandis que Hermie se repassa toute la scène dans sa tête. Sa manière d'ouvrir son pantalon pour jouer avec ce qu'il y avait à l'intérieur… L'extase et la folle passion qui en avaient résulté… Puis, se rappelant à quel public il avait affaire, il préféra passer ces événements sous silence : « Et quand je suis descendu… elle m'a embrassé. » De cela, il était certain. Du reste, en revanche, il n'avait pas de preuve concrète. Devant un tribunal, ça ne tiendrait pas debout. Dans son pantalon, en revanche…

« Elle t'a embrassé ? » La lèvre inférieure d'Oscy s'affaissa comme un pont-levis.

« Oui. Ici. » Hermie désigna l'endroit entre ses yeux : « Tu vois du rouge à lèvres ? »

Oscy se pencha, prit la tête de Hermie entre ses deux mains et la tourna vers le soleil. S'il l'avait tournée de cinq centimètres de plus, Oscy aurait pu ramener la tête chez lui et s'en servir comme presse-papiers. Il vit le front de Hermie barbouillé d'une tache rouge et écarquilla les yeux. Cela ne faisait aucun doute, c'était bien… du rouge à lèvres. Il renifla la tache pourpre : « C'est du rouge à lèvres. Probablement fraise… dans la gamme des rouges en tout cas. »

Hermie libéra sa tête de la prise d'Oscy : « J'aime bien quand elle m'embrasse, Oscy. Pas quand c'est toi ! »

Benjie se pencha à son tour et donna son avis personnel sur le front en question : « C'est une piqûre de moustique, ton truc. Non… C'est du sang. C'est un putain de vampire, cette bonne femme. » De nouveau, il fit un bond en arrière pour se mettre hors d'atteinte des coups de Hermie *et* d'Oscy. Il sourit. On ne surprend pas deux fois Pearl Harbor.

Oscy dominait Hermie de toute sa taille et avait l'air plus ravi que jamais : « Hermie, je crois que tu es en bonne voie. C'est sûr. »

Hermie n'écoutait pas vraiment. Il rêvassait de nouveau en regardant sa jambe : « Ça a vraiment l'air d'un pansement neuf. Je suis sûr qu'elle a changé mon pansement. C'est curieux. » Une lueur semblait émaner de ce pansement, comme s'il s'était agi d'un néon. Il était éclairé par l'amour. Ou par des microbes équipés de lampes électriques.

Oscy s'adressa à Benjie d'un ton très officiel : « Benjie… nous allons de nouveau avoir besoin de ce livre. »

Benjie commença à reculer lentement, ce qui était chez lui un signe avant-coureur : il s'apprêtait à prendre la fuite pour sauver sa peau. « Ah oui ? Vous pouvez toujours vous brosser. La dernière fois, vous l'avez souillé de bave. Et je n'ai pas envie de me faire enguirlander à cause de pages cornées. »

Oscy avança aussi vite que Benjie battait en retraite : « Mes jumelles contre ton livre cochon. Tu vas bien t'amuser à identifier les avions ennemis. Tu pourras devenir un héros. »

Plus la distance entre les deux garçons se réduisait, plus le ton de Benjie se faisait conciliant : « Arrête un peu, Oscy. Il ne passe que des oiseaux au-dessus de cette île.

— Ce sont peut-être des oiseaux ennemis.

— Je ne marche pas. »

C'était une bataille perdue d'avance : non seulement Oscy rattrapa Benjie mais en plus, d'un geste rapide, il passa la lanière de cuir de ses jumelles autour de son cou et la tourna lentement : « C'est un échange on ne peut plus équitable. Tu pourras garder les jumelles deux jours, alors que je n'ai besoin du livre que pour un malheureux après-midi. En plus, si tu n'es pas d'accord, je te casse la gueule. Alors qu'est-ce que tu en dis ? Marché conclu ? » Benjie n'était pas en état de discuter. Il n'était même pratiquement pas en état de respirer, car son visage était en train de devenir cramoisi et ses yeux lui sortaient de la tête comme ceux d'une grenouille. Oscy relâcha légèrement le tourniquet de cuir et Benjie tomba à genoux en haletant, sur quoi Oscy l'adouba : « Au nom des États-Unis d'Amérique, je te décerne ces jumelles. Bonne chasse.

— Je t'emmerde, Oscy. » Sa voix n'était même pas saccadée. Non, c'était à peine un chuchotement, prononcé sous un rocher situé dans le comté voisin.

Oscy sourit, tira sur la lanière et Benjie se mit debout comme un chien en laisse : « Viens, Hermie, cria Oscy. Benjie a la gentillesse de nous offrir son livre cochon.

— Je t'emmerde, Oscy. »

Hermie se leva et suivit ses deux amis le long de la plage. Mais, tout en marchant, il ne cessait de regarder le pansement qui continuait à luire. Ça ne ressemblait pas au genre de pansement qu'il utilisait normalement. C'en était sûrement un autre, d'une marque peu courante.

« Je t'emmerde, Oscy. » Ces mots venaient de très loin, à des kilomètres de Hermie. C'était comme une onde de radio. Il pouvait suivre ses amis sur la plage les yeux bandés. Il se trouvait à soixante-trois « Je t'emmerde, Oscy » de la maison de Benjie.

14

Derrière le pavillon de Benjie, dans la cour envahie d'herbe, Hermie et Oscy patientaient, assis comme deux futurs pères à la maternité. Oscy se leva et se mit à faire anxieusement les cent pas. Hermie se contentait de laisser courir, heureux d'abandonner momentanément son destin aux mains d'un autre. C'était dans ces instants-là que l'amitié de Hermie pour Oscy s'avérait inestimable. Oscy était un formidable chef. Par exemple, celui qui avait décidé que sauter d'un immeuble à l'autre était de la gnognotte, c'était lui. Celui qui avait décrété qu'ils pouvaient sortir en courant – et à l'aveugle – de la petite ruelle verglacée de chez Jaeger pour glisser sans risque – et sur le ventre – entre les roues avant et arrière du camion de livraison de Macy's en marche, c'était encore lui. Enfin, celui qui avait dit à Hermie qu'il avait toutes ses chances contre Johnny Stella, à condition de lui décocher le premier coup pour prendre l'ascendant psychologique, c'était encore et toujours Oscy. Hermie leva les yeux vers le ciel de l'après-midi pour voir si ledit Johnny Stella se trouvait toujours dans les parages. Rien en vue. Il était probablement parti manger du ciment mouillé en prévision de sa prochaine attaque. Hermie toucha le devant de sa chemise. Il avait durci pour prendre la consistance du linoléum et, dans le même temps, s'était plissé comme une gaufre. Si sa mère n'arrivait pas à venir à bout de ces plis à coup de fer à repasser, Hermie ne pourrait plus jamais porter cette chemise. Sauf peut-être à des rassemblements de joueurs d'accordéon.

Oscy cessa soudain de faire les cent pas. La porte arrière du pavillon de Benjie s'ouvrait. Lentement… très… lentement.

Benjie sortit avec une discrétion quasi surnaturelle. Car, comme chacun sait, derrière toute porte il y a une mère. Benjie tenait quelque chose. Un objet. Enveloppé dans un peignoir de bain à motifs indiens et noué par une ceinture à franges. Oscy saisit le paquet et le posa par terre. Il eut du mal à défaire le nœud parce que Benjie avait mis en pratique tout ce qu'il avait appris chez les Scouts : « Pourquoi as-tu fait tant de nœuds, espèce d'abruti !

— Je ne sais pas, moi. Je ne voulais pas qu'il tombe. » Benjie était très préoccupé par ce qui pourrait sortir par la porte qu'il venait de franchir : « Tu ne peux pas te dépêcher ?

— Non, je ne peux pas me dépêcher, couillon. Avec tes conneries, on risque de passer la journée ici. » Oscy continuait à se débattre avec les nœuds, semblables à des spaghettis de velours vert.

« Si ma mère…

— Hermie, tu as un couteau ? »

Benjie se raidit : « Si tu coupes ma ceinture, Oscy, j'appelle les flics. Cette ceinture, c'est tout ce que j'ai pour tenir mon peignoir fermé.

— Qu'est-ce que tu tiens tant à cacher ? Ton nombril ? » Oscy travaillait fiévreusement à défaire les nœuds gordiens.

« Je t'emmerde, Oscy.

— Oh, ferme-la. » Oscy parvint enfin à son but et déplia le peignoir. Dedans, il y avait le manuel d'anatomie. Oscy enleva son T-shirt et l'étala bien à plat dans l'herbe. Il procéda rapidement à l'échange. Le livre passa du peignoir au T-shirt en un clin d'œil. Oscy noua aussitôt les manches de son T-shirt autour du livre. Puis il ramassa le paquet et fit signe à Hermie de le suivre.

Hermie lui emboîta le pas, ne se retournant qu'une fois pour regarder Benjie, qui était assis sur la dernière marche de sa véranda et testait les jumelles d'Oscy sur eux. De cet instant, Hermie garda une image de Benjie qu'il emporterait avec lui dans la tombe : Benjie à l'aube, sur la plage, fouillant le ciel pour y trouver des oiseaux ennemis. Et, chaque fois qu'un oiseau passait, Benjie notait dans son carnet : « Cinq heures quinze. Un oiseau… Cinq heures vingt-sept. Un autre oiseau… Cinq heures quarante et une. Un autre oiseau… Cinq heures quarante-sept. Encore une saleté de piaf… Cinq heures quarante-huit. Je t'emmerde, Oscy. »

Hermie suivit Oscy sur le sentier, le regardant tenir le T-shirt avec autant de délicatesse que s'il avait contenu la tête de saint Jean-Baptiste. Ils avaient décidé que, cette fois, le poulailler abandonné ne ferait pas l'affaire. Trop public. À la place, ils avaient opté pour la chambre de Hermie. Naturellement, c'était Oscy qui avait pris cette décision unilatéralement. D'instinct, Hermie n'avait pas tellement envie qu'ils aillent dans sa chambre, quels que soient les projets d'Oscy. Mais ce dernier avait décidé que puisque Hermie serait le principal bénéficiaire de leurs découvertes, c'était à lui d'assumer les risques de leur apprentissage.

Arrivés à sa maison, Hermie passa devant car il connaissait le chemin et tous les dangers qu'il recélait. Il choisit de rentrer par la porte de derrière qui, comme toutes les portes de l'île, claquait et grinçait. Mais Hermie était passé maître dans l'art d'ouvrir celle-ci. En effet, il la graissait régulièrement pour en atténuer le bruit. C'était toujours par là qu'il sortait lorsqu'il y avait dans la véranda des gens avec qui il n'avait pas envie de parler – sa famille, par exemple.

Quoi qu'il en soit, ce fut le cœur battant et sur la pointe des pieds que Hermie franchit le seuil, suivi silencieusement par Oscy et saint Jean-Baptiste. Après cela, il fallait négocier l'escalier du fond. Hermie ouvrit la voie, désignant du doigt à Oscy la marche qui grinçait. Ils l'enjambèrent dans un silence de Cheyennes aguerris. Une fois sur le palier, ils tournèrent et se dirigèrent furtivement vers la chambre de Hermie. Celui-ci tourna lentement la poignée qu'il avait si bien huilée (comme la porte) qu'un peu de graisse lui dégoulina dans la main. Aucune importance. Zéro dégât. Il ouvrit. Silence. Souplesse. Pas de sueur. Mission accomplie. Bravo.

« Je viens de nettoyer. »

Oscy et Hermie échangèrent un regard. C'était la voix de la mère fantôme. Elle était quelque part dans la maison. Dans une ampoule électrique peut-être. Ou dans un tableau accroché au mur. Ou bien dans la peinture. La femme aux mille yeux et aux mille oreilles. Celle qui flottait dans l'air à travers son domaine comme le fantôme des Noëls passés. Celle qui d'une seule phrase glaçante pouvait en dire des centaines. « Je viens de nettoyer. » Quatre petits mots qui signifiaient : « Je sais que tu es là. Ne salis pas la maison. Ne t'assieds pas sur les lits. Si c'est Oscy qui t'accompagne, ne le laisse pas appuyer son T-shirt contre quoi que ce soit. Ne prends rien dans le réfrigérateur, parce que j'ai listé tout ce qui s'y trouve et que le dîner est dans quelques heures ; si tu te coupes l'appétit en grignotant, tu seras privé de sortie ce soir, alors attention. »

Dans un acte de défi abject, Hermie claqua la porte si fort que Penny Singleton en fut secouée. Oscy observa la serrure : « Tu peux la fermer à clef ? » Hermie verrouilla mais cela ne suffisait pas à Oscy qui prit une chaise et la coinça sous la poignée. Après quoi il s'approcha du lit et…

« Ne t'assieds pas sur le lit, Oscy.

— Pourquoi pas ?

— Ma mère le saura.

— Je n'allais pas m'asseoir dessus. Seigneur. » Il jeta le T-shirt crasseux sur le lit et Hermie grimaça : il savait qu'à un moment ou à un autre sa mère le sentirait. Oscy défit le nœud, écarta les manches et le livre apparut devant eux, aussi sacré que la première Bible. Oscy le prit comme si c'était une bombe à retardement ultrasensible et chercha autour de lui un endroit où le poser.

« Ici. » Hermie désignait la petite table qui lui servait de bureau pendant l'été.

Oscy plaça le Graal sur la table et, tel un chirurgien, indiqua ses exigences à son assistant : « Papier. Crayon. » Hermie acquiesça. Il avait tout dans sa chambre. « Et du papier carbone, ajouta Oscy, sinon je serai obligé de le faire deux fois.

— Faire quoi ? »

Oscy ne répondit pas. Il se contenta de tendre la main. Hermie y mit un crayon, du papier et ce qui devait être la dernière feuille de papier carbone du monde. Le mieux que l'on pouvait espérer tirer de cette relique, c'était de se rafraîchir en s'en servant d'éventail. Oscy le prit et le tint devant la fenêtre. La lumière passa à travers. « Ça ira. » Puis il approcha une chaise de la table, mit le papier carbone entre deux feuilles de papier blanc et, crayon à la main, consulta la table des matières du livre jusqu'à ce qu'il ait trouvé ce qu'il cherchait : « Ah. »

Hermie se laissa tomber sur son lit et regarda le plafond à l'endroit où la peinture se craquelait en formant un dessin qui ressemblait au sourire de l'actrice Gene Tierney. « Qu'est-ce que tu as en tête exactement, Oscy ?

— Que ton bien. » Il ajouta : « Ahhhhhhhh…

— Quoi "ahhhhhhhh" ? s'enquit Hermie, qui commençait à s'ennuyer horriblement.

— "L'acte sexuel : comment l'accomplir." En douze étapes. Simplement énoncées. Page 664 à 678. » Il sourit à Hermie : « C'est là-dedans, Hermie. Tout est là-dedans. Quelqu'un a eu le bon sens de mettre tout ça noir sur blanc. »

Hermie roula de côté vers Oscy, s'appuyant sur un coude. Il plissa les yeux comme s'il essayait de distinguer Oscy dans le brouillard : « Qu'est-ce que tu racontes ? »

Oscy avait trouvé les pages qui l'intéressaient et commencé à prendre des notes : « Relaxe, Hermie. Je te sonnerai quand j'aurai besoin de toi. »

Hermie s'affala. Son destin ne lui appartenait plus. Oscy avait pris les choses en main. Quel soulagement d'être libéré de cette responsabilité ! Il regarda les femmes sur ses murs. June Haver, la dernière arrivée, lui sourit à travers ses yeux bleus très intenses. Pourquoi diable souriait-elle ? Elle ne valait pas Penny Singleton. Il attrapa le magazine sur sa table de chevet. Le *Liberty*. Il y avait parfois de bonnes choses dedans. Il feuilleta, s'attardant sur les publicités. Goodyear affirmait que « vos vieux pneus avaient encore de beaux kilomètres devant eux si vous suiviez dès maintenant quelques simples conseils ». Une association qui soutenait le moral des troupes disait qu'elle avait besoin de « trente-deux millions de dollars avant le printemps ». Oldsmobile prétendait « donner du nerf aux ailes de l'aigle américain ». Armour and Company invitait Hermie à « rencontrer les combattants les mieux nourris du monde : le Soldat, le Marin et le Marine des USA ». De temps à autre, Hermie entendait Oscy grogner ou simplement siffler. Il finit par laisser tomber le magazine sur sa figure, et la bouche d'une jolie fille se plaqua contre la sienne. Il s'endormit et se réveilla à cause du bruit que faisait la page sous l'effet de sa respiration. Il ôta le visage mouillé de la fille de sa face et se retourna de nouveau pour voir ce que fabriquait Oscy. Il l'interpella avec respect, pour ne pas le déranger : « Oscy…

— La ferme, Hermie. J'ai presque terminé. » Oscy essuya son visage en sueur avec le T-shirt.

« Mais qu'est-ce que tu fous, bon Dieu ?

— Deux copies. Une pour moi. Une pour toi. Tu la garderas sur toi en permanence. Tu t'y reporteras. Tu l'apprendras par cœur.

— Excuse-moi, Oscy. J'apprendrai quoi ?

— L'acte sexuel en douze étapes. Qu'est-ce que tu crois que je suis en train de faire, Hermie ? De répondre à mon courrier ?

— Le quoi sexuel ? »

Oscy prit un ton extrêmement condescendant : « Hermie, puisque tu ne peux pas aller rendre visite à cette femme avec ce livre sous le bras, je suis en train de te le résumer. Point par point. Si tu t'en tiens à ce qui est écrit là-dessus, tout se passera bien. »

Hermie posa ses pieds par terre ; une idée commençait à faire son chemin dans son esprit, une intuition qui l'habitait depuis pas mal d'années déjà. « Oscy, tu es fou.

— Oui, comme un renard. » Il ne s'arrêta pas de griffonner ses petites notes. Il ne s'arrêta pas non plus de sourire : « Hermie, tu vas baiser cette femme ou, au moins, je saurai où ça a foiré. »

Hermie l'entendit mais ne put accepter ce qu'il disait. Il essaya même d'en rire tant c'était absurde : « Oscy, je ne peux pas baiser cette femme. Ha, ha, ha.

— Si tu y mets tout ton cœur, il n'y a pas de raison. » Il ne leva même pas les yeux et continua à gribouiller. Apparemment, il écrivait un roman.

« Oscy, je ne peux pas. » Il s'entendit rire de nouveau, même s'il savait qu'il n'y avait rien de drôle.

Oscy cessa d'écrire et jeta à Hermie un regard incrédule : « Tu n'en as pas envie ?

— Si, bien sûr que j'en ai envie, mais… ha, ha, ha.

— Alors tu la baiseras. Compte sur moi. » Il se remit à l'œuvre.

Aussitôt, Hermie devint pensif. Ce n'était pas

une mauvaise idée après tout. Si l'on écartait le fait que c'était strictement impossible, ce n'était pas une si mauvaise idée. D'ailleurs, plus il y pensait, moins il trouvait ça impossible. Ce serait sympa de la baiser. Très sympa même. Et agréable. Sympa et agréable pour elle aussi parce qu'il serait très doux. En plus, il saurait exactement comment s'y prendre, grâce à Oscy qui était en train de tout consigner sur papier – à condition, bien sûr, que le papier ne soit pas victime de combustion spontanée. En voyant Oscy s'évertuer ainsi à mettre au point une méthode infaillible pour s'envoyer en l'air, un sentiment de confiance inébranlable s'empara de Hermie. Après tout, ce n'était pas comme si elle ne l'aimait pas. Ne l'avait-elle pas embrassé le matin même ? Ne lui avait-elle pas mordu la jambe et changé son pansement ? N'avait-elle pas arraché son pantalon et caressé son pénis gargantuesque ? Si tout cela n'était pas la preuve de l'intérêt et de l'affection qu'elle lui portait, alors il y avait quelque chose de pourri au Royaume du Danemark, non ? Hermie continua à observer Oscy. Fidèle Oscy, si désintéressé, et qui se trompait si rarement. Si inventif et courageux. Avec Oscy en coulisse, il ne pouvait que réussir. Hermie croyait non seulement qu'il pouvait la baiser, mais aussi qu'il pourrait choisir le moment et le lieu. Chez elle ou chez lui ? Chez elle. Seulement… il faudrait dégager cette photo de Pete. Hermie l'imaginait, elle, couchée sous lui, les yeux embués de passion, lui rendant tout ce qu'il lui donnait et même plus, parce qu'il était tellement attentionné de s'appuyer sur ses coudes comme ça. Il imaginait ses jambes bronzées enroulées autour de lui, l'attirant en elle comme dans le livre illustré. Tandis qu'il fantasmait, une vision de Sheena, reine de la jungle lui traversa l'esprit, entrant par une oreille et sortant par l'autre. En cet instant, il se rendit compte qu'il n'était rien de plus qu'un petit garçon effrayé et pervers qui n'avait aucun droit de se laisser aller à des pensées ou à des projets aussi impurs. C'était grossier. Terriblement grossier. Non qu'il n'eût pas envie de coucher avec elle, mais... « Oscy, je la respecte. Je ne veux pas simplement... la baiser. » Il prononça ces mots d'une voix pitoyable, infantile.

Sans lever les yeux, Oscy posa son crayon d'un geste de grand-père. Puis il se tourna et regarda Hermie de la manière dont Thomas Edison avait dû regarder tous ceux qui doutaient de lui : « Hermie, il y a une chose que tu ne sembles pas comprendre. C'est très bien de respecter une femme. C'est parfait. Et démocratique. Mais c'est elle qui ne te respectera pas si tu n'essayes pas de la baiser.

— J'ai du mal à le croire.

— Je t'assure. Mon frère me l'a dit. Les femmes sont comme ça. Elles veulent que tu *tentes* même si elles ne te laissent pas faire, parce que, bien qu'elles ne te *laissent* pas faire, elles *veulent* que tu essayes. C'est pour ça que tu *dois* essayer.

— Je crois que je comprends. » Mais jamais, même en un million d'années, Hermie n'aurait pu comprendre une logique aussi tordue. Il commença à se poser des questions sur Oscy. Oscy. Stupide Oscy. N'était-ce pas lui qui avait assuré qu'ils ne se feraient jamais prendre s'ils crachaient des billes du balcon du cinéma ? Résultat, ils avaient été interdits d'accès pendant trois semaines. Ils avaient même manqué *King Kong* et *Gunga Din*. Et Oscy ne s'était-il pas également trompé quand il avait dit à Rollo Herzog que Wacky Foster était si riche qu'il ne s'apercevrait même pas que son vélo de course avait été volé ? Rollo avait fini au commissariat. Et quand il avait annoncé qu'ils pourraient voler sans crainte toutes les cartes de G-man dans la boutique de Gelband ? Gelband leur avait flanqué une raclée mémorable. Non, si vous teniez à la vie, mieux valait ne pas écouter Oscy. Si vous suiviez ses conseils, vous risquiez la taule ou la mort. Ou les deux.

Oscy se leva, s'approcha de Hermie et lui tendit son exemplaire du document : « Tiens, Hermie. Si tu sais compter jusqu'à douze, tu as toutes les chances de t'envoyer en l'air. Je te donne l'original et je garde ce carbone miteux pour moi. Tu ne recevras jamais preuve d'amour plus grande. Mémorise-le dès maintenant. » Hermie regarda Oscy retourner à sa chaise et commencer à apprendre le texte par cœur.

Il examina le papier qu'il avait dans la main. Ça prenait une page entière. L'acte sexuel y avait été décrit par Oscy en douze étapes comme s'il s'était agi des Dix Commandements : « Oscy…

— La ferme, Hermie, j'apprends.

— Oscy…

— J'ai dit la ferme ! »

Hermie la ferma aussi longtemps qu'il put, déchiffrant le papier et les mots bizarres – qu'Oscy avait sûrement mal orthographiés. Puis il rompit le silence : « Oscy, c'est complètement dingue.

— Quoi ? » Oscy le foudroyait du regard.

— L'étape trois.

— Qu'est-ce qu'il y a de dingue là-dedans ? » Il tambourinait avec ses doigts sur la table, prêt à les serrer pour en faire un poing.

« Je n'ai jamais entendu ce mot avant.

— C'est du latin. » Oscy était exaspéré : « À l'origine, les types étaient des Latins. » Il se replongea dans sa propre liste : « Seigneur…

— Je ne suis même pas sûr de pouvoir le prononcer correctement. »

Oscy reposa sa feuille d'un geste sec. Le papier ne fit pas de bruit. Son poing, par contre, faillit fendre la table : « Tu n'as pas besoin de le prononcer ! Tu dois juste le faire, point barre !

— Ah oui ? Mais je ne sais même pas où c'est ! » Hermie n'aimait pas se faire crier dessus, et surtout pas par un crétin comme Oscy : « Et c'est quoi ce truc dans le numéro quatre ? »

Oscy consulta sa liste pour voir de quoi il s'agissait : « C'est du latin aussi ! » Il toisa Hermie du regard comme pour le supplier de ne pas être aussi obtus : « C'est entièrement en latin, Hermie, Seigneur. »

Hermie commençait à se sentir un tantinet agacé : « Ah oui ? Il vaudrait peut-être mieux que je lui demande carrément où se trouvent certaines de ces choses ! »

Oscy leva les yeux au plafond, dans l'attente d'un secours divin, et s'exprima avec la patience d'un saint : « Tout est approximativement au même endroit. Cherche, et tu trouveras. » Il regarda Hermie et essaya de sourire : « Et puis, elle est censée t'aider. »

Hermie n'en démordait pas : « Elle aussi, elle aura une copie de ces foutues douze étapes ? »

Oscy n'avait pas encore perdu tout son sang-froid : « Elle n'en aura pas besoin. C'est pour ça qu'elle t'aidera.

— J'espère bien, parce que, avec des indications pareilles, j'aurai besoin de toute l'aide disponible. » Voir les choses ainsi couchées noir sur blanc, si froidement exposées, minait la confiance de Hermie. Il se débrouillait en maths, mais le latin n'avait jamais été son fort. Tout ce qu'il avait retenu qui soit vaguement en rapport avec la culture latine, c'était que la Gaule était divisée en trois parties. Et s'il le savait, c'était uniquement parce qu'il était bon en maths. Oscy parlait en tapotant sa feuille d'un air pédant : « Étape six, Hermie. C'est très important. »

Hermie regarda sa liste. L'étape six, peu importe comment Oscy l'avait écrit, c'étaient les préliminaires. « Les préliminaires », dit Hermie comme si tout cela était aussi connu que la Déclaration d'indépendance.

« Exactement, dit Oscy. Ce mot revient sans arrêt. »

Hermie ne décolérait pas : « Ça ne m'explique pas ce que je suis censé faire. Je dis quoi : "Excusez-moi madame, que pensez-vous de quelques préliminaires ?"

— Je te le répète, tu n'as pas besoin de dire quoi que ce soit.

— Ah oui ? Pourtant l'étape deux dit clairement que nous sommes censés discuter.

— Bien, Hermie. Très bien. Et très bien observé. Mais il s'agit de l'étape deux. Tu remarqueras que quand tu arrives à l'étape six, il n'y a plus de parlotte. On gémit et on soupire, c'est tout. Tu gémis et tu soupires.

— Elle croira que je suis malade.

— Elle gémira et elle soupirera aussi.

— Ça va faire pas mal de bruit.

— Allume la radio.

— Et s'il n'y a pas de radio ?

— Alors ne l'allume pas. » Oscy avait soudain l'air à bout : « Bonté divine, Hermie ! J'essaye de mémoriser cette saloperie et tu n'arrêtes pas de m'interrompre ! »

Hermie se figea. Il n'y avait pas accordé d'importance jusque-là, mais Oscy s'était fait aussi une copie pour lui-même. « Pourquoi est-ce que tu l'apprends par cœur, toi ?

— Pour Miriam.

— Miriam ?

— Oui. Miriam. Tu te souviens de Miriam ? J'ai des droits, moi aussi.

— Tu vas baiser Miriam ?

— Un peu que je vais la baiser. Il se trouve que j'ai entendu deux maîtres-nageurs parler d'elle et d'après ce que j'ai compris, une fois qu'elle est lancée, c'est quelque chose.

— Comment peux-tu être sûr que c'est la même Miriam ?

— C'est la même Miriam. N'essaye pas de me décourager.

— C'est un nom assez courant.

— Oui, mais des nibards comme les siens, ça ne court pas les rues. Il faut se lever tôt pour en voir de pareils. Ils parlaient de la même Miriam. Ma Miriam.

— Tu es drôlement sûr de toi.

— Oui. J'ai confiance, Hermie. Dommage que ce ne soit pas ton cas. Si tu croyais en toi, je n'aurais pas besoin de te tirer au bout d'une laisse.

— Je suis totalement confiant, Oscy. J'ai tout ce qu'il me faut de ce côté-là. Il se trouve simplement que je suis un peu plus réaliste que toi. » Il bouillait de rage maintenant. Sa voix était de plus en plus forte. Si la mère fantôme rôdait dans les parages, il aurait bientôt des ennuis. Mais Hermie ne pouvait plus s'arrêter : « Et qu'est-ce qui te prend de me traiter de chien ?

— *Ouaf ! ouaf !*

— Je vais te dire une chose, Oscy. Si je suis ces douze étapes, il se peut qu'elle ait un bébé. Or, je ne peux pas me permettre d'avoir un enfant à ce stade de ma vie, alors on laisse tomber. Par ailleurs… je t'emmerde. »

Oscy le regarda. Pas furieux, interloqué tout au plus : « Ce que tu peux être stupide.

— Fais gaffe. Tu es chez moi.

— Si stupide que j'ai peine à le croire.

— Je suis peut-être stupide mais je n'ai pas l'intention de devenir père. Une faute n'en excuse pas une autre. Alors je t'emmerde. » Hermie cherchait vraiment la bagarre. Il regarda autour de lui pour voir s'il y avait des armes à portée. Ce qui s'en rapprochait le plus était un objet contondant : le manuel d'anatomie.

Oscy faisait preuve d'une retenue admirable. Il avait enregistré au moins trente-huit provocations et chacune d'elles aurait justifié qu'il casse la gueule à Hermie. Mais il continuait de se retenir : « Tu te protèges, Hermie. Tu utilises une capote. Tu sais ce que c'est une capote ? Un préservatif ? Un contraceptif ? »

Hermie ne prit même pas la peine de répondre, parce que, évidemment, il savait ce qu'était une capote. Il se leva, froissa les notes et les jeta par terre pour signifier son profond désintérêt. Le gant avait été jeté. La balle se trouvait dans le camp d'Oscy.

Oscy se leva et s'approcha. Hermie avait les poings serrés. Il connaissait suffisamment la loi pour savoir qu'il pouvait tuer Oscy sans crainte s'il réussissait à prouver qu'il avait pénétré chez lui par effraction. Oscy se tenait devant Hermie et se contentait de le toiser. Il resta ainsi environ cinq heures et trente-six minutes. Puis il se pencha et ramassa le morceau de papier froissé. Hermie aurait aisément pu lui asséner un violent coup sur la nuque, comme au karaté. Mais ç'aurait été un truc de Jap et, quoi qu'on puisse penser d'Oscy, c'était un bon Américain. Oscy se leva, sourit à Hermie et retourna à la table où il entreprit de défroisser la feuille. « Tu as de la chance que ce soit l'original, Hermie. Si ça avait été le carbone, il serait complètement foutu et tu aurais pu t'asseoir dessus pour toujours.

— Je t'emmerde, Oscy. » Hermie se sentait puissant, invincible. Il voulait faire la démonstration de sa force surhumaine sur le nez d'Oscy, qui une fois déjà avait pu tâter de son courage. Il était prêt à tout pour le faire réagir. Même à se répéter : « Je t'emmerde, Oscy. À pied, à cheval et en voiture. »

Oscy soupira sans prendre la peine de le regarder, se contentant d'aplatir les notes : « C'est fatigant d'entendre ces mêmes mots en boucle de la part d'un soi-disant ami.

— Je t'emmerde, Oscy. Tu es un imbécile. Tu entends ?

— C'est le genre de chose qui ne me surprendrait pas venant de Benjie. Mais de toi…

— *Ouaf! ouaf!* Va te faire foutre. »

Oscy plongea une main dans sa poche et en tira son portefeuille de cuir dont les coins s'étaient arrondis avec le temps. Il l'ouvrit : « Il se trouve, Hermie, que moi, j'ai déjà mon préservatif. » Il fouilla dans un compartiment secret du portefeuille : « C'est mon frère qui me l'a légué avant de partir à l'Armée. » Il sortit un petit paquet enveloppé de papier argent qui, s'il avait indéniablement connu des jours meilleurs, était malgré tout toujours scellé. « Je le garde tout le temps sur moi depuis. C'est mon porte-bonheur. »

Hermie regarda le paquet dans la paume retournée d'Oscy. Dans la lumière, il brillait encore plus que son propre pansement. Jamais il n'avait eu l'occasion de contempler quelque chose d'aussi attirant. Enveloppé comme ça dans du papier argenté, ça faisait penser à une pierre précieuse. Hermie le voulait. Il le voulait plus encore qu'un vélo de course ou qu'un gant de base-ball neuf. Il comprit brusquement comment certains hommes pouvaient aller jusqu'à tuer uniquement pour posséder des objets rares et beaux.

Oscy vit le reflet dans les yeux de Hermie et sut qu'il le tenait. Il agita délibérément sa paume pour donner vie aux éclats du soleil qui frappaient le paquet et, ce faisant, plonger Hermie dans un état d'hypnose – ce qui n'était pas bien difficile, car d'une manière générale Hermie se promenait dans un état de quasi-envoûtement permanent. « C'est là-dedans, Hermie. Tu n'as besoin de rien d'autre. » Il chuchotait comme un conspirateur : « Tes notes… et ça. Tu embrasses la femme pendant un moment, tu t'excuses poliment, tu reviens avec la queue enveloppée avec le contenu de ce petit sachet, et bingo. Aucune femme ne peut résister à ça. C'est comme de l'herbe à chat. » Il agita encore un peu le paquet. Les yeux de Hermie se dilatèrent. Il était gonflé à bloc. Un défi de taille pour son short et les trois boutons de sa malheureuse braguette : « Qu'est-ce que t'en dis, Hermie ? Qu'est-ce que t'en dis, hein ?

— Combien ? »

Oscy fut choqué : « Ça vient de mon frère ! C'est un trésor de famille ! Il faut t'en procurer un par toi-même, espèce d'idiot ! Tu dois en acheter ! »

Hermie nageait dans une espèce de brume. Sa tête tournait un peu. Il dit d'une voix morne : « Ça vaut combien de tickets ?

— Des tickets ? » Oscy était consterné : « Tu comptes les manger ?

— Ils ne sont pas rationnés ?

— Pourquoi diable veux-tu qu'ils soient rationnés ?

— Je ne sais pas. Je pensais... Est-ce qu'on ne les garde pas tous pour les soldats ?

— Non ! Il en faut bien pour les civils, autrement il y aurait des bébés dans tous les coins ! Seigneur, Hermie...

— Mais... C'est en caoutchouc et...

— Tu es incroyable ! Vraiment incroyable, Hermie ! Qu'est-ce que je fous avec toi ? » Il s'approcha de la fenêtre avec l'envie de se jeter dans le vide. Au lieu de cela, il se contenta de regarder dehors jusqu'à ce qu'il eût maîtrisé sa colère. Alors, il se retourna brusquement et fit de nouveau face à Hermie. Un faible sourire éclaira son visage : « Hermie, tu vas aller dans un drugstore et en acheter. D'accord ? Tu as bien compris ? Hmmm ? »

Hermie était mortifié. Il avait montré l'étendue de son ignorance dans ce domaine. Il s'était laissé piéger par Oscy et son baratin. Pour se couvrir, il prit aussitôt un ton contrit : « Je ne vais pas prendre ce risque. Je te rappelle que je suis mineur. En plus, au cas où tu ne le saurais pas… il y a des femmes qui font leurs courses dans les drugstores.

— Où est-ce que tu comptes en acheter alors, dans un magasin de sport ? » Il y avait une limite aux inepties qu'Oscy pouvait supporter de la part de Hermie, et elle avait été dépassée depuis plus de dix minutes.

Hermie était en train de perdre le débat, et rapidement. De plus, ce petit paquet argenté devenait de plus en plus indispensable à son bien-être, bien plus que toutes les céréales riches en vitamines du monde. Il décida de tenter une petite manœuvre de diversion, d'exercer un peu de Damon sur Pythias : « Si tu étais vraiment un ami, Oscy, tu me le prêterais.

— Quoi ? » Oscy se dit qu'il avait peut-être rêvé.

« Mais, apparemment, tu n'es pas un si bon ami que ça.

— Quoi ? »

Hermie fut saisi d'une vertueuse indignation,

doublée d'une sacrée colère : « Merde, Oscy, tu t'imagines que je le garderais ? Je te le rendrai ! »

Oscy se montra incapable de répondre immédiatement. Il tituba comme s'il venait de prendre une balle. Il se tint l'estomac, se plia en deux et se laissa tomber sur le lit, la figure tournée vers le plafond et la respiration haletante. Quand la crise commença à passer, il parla d'un ton où perçait la consternation : « Hermie, je commence à croire que tu es peut-être pédé.

— Super, Oscy. Merci beaucoup. » Il donna un coup de pied dans le lit, sachant que la secousse se propagerait jusque dans la tête d'Oscy. Il espérait aussi que ça déclencherait une charge de T.N.T. qui lui exploserait le cul.

Oscy se laissa aussitôt rouler hors du lit et s'en prit verbalement à Hermie, tout en agitant les mains comme des moulins à vent : « Espèce d'abruti ! Un préservatif, ça sert une fois et pas plus ! Et à une seule personne ! Même le plus intime des amis ne partage pas ses capotes ! »

Hermie fit un pas dans la direction d'Oscy : « Je n'aime pas que tu me cries dessus. Un homme averti en vaut deux. À bon entendeur, salut. »

Oscy faisait un effort considérable pour comprendre la résistance, la réticence et l'attitude de Hermie globalement comparable à celle d'une tête de cochon. « Je fais ça pour toi, Hermie. Par amitié. Parce que même si tu ne t'en rends pas compte, moi je le sais.

— Tu sais quoi ?

— Que ton heure est venue.

— Oh, arrête tes conneries.

— C'est vrai. Ton heure est venue. Ta bite le sait mais ton stupide cerveau a trop écouté Benjie.

— Ah oui ? Eh bien… laisse tomber. Laisse tomber, c'est tout. La question est réglée.

— La question n'est pas encore réglée. » Oscy prononça ces mots comme s'il était en possession d'un dossier top secret contenant des informations dont Hermie ignorait tout.

« Qu'est-ce que tu veux dire ?

— Je veux dire que tout est arrangé.

— Qu'est-ce qui est arrangé ? »

Oscy essaya de présenter la chose comme un fait intangible, gravé dans le marbre pour l'éternité. Il voulait que Hermie l'accepte comme une chose aussi irrévocable que l'Histoire Antique : « La soirée marshmallows. Sur la plage. Demain soir. Avec Miriam et moi. » Il marqua une pause pour s'assurer que Hermie le suivait bien. Ce qui était le cas. Puis il asséna le coup de grâce : « Et Aggie et toi. » Hermie ouvrit la bouche pour dire quelque chose, mais la voix qu'il entendit était toujours celle d'Oscy : « N'essaye même pas de te débiner, parce que tout est réglé. » Il s'approcha et mit un bras autour des épaules de Hermie : « C'est le destin, Hermie. Tu sais, je t'observe depuis un moment. Tu rumines à propos de cette femme depuis trop longtemps. Tu es prêt. Mais pas pour elle. Pas encore. Il faut que je t'aide à te faire la main sur quelqu'un d'autre. Alors ce matin, pendant que tu étais là-bas à te faire embrasser, je suis allé retrouver Miriam sur la plage et j'ai tout organisé. Miriam a dit qu'elle en parlerait à Aggie et qu'il n'y aurait pas de problème. D'accord ? D'accord, vieux ? »

Hermie écouta le monologue d'Oscy avec une fureur contrôlée. Quand ce fut enfin son tour de parler, cette fureur s'était transformée en quelque chose qui ressemblait plutôt à du désespoir : « Aggie ? Seigneur. Aggie ne m'intéresse pas du tout… Pendant tout ce temps, je croyais que tu parlais d'elle. Tu sais… elle ? »

Oscy haussa les épaules d'un geste d'impuissance : « Comme je te l'ai dit, Hermie, tu n'es pas prêt pour le bouquet final. Il faut que tu commences par autre chose. Et tout ce que j'ai sous la main, c'est Aggie. » Il prit la feuille des douze étapes vers la gloire et la fourra dans la poche de Hermie : « Tu as tes instructions. Tu es sur la bonne voie. »

Hermie était tout hébété : « Tu es dingue.

— Oui. Dingue. Fou à lier. Complètement fou à lier. » Il eut un rire dément : « Ha, ha, ha ! » Puis il se ressaisit : « Hermie, je ne te demande pas d'aller jusqu'à la douzième étape, parce que je ne crois pas aux miracles. Je serais déjà très heureux si tu arrivais à bout de l'étape deux. Tout ce que je te demande, c'est d'essayer.

— Pas question. Je refuse de prendre des risques pour Aggie. C'est un monstre. Je ne sais même pas si elle est capable de parler !

— Elle l'est.

— Qu'est-ce que tu en sais ?

— J'ai demandé à Miriam. Je ne crois pas qu'elle me mentirait. Elle m'a affirmé qu'Aggie avait l'usage de la parole.

— Toi aussi ça t'inquiétait, alors ?

— Disons simplement que j'ai remarqué qu'elle ne s'était pas montrée très bavarde. Je t'en prie, Hermie, fais-moi confiance. Un de ces jours, tu me remercieras. En attendant, demain soir, j'apporte les marshmallows. Et toi, tu apportes une capote. »

Comment résister à un rouleau compresseur ? Par des cris et des hurlements ? En appelant les flics, ou sa mère ? Non. On s'écarte simplement du chemin. Mais si le rouleau compresseur vous suit, tourne quand vous tournez, grimpe à l'arbre dans lequel vous vous êtes réfugiés ? Hermie alla se coucher ce soir-là avec un rouleau compresseur nommé Oscy encombrant ses rêves. Mais tout n'était pas perdu. Car, après les préliminaires, il pourrait peut-être s'attaquer de front à la championne aux yeux verts. Au cœur de la nuit la plus profonde, Hermie alluma sa lampe de chevet et commença à s'entraîner sérieusement en se plongeant dans l'étude de ses « notes ». Qu'importait, après tout, que ce soit écrit en latin ? En s'appliquant, il pouvait devenir un putain de prodige du latin. Peut-être même qu'il deviendrait un putain de prodige tout court. *Veni, vidi, vici. Yaaaaaaa, Sheena !*

15

Hermie et Oscy, les deux jeunes vauriens, arrivèrent le lendemain matin devant le drugstore, d'humeur très gaie et pleins d'une confiance sereine en leur plan : tout ce qu'il leur fallait, c'était un petit bout de caoutchouc pour lancer Hermie comme il se doit dans les recoins les plus chauds de la féminité. Oscy portait son T-shirt habituel, car il avait prévu d'attendre dehors, peu disposé qu'il était à effectuer cette délicate transaction, lui-même ayant déjà ce qu'il fallait pour la sortie du soir. Hermie, par contre, s'était habillé de manière à miraculeusement paraître plus vieux. Du coup, il était non seulement le seul homme de Packett Island à arborer une cravate, mais celle-ci était également la plus longue qu'on ait jamais vue sur l'île ; essentiellement parce qu'elle appartenait à son père et que, malgré tous les nœuds Windsor qu'il y avait faits, elle continuait à descendre à plus de dix centimètres sous sa boucle de ceinture. Elle était aussi excessivement voyante : des feuilles rouges et vertes sur fond jaune pâle – sans doute un cadeau de Noël fait à son père par un ennemi daltonien. Pour toutes ces raisons, il avait enfoncé les deux bouts de l'accessoire dans son pantalon ; il avait en outre tellement bien fermé son veston qu'à moins d'avoir vu Hermie s'habiller ce matin-là il était impossible de savoir qu'il portait une cravate.

Tout avait été soigneusement planifié. Oscy prit position juste devant le drugstore, sortit nonchalamment son harmonica et se mit à jouer « *Old MacDonald's Farm* » – une performance à faire cailler tout le lait de la pauvre ferme en question. Cela pouvait paraître bizarre de voir Oscy faire le guet alors qu'aucun vol n'était prévu, mais il ne faisait que répondre à la demande expresse de Hermie qui craignait de voir sa mère passer par là, et ne tenait pas particulièrement à ce qu'elle le surprenne à acheter des préservatifs, non merci. Hermie prit une inspiration si profonde qu'elle conduisit l'air jusque dans ses doigts de pied, puis, après un signe de tête à Oscy, il entra comme si de rien n'était dans le drugstore ; ce qui se révéla difficile puisque la cloche qui se trouvait sur la porte annonça sa présence aussi discrètement que Big Ben.

En l'entendant tinter, Hermie grimaça et commença à transpirer comme un cheval de trait. Mais sa sueur ne lui poserait pas de problème : il s'était étalé tant de déodorant sous les bras que ces derniers – forts de cette lubrification – partaient vers l'arrière quand il marchait et lui donnaient l'air d'être sur le point de plonger dans la piscine du lycée. Incapable de contrôler les mouvements désordonnés de ses bras, il fourra ses deux mains dans ses poches et, avec un air franchement coupable, se mit à quadriller les lieux comme un pro.

Au fond, tout au bout du comptoir, il y avait le patron, Monsieur Sanders, un homme originaire de la Nouvelle-Angleterre. Maigre, nerveux, hargneux et désagréable, bref il correspondait à l'image que l'on pouvait se faire de lui. Il lui arrivait même de dire : « Ah ouais » à la dame qu'il était en train de servir. Une autre femme déambulait à travers le magasin en cueillant des articles au hasard sur les étagères. En dehors de ces deux clientes, Hermie était tout seul. Il flânait dans les rayons, regardant distraitement les étalages. Son œil fut attiré par les pansements. Il s'y connaissait en pansements, parce qu'il était capable d'en consommer de trois à quatre cents par été.

Il remarqua que la dame au comptoir payait Monsieur Sanders et s'en allait. La cloche annonça sa sortie et, au moment où la porte s'ouvrit, le son de l'abominable harmonica d'Oscy pénétra à l'intérieur. Cela signifiait qu'il était toujours à son poste. Brave Oscy. La porte se referma. La cloche tinta. L'harmonica fut étouffé au milieu d'un accord perdu à jamais.

Hermie s'approcha du rayon des dentifrices. Il y avait une affiche rappelant qu'il ne fallait pas jeter les tubes vides. L'autre dame, la promeneuse silencieuse, rôdait toujours dans les parages et rien ne trahissait chez elle une quelconque envie de partir. Hermie s'agaçait de la voir là. D'autant que Monsieur Sanders s'avançait vers lui en demandant : « Que désirez-vous ?

— Servez-la d'abord. Elle était là avant moi. » Hermie désigna la promeneuse qui se contenta de sourire et de se promener. Il s'agissait peut-être d'une espèce de surveillante. Hermie nota mentalement de prévenir Oscy qu'une femme de chez Pinkerton gardait les lieux et que, par conséquent, mieux valait ne rien voler dans ce magasin. Monsieur Sanders retourna à son poste, derrière le comptoir, et se plongea dans son inventaire. Les patrons passaient leur temps à ça, faire l'inventaire. Une coutume, sans doute.

Hermie allait et venait en sifflotant « *Jingle Bells* » pour garder son calme. Il se rapprocha de la porte, où les notes irritantes de l'harmonica étaient plus audibles et évoquaient les cris d'un poulet qu'on étrangle. Hermie ouvrit la porte. La cloche tinta et Monsieur Sanders leva les yeux pour apercevoir Hermie s'en aller sans rien avoir acheté.

Oscy cessa d'étrangler le poulet en voyant Hermie apparaître, aspirant l'air marin à grandes bouffées, et lui demander d'un ton détaché : « Tout va bien ici ?

— Oui », dit Oscy, s'interrogeant sur ce qui était en train de se passer, bordel.

— Parfait », dit Hermie. Et il se mit à étudier le ciel.

Quand il en avait le temps, il essayait toujours

de discerner des célébrités dans la forme des nuages. Et justement, là-haut, il y avait soit Dick Haymes, soit Maria Montez, soit Carmen Miran…

« Tu les as ? » Oscy savait reconnaître un dégonflé quand il en voyait un.

« Non, pas encore.

— Alors retournes-y.

— Il y a une dame dans le magasin.

— Oh. » Oscy paraissait comprendre. La porte s'ouvrit dans un bruit de cloche et la promeneuse sortit du magasin pour rentrer chez elle. La porte se referma et la cloche tinta à nouveau, mais moins fort, parce qu'elle était à l'intérieur – là où Hermie aurait dû se trouver, justement : « C'était elle ? demanda Oscy.

— Oui.

— Il y en a d'autres ?

— Possible. Peut-être qu'il y en avait qui étaient planquées. »

Oscy le poussa : « Vas-y, Hermie. Nom de Dieu. »

Hermie pénétra de nouveau dans le drugstore et la cloche hurla, clamant qu'il n'était désormais plus question de faire marche arrière. Sans compter que Monsieur Sanders avançait vers lui à grands pas, sa curiosité piquée au vif : « Oui ?

— C'est encore moi – Hermie sourit –, le type de tout à l'heure. J'étais juste sorti prendre l'air. » Comme un idiot, il continua à se justifier : « Il fait bon dehors. L'air marin est très agréable. D'ailleurs, l'air est vivifiant dans toute l'île. Vraiment. »

Monsieur Sanders commença à s'inquiéter en voyant ce petit idiot bavard qui portait des vêtements trop serrés par une matinée si chaude. « Que cherchez-vous exactement ? Peut-être puis-je vous aider. » Mais son attitude n'était clairement pas celle de quelqu'un qui voulait aider qui que ce soit. Il avait plutôt l'air enclin à procéder à une arrestation.

« Oh, je le saurai quand je le trouverai. » Tu parles. Les préservatifs étaient gardés sous clef. Et dans l'arrière-boutique. Ou dans une cave. Ou dans un coffre. Ou dans une grotte inaccessible à marée haute.

« Peut-être que si vous me disiez... »

Hermie devait trouver quelque chose... et vite : « Ah, je viens de me rappeler.

— Ah ouais ? » Il attendit la requête de Hermie. Mais comme il n'avait pas l'air disposé à attendre très longtemps, Hermie coupa court.

« Une glace à la fraise. »

Ce garçon était vraiment louche, songea Monsieur Sanders. Une chose était sûre : il ne fallait ni le laisser seul ni le quitter des yeux une seconde : « Très bien, dit-il. Venez avec moi. » Il alla derrière le comptoir, s'assurant que Hermie le suivait. Hermie se hissa sur l'un des tabourets tandis que Monsieur Sanders lui faisait face : « Une boule ou deux ? » Il avait déjà la cuillère à glace à la main. On aurait dit un microphone. Hermie aurait préféré que ce vieux salaud se mette à chanter, plutôt que de le harceler.

« Donnez-moi une double. » Il essaya d'éviter

le regard du vieux Yankee. Avec des types comme lui, pas étonnant que les Britanniques se soient retrouvés avec tout leur foutu thé au fond du port de Boston.

Monsieur Sanders mit les boules dans le cornet et le tendit à Hermie : « Tenez. Douze *cents.* » Ming l'Impitoyable. Killer Kane le gangster. Ou les deux réunis. Hermie s'était choisi un sacré adversaire. Il n'avait qu'une envie : bondir jusqu'à la porte et filer ; mais il y avait trop de choses en jeu. Même si ce n'était pas pour tout de suite, il avait tout un championnat qui reposait sur ses épaules. Il décida donc de prendre le taureau par les cornes. Il se pencha en avant, regarda le Yankee par le truchement de son reflet dans la plaque de marbre du comptoir et dit : « Il y a… il y a autre chose. »

La plaque lui répondit, la tête en bas : « Ah ouais ? » Cela sonna comme un grognement menaçant. Sivana, le savant diabolique, venait de parler. Hermie se dégonfla lamentablement et dit : « Je voudrais du chocolat dessus. »

Le Yankee fit passer la glace par la jatte chromée pleine d'éclats de chocolat. Puis il la reposa devant Hermie, qui se dit intérieurement qu'il pouvait encore légalement demander des noix et une cerise. « Autre chose ? » fit le droguiste d'un ton sec.

De nouveau dans l'arène, Hermie prit son courage à deux mains, saisit la glace dans sa petite main : « Je suis désolé de vous ennuyer, mais… » Il lécha le cône de glace. C'était bon. C'était de la fraise. Pas étonnant, puisque c'était ce qu'il avait commandé. Mais quand même, c'était de la fraise de première qualité avec plein de morceaux de fruits dedans.

« Parle, mon garçon ! » Cette fois, c'était carrément un aboiement. Un véritable aboiement qui venait de derrière ses dents serrées. Il n'avait pas dû sortir facilement.

« Pourrais-je avoir une serviette ? » Hermie s'étonnait de la vitesse à laquelle il pouvait retourner sa veste. Un véritable don. Mais à ce rythme, il serait très vite à court de diversions.

La serviette en papier lui parvint en vol plané ; heureusement qu'elle n'était pas en métal : « C'est tout ? » Son ton était ouvertement sarcastique.

« Est-ce que vous auriez des préservatifs ? » Les mots étaient sortis si promptement que Hermie ne fut même pas certain de les avoir prononcés. Peut-être venaient-ils d'Oscy, qui se serait tenu derrière lui. Ou d'Edgar Bergen, le ventriloque. Ou de la rose de Tokyo.

« Pardon ? » Le Yankee eut l'air surpris. Ce vieux salaud ne s'attendait pas à ça. Hermie savait qu'il avait ouvert une brèche et il s'y engouffra sans hésiter. Il enfonça le clou. Mais avec calme et panache. Il fallait bien un minimum de calme et de panache dans tout ça, non ? « On m'a dit que vous en aviez.

— Que j'avais quoi ? » Aha. C'était donc à son tour de faire diversion.

« Allons, vous savez de quoi je veux parler. »

Quel calme. Quel panache. Il lécha de nouveau sa glace. Quelle fraise.

« Vous voulez parler de contraceptifs ?

— Exactement. » Il comprenait vite, l'animal.

« Vous voulez en acheter ?

— Exactement.

— Pour quoi faire ? »

Pour quoi faire ? Ce type était tombé de la dernière pluie, ou quoi ? Hermie eut un petit sourire complice, comme si ce vieux bonhomme et lui avaient gardé les vaches ensemble : « Allons, vous savez pour quoi faire. » Il enfouit son visage dans sa glace parce que la chaleur de sa main faisait fondre la fraise qui coulait le long de son poignet. Le truc, c'était de ne jamais regarder l'adversaire dans les yeux.

Le Yankee prit un moment pour évaluer la situation. Puis il alla jusqu'au bout du comptoir de marbre et se rendit au rayon pharmacie, là où on vendait les trucs intimes. Le Kotex. Les pilules. Les préservatifs. Il fit signe à Hermie de le rejoindre. Hermie descendit de son tabouret avec la sensation d'être un gangster venu encaisser l'argent qui lui revenait en échange de sa protection. Il y alla sans trop se presser. Tout se passait à merveille. Oscy se trouvait toujours dehors, à son poste. Et lui-même était sur le point de conclure. Le Yankee le regarda droit dans les yeux, mais avec un visage totalement dépourvu d'expression : « Quelle marque ? »

Quelle marque ? Ça, Hermie ne l'avait pas vu venir : « La marque ?

— La marque et le modèle. » Monsieur Sanders était très détendu.

Hermie se demanda si ce vieux schnock n'était pas en train de se payer sa tête. C'était le moment d'être diplomate : « Oh… le modèle habituel. » Voilà, il était tiré d'affaire. Il revint à sa glace.

Les mains du droguiste disparurent sous le comptoir. Puis elles réapparurent. Elles disparurent et réapparurent deux, trois, quatre fois. Bientôt, Hermie se trouva face à une collection de petits paquets de tailles et de couleurs tellement différentes que sa mère aurait pu en faire un tapis afghan du tonnerre. Il y avait là assez de préservatifs pour le Deuxième Régiment de Marines tout entier : « Il y a le choix, vous savez. » Le vieil homme dit cela d'un ton neutre, comme si cela allait de soi.

Hermie était franchement mal à l'aise. Pendant une seconde, il eut l'impression de sentir sa mère qui l'épiait par-dessus son épaule. Il se retourna, mais elle s'était déjà évaporée dans l'air. Bien son genre.

Il regarda de nouveau le patron : « Vous êtes obligé de les étaler comme ça ? »

Il n'y avait toujours pas la moindre expression sur le visage de Monsieur Sanders : « Qu'est-ce que vous prenez, d'habitude ? » Hermie était au pied de la ligne Maginot. Devant lui, une collection d'élégants petits paquets, tous soigneusement scellés, enveloppés et avides de sexe à l'état brut. Il pouvait dire adieu à sa verte jeunesse. On venait de lui demander de choisir parmi les

Joyaux de la Couronne. Vu son manque d'expérience en la matière, il opta pour sa couleur préférée : « Les bleus. » Il se demanda ensuite si la couleur du paquet indiquait celle du préservatif à l'intérieur. Il n'avait surtout pas envie d'effrayer Aggie en lui agitant une énorme bite bleue sous le nez. Cela dit, le rouge était encore pire, sans parler du vert. Et une fille s'enfuirait sûrement en hurlant à la vue d'une queue écossaise. Il regrettait de ne pas avoir choisi le paquet couleur chair, mais c'était trop tard. Le sort en était jeté. D'ailleurs, la chaleur de sa main commençait à écourter la vie de sa glace aussi assurément que le souffle d'un lance-flammes. Quelques gouttes de crème glacée fondue coulèrent sur ses baskets. C'était Hermie tout entier qui était en train de fondre.

Monsieur Sanders poussa les paquets bleus vers Hermie comme des jetons dans une partie de poker : « Combien en voulez-vous ? »

Encore une question qui demandait réflexion. Combien ? Oh, et puis zut. Essayons toujours : « Trois douzaines. »

Sanders sourit presque, mais se retint à temps. Il jouait avec Hermie comme avec une truite prise dans son filet : « Vous comptez passer une soirée animée ?

— Comme d'habitude. » Ça avait marché jusque-là, alors pourquoi ne pas continuer ?

Le patron remit tous les autres paquets sous le comptoir et en ressortit un carton entier de bleus. De toute évidence, le bleu avait la cote dans la région. Sanders en compta un nombre qui semblait infini et Hermie se demanda combien de Marines devraient sortir découverts à cause de son ardeur et de son égoïsme : « Ça fera douze dollars. »

Douze dollars pour baiser Aggie, ça n'était pas donné. Peut-être était-il en train de se faire rouler ? Ces vieux commerçants yankees avaient tendance à prendre les touristes pour des pigeons. Hermie se disait qu'il ferait mieux de négocier un peu s'il ne voulait pas se retrouver à balayer ce drugstore jusqu'à la fin de l'été pour rembourser sa dette. « Douze dollars ? » Dieu que sa voix était faible.

« Et douze *cents*. Pour la glace.

— Je vois. Une douzaine seulement ça fait combien ?

— Quatre dollars.

— Et pour un dollar on en a combien ?

— Trois.

— Je vais en prendre deux.

— Il y en a trois par paquet.

— Vous pouvez me faire crédit pour la glace ? »

Monsieur Sanders prit soudain un air très grave. Mais, en même temps, il se fit aussi paternel : « Bon d'accord, fiston. S'amuser, c'est une chose, mais quel âge as-tu, au juste ?

— Seize ans.

— Quel âge ?

— Seize ans. Nous sommes petits dans la famille. »

Il regarda Hermie se tortiller. Il remarqua la

glace qui coulait sur son poignet. Puis il tapota le paquet de préservatifs : « Qu'est-ce que vous allez faire avec ça ?

— C'est pour mon frère. Il est plus vieux que moi. Mais il n'est pas beaucoup plus grand. » Il recommençait à dire n'importe quoi : « Personne n'est très grand chez nous. Il y a même quelques nains parmi nos oncles. » Il se dit qu'il ferait mieux de s'arrêter là, parce qu'il était en train de se tirer une balle dans le pied avec toutes ces bêtises. Il se mit à lécher sa glace dans un mouvement rotatif, car elle était en pleine débandade.

« Pourquoi votre frère ne peut-il pas venir se les acheter lui-même ? Il est trop petit pour atteindre le comptoir ? »

Monsieur Sanders rit de sa plaisanterie idiote.

« Il est un peu patraque en ce moment. » Hermie improvisait carrément, mais on ne l'avait toujours pas jeté dehors. Il sentait d'ailleurs que Sanders s'amusait beaucoup.

« Qu'est-ce qu'il compte en faire dans ce cas ? demanda le droguiste.

— Il dit qu'il se sent mieux quand il en a. » Hermie jouait au gosse stupide. Cela semblait porter ses fruits.

« Est-ce qu'il va les manger ? » Le vieux salaud prenait vraiment son pied. Pendant ce temps-là, Hermie se demandait où il avait déjà entendu cette question.

« Je ne sais pas ce qu'il va en faire. Il ne me le dit jamais. » Cette ignorance crasse était la meilleure tactique à adopter – d'autant que tout le reste avait échoué.

Le vieil homme était aux anges. Il lui manquait deux dents. Il en avait deux en or. Les autres étaient marron, sauf une qui ressemblait à un croc : « Est-ce que vous savez à quoi ça sert ?

— C'est pour les militaires, c'est tout ce que je sais. Mon frère est Ranger. C'est un des plus petits Rangers de l'Armée, mais il en utilise quand même beaucoup. » Hermie essaya de prendre le même air que Benjie. S'il y parvenait, alors il aurait une chance de s'en sortir.

« Et d'après vous, qu'est-ce qu'ils en font ?

— Je sais ce que moi j'en ferais en tout cas.

— Ah ? » Cela l'avait coupé net.

« Oui. Je les remplirais d'eau et je les jetterais du haut d'un toit. » Il avait entendu dire qu'un tas de gosses faisaient ça. Lancés d'un immeuble de six étages, ça pouvait éclabousser pas mal. « Je pense que les Rangers les remplissent peut-être de nitro et les jettent sur les tanks ennemis. C'est mon frère qui me l'a dit. Je crois qu'ils peuvent recourber leurs canons comme ça. » Hermie savait que son visage devait afficher une expression d'une stupidité inimaginable. Il avait réussi à avoir le même air que Benjie. Quand il montrerait ça à Oscy…

Monsieur Sanders ne put s'empêcher de sourire devant tant de bêtise : « Je voulais seulement m'assurer que vous saviez à quoi ils servaient. »

Hermie arrivait si bien à faire l'imbécile qu'il ne résista pas à l'envie d'en remettre une couche.

Il écarquilla les yeux et dit : « C'est vraiment à ça qu'ils servent ? Et dire que je croyais que mon frère se fichait de moi. »

Monsieur Sanders était en train de sortir un sac en papier : « Les gens les remplissent avec différentes choses. » Il gloussa. Il s'était toujours dit qu'il était du genre facétieux ; maintenant, il en était sûr. Il avait hâte de retrouver ses amis du billard pour leur raconter l'histoire du petit crétin de Brooklyn avec ses capotes. Ils n'avaient pas fini d'en rire.

« Ça doit faire de sacrés dégâts, largués d'un B-17 à six mille mètres d'altitude, non ? » Hermie voulait que cette vieille fouine en ait vraiment pour son argent.

Le vieil homme sourit : « Normalement, mon garçon, je ne devrais pas vendre ça à des mineurs, mais puisque c'est pour un militaire, je fermerai les yeux. » Il fit sonner la caisse enregistreuse : « Disons un dollar tout rond, d'accord ?

— Ah ouais. » Hermie lui tendit le dollar et ça ne pouvait pas mieux tomber, parce que c'est tout ce qu'il avait – si ce n'est qu'à l'origine il avait espéré récupérer un peu de monnaie. Mais il était content d'en avoir fini et s'estimait heureux d'avoir pu blouser le vieux commerçant. Aussi, les préservatifs dans une main et les vestiges de sa glace dans l'autre, il se dirigea vers la porte, rayonnant telle une publicité pour l'adolescence. Glace et préservatifs, Bobby Breen aurait pu en faire une chanson.

Au moment où il arriva devant la porte, celle-ci s'ouvrit, ce qui fit tinter la cloche, et parmi toutes les personnes qui pouvaient se présenter à cet endroit et à cet instant précis, ce fut Aggie qui surgit. Oscy était fidèle au poste, multipliant les accords discordants avec son harmonica – signal d'alerte qu'ils avaient mis au point –, mais Hermie avait été trop accaparé par la bataille avec le vieux pour l'entendre. La porte se referma et, de nouveau, Oscy sortit du tableau. Aggie sourit à Hermie. Elle parla. Ça, c'était nouveau : « Salut, Hermie.

— Salut, Aggie. » Il serra contre lui son sac de préservatifs bleus. Inutile qu'elle les voie à ce stade si peu avancé de leur relation. Il avala d'un coup la fin de sa glace.

« Je me suis beaucoup amusée au cinéma l'autre soir.

— Moi aussi.

— Nous n'avons pas vraiment eu l'occasion de discuter du film, n'est-ce pas ?

— Non, c'est vrai. Comment va ce bras ? » Il se disait que mieux valait poser la question. Ne serait-ce que pour lui faire savoir qu'il avait toujours su que c'était un bras.

« Il va bien, merci.

— Je fais souvent ça. Je n'aime pas offenser les gens alors… je serre juste un bras. Comme ça, la fille sait qu'elle me plaît, et elle n'est pas paniquée à l'idée que je devienne trop entreprenant.

— Bien sûr. Le bras, c'est très bien. » Elle haussa les épaules. Qu'y avait-il d'autre à répondre à de pareilles théories sexuelles ?

« Oui. Il n'y a rien de mal à ça. » Il commençait à être à court de remarques spirituelles : « Eh bien… voilà. » Il eut un sourire niais.

« C'est très gentil à vous de m'avoir invitée à la soirée marshmallows ce soir. Je viendrai avec plaisir.

— Moi aussi. » Il sentait les préservatifs se mettre à brûler dans le sac en papier. Dans un instant, il y aurait de la fumée, puis les pompiers, puis son arrestation. Le vieux Sanders risquait d'ailleurs de finir en taule avec lui. Hermie sourit : « Oscy est dehors. C'est lui qui apportera les marshmallows.

— Et vous, qu'est-ce que vous apporterez ?

— Euh… À ce soir ! »

Il sortit par la porte carillonnante et passa devant Oscy qui lui emboîta immédiatement le pas, tapant l'harmonica contre la paume de sa main qui fut aussitôt couverte de salive. Il l'essuya ensuite contre son T-shirt, aussi connu sous le nom de « décharge municipale ».

« Tu les as ?

— Oui. Ils sont bleus. » Il agita le sac comme si leur couleur devait ainsi apparaître à Oscy.

« Bleus ?

— Oui. J'en suis presque certain.

— C'est bien, le bleu. » Qu'est-ce qu'il en savait ? « Ils sont dans le sac ?

— Oui. » Il agita de nouveau le sac. Pour illustrer ses dires.

« Tu en as pris combien ?

— Il y en a trois par paquet, tu sais.

— Je sais. » Tu parles. Il avait l'air drôlement excité : « Combien de paquets as-tu pris ?

— Je me suis dit qu'un seul suffirait. » Connaisseur.

« Oui. » Imbécile.

« Aggie est là.

— Je sais.

— Tu crois qu'elle en achète aussi ?

— Je ne crois pas que les femmes s'en servent. C'est à l'homme de s'en occuper.

— J'ai l'impression que c'est nous qui devons tout faire.

— Comment tu te sens, Hermie ?

— Ça va.

— Tu crois que tu vas y arriver ?

— Je pense. Et toi ?

— Bien sûr. » Oscy se remit à jouer de son harmonica et les garçons se dirigèrent vers l'épicerie pour y acheter quelques centaines de marshmallows.

16

Hermie passa le reste de la journée à s'entraîner d'arrache-pied. Il grava dans sa mémoire les douze étapes vers la gloire. Il pouvait même les réciter avec plus de facilité que l'hymne national. Malgré ça, il se disait qu'il ferait mieux de garder ces notes sur lui au cas où il aurait un trou. Dans l'intimité de sa chambre, il se mit à faire des pompes pour tonifier ses muscles. Il en fit une cinquantaine sans se fatiguer, et aurait pu continuer un bon moment si Aggie n'était pas apparue sans cesse sous lui, allongée les yeux fermés et en train de compter ses allers-retours. Pas très romantique. Personne n'avait envie de coucher avec une fille qui disait : « Quarante-six, quarante-sept, quarante-huit... » Il examina les vedettes de cinéma aux murs en essayant de se convaincre qu'Aggie était « équipée » comme elles. Mais cela revenait à comparer un merle avec un P-47 en arguant que les deux ont des ailes. Il se dit que si les choses devenaient trop difficiles et qu'il faisait assez noir, il pourrait toujours essayer de se représenter Aggie sous les traits de Penny Singleton ; aucune loi ne l'interdisait après tout. Il lui faudrait cependant un gros effort d'imagination, car Aggie avait les cheveux bruns alors que Penny Singleton était blonde comme les blés. Aussi, il décida de se rabattre sur Dorothy Lamour, bien qu'elle fût beaucoup plus belle qu'Aggie. Cette stratégie pourrait fonctionner dans des conditions d'éclairage adéquates – et même si Aggie égrenait ses allers-retours. À force de fantasmes stupides, Hermie commença légèrement à paniquer, ce qu'il voulait éviter à tout prix. L'idée l'effleura aussi que, si lui-même comptait remplacer mentalement Aggie par Dorothy Lamour, Aggie pouvait très bien lui rendre la pareille et le remplacer par Freddie Bartholomew ; l'idée que Freddie Bartholomew puisse baiser Dorothy Lamour semblait toutefois franchement saugrenue. Bien sûr, il pouvait toujours passer un accord avec Aggie : elle pourrait devenir la femme qu'elle voudrait dans l'esprit de Hermie, et Hermie, devenir l'homme qu'il souhaiterait dans l'esprit d'Aggie. À condition bien sûr que chacun approuve le choix de l'autre. Hermie se dit qu'il opterait pour James Cagney, non pas parce qu'il lui ressemblait d'une quelconque manière, mais parce qu'ils étaient tous les deux du genre effronté. Il se demanda qui Aggie choisirait. Les beautés ne manquaient pas. Joan Bennett, par exemple. Hermie espérait qu'Aggie ne choisirait pas Joan Bennett. Ce n'était pas qu'il ne l'aimait pas. Au contraire. Non, c'était que

Joan Bennett ressemblait beaucoup à Hedy Lamarr et que Hermie avait entendu dire – ce que John Loder ignorait probablement – que Hedy Lamarr était d'origine autrichienne et très probablement une nazie. Et Hermie préférait crever que de baiser une nazie pendant que son cousin Ronald était à Kiska en train de se faire tirer dessus. Hermie vida son cerveau de ce genre de pensées parce qu'il commençait à mélanger sexe et politique et, s'il n'arrêtait pas ça tout de suite, il pourrait bien finir par vouloir s'envoyer Conrad Veidt qui, en plus d'être un véritable Allemand, était aussi beaucoup plus séduisant que Hermie (comme le prouvait son interprétation du commandant de sous-marin dans *L'Espion noir*). Hermie alluma la radio et faillit se taper la tête contre les murs en entendant ce putain d'Oiseau du Sud asséner une fois de plus son « *God Bless America* ». Il coupa rapidement la musique, de peur d'être incapable de se sortir cette saleté de Kate Smith de la tête et de se retrouver avec elle au lieu d'Aggie, Dorothy Lamour ou Conrad Veidt – ce qui reviendrait ni plus ni moins à baiser un hippopotame. Et alors, qu'est-ce qui se passerait si elle préférait grimper sur lui comme, à ce qu'on disait, tant de femmes aiment le faire ? On ne retrouverait ses restes qu'à marée basse. Pourquoi diable n'était-ce pas Penny Singleton qui chantait cette chanson ? Il regarda sa photographie qu'il avait si soigneusement dédicacée lui-même : « À Hermie, avec toute ma tendresse et mon désir brûlant. Penny "Chaudasse"

Singleton. » Il pensa soudain à une autre photo et à une autre dédicace : « Tout mon amour pour toujours. Pete. » Le visage de la femme flottait juste devant ses yeux, arborant son éternel sourire. C'était elle qu'il voulait. Alors, pourquoi s'engageait-il comme ça avec Aggie ? Pourquoi ne pouvait-il pas faire l'amour avec la femme qu'il désirait le plus, au lieu de se rabattre sur une roue de secours idiote ? Pourquoi ? Et pourquoi sa mère avait-elle décidé qu'il y aurait du poulet à manger ce soir ? Le condamné n'avait-il pas droit à un bon steak avant le peloton d'exécution ? Le condamné ne pouvait-il pas demander à garder les yeux bandés pendant qu'il baisait Aggie ? Sa sœur avait-elle besoin de rester derrière la porte de la salle de bains pour hurler qu'il siphonnait toute l'eau chaude ? Un type n'avait-il pas le droit d'utiliser autant d'eau chaude qu'il le souhaitait avant d'aller sauter une fille qui, à défaut d'autre chose, avait l'air de se laver ? Et pourquoi Oscy et lui n'avaient-ils pas acheté des pommes de terre à faire rôtir, au lieu de marshmallows ? Il détestait les marshmallows autant que les escalopes. Il détestait Aggie et Oscy. Il détestait Monsieur Sanders pour lui avoir vendu les préservatifs. Il détestait l'air stupide que lui donnait sa raie dans les cheveux. Il détestait ce chandail qu'il avait choisi de porter. Il détestait la manière dont la porte claquait et le fait que la soirée soit si douce. Il détestait le bruit de l'océan à mesure qu'il s'en approchait. Il se détestait lui-même d'avoir permis à Oscy de le fourrer dans un pétrin pareil. Il avança le long de la plage comme s'il allait à sa propre exécution. Et il savait que c'était cette putain d'attente qui le rendait dingue. L'attente, l'attente…

17

Vingt-trois heures arriva sans prévenir. Le feu brûlait vaillamment et crépitait dans l'enivrante nuit d'été. C'est Hermie qui l'avait superbement confectionné. Dans une autre vie, il avait dû être un grand aventurier, et aussi le premier homme à avoir jamais écrit « Merde » sur le mur d'une grotte, parce que cela exprimait assez bien ce qu'il ressentait au fond de lui. Le fracas des vagues se brisant sur la plage ne leur parvenait que sous la forme de chuchotements intermittents, se faufilant jusqu'à eux pour s'esquiver aussitôt en riant. Et les pincées d'étoiles, généreusement saupoudrées çà et là dans le ciel, rendaient toute la scène bien trop pénible pour un Roméo ayant délaissé sa Juliette pour une Aggie. Hermie avait déjà avalé, mettons, environ trente marshmallows grillés, si bien qu'il avait l'impression de s'être lui-même transformé en confiserie. Oscy et Miriam étaient partis de leur côté il y avait de cela plus d'une heure, emportant en pouffant leur couverture dans le noir pour aller faire Dieu sait quoi. De sorte que, bien entendu, Hermie se retrouvait seul avec Aggie. Le Sphinx. Elle portait un chandail très large qui, visiblement, lui avait été refilé par Kate Smith. De plus, il avait des manches. De vraies manches, qui allaient des épaules aux poignets. Apparemment, elle avait fait tout ce qui était en son pouvoir pour éviter les erreurs de pilotage de la main de Hermie. Elle avait également pris soin de couvrir toute la surface de ses membres supérieurs, pour le cas où Hermie serait vraiment un obsédé des bras. La main de Hermie n'aurait accès qu'au décolleté, qui était tellement large qu'un éléphant aurait pu s'y faufiler. Ou bien, si elle le désirait, cette main pouvait très bien remonter sous le chandail par le bas, via une bande non élastique à la taille, qui n'aurait pas interdit l'entrée à un dinosaure. Hermie savait que, quelque part à l'intérieur de ce chandail démesurément ample, deux seins pendaient silencieusement comme de la viande sur un crochet. Et selon toute vraisemblance, ils étaient complets… avec tétins et tout. Quant à ce qui se passerait en dessous de la ceinture, Hermie se voulait réaliste et ne comptait pas vraiment dessus. Bien qu'il eût mémorisé les douze étapes de la luxure, il était conscient de n'avoir que peu de chances d'aller au-delà des seins nus. Comme tout le monde cet été-là, Aggie portait une salopette. Dont la ceinture semblait particulièrement redoutable. Hermie se demandait si elle n'était pas cadenassée. Voire scellée. Avec signal d'alarme en prime. Hermie était à peu près sûr qu'Aggie le laisserait jouer avec ses seins, mais il n'aurait certainement pas le droit d'aller plus loin. Très peu de jeunes gens de l'île dépassaient ce stade et pourtant, à les entendre, ils baisaient plus souvent que les plus dépravés des Romains antiques. Toutefois, Hermie savait qu'un homme, un vrai, devait au moins faire une tentative au-dessous de la ceinture, fût-elle vaine. Il n'avait donc pas complètement tourné le dos à cette éventualité. Il verrait bien comment les choses se présenteraient. Il improviserait.

« C'est un très joli feu. » C'était Aggie. Assise sur la couverture de Hermie, elle faisait la conversation. Ça faisait du bien d'entendre sa voix, ça prouvait qu'elle n'était pas morte. Une fois ou deux, il s'était dit qu'elle aurait très bien pu expirer, et qu'il aurait alors été délicat de ramener son cadavre chez elle sans donner l'impression de l'avoir baisée jusqu'à ce que mort s'ensuive.

« Je peux ajouter du bois, si tu veux. » Il avait mis assez de bois dans le feu pour alimenter le foyer du *Yankee Clipper* et il était maintenant si chaud qu'ils auraient pu y faire rôtir un sanglier.

« Il fait un peu frais », dit Aggie en se frictionnant les épaules. Pour Hermie, le message était clair : jamais il ne recevrait d'invitation plus directe. Il lui jeta un coup d'œil. Même à la lueur vacillante du feu, il pouvait voir dans ses yeux la passion qui la consumait. Il remarqua aussi que ses jambes bougeaient vaguement. Et ses genoux qui, il y a un instant encore, se touchaient, se trouvaient maintenant à quelques centimètres l'un de l'autre, et cet écart ne cessait de grandir. Son corps – assis tout droit la dernière fois qu'il l'avait regardée – penchait lentement vers l'arrière jusqu'au moment où – *plounk* – elle se retrouva allongée sur le dos, les yeux face au ciel, un genou replié pour sauver les apparences mais bien loin de dissimuler le désir ardent qui consumait son corps. Elle était à lui. Toute à lui. Il n'avait qu'à se pencher au-dessus d'elle et elle serait sienne. Il se pencha donc au-dessus d'elle et resta ainsi, s'appuyant sur ses bras disposés chacun de part et d'autre d'Aggie, figé dans la fameuse position du type qui fait des pompes. Elle baissa lentement son genou jusqu'à ce qu'il n'y eût plus rien entre eux, excepté une bonne dose de courage. Les mots étaient inutiles, mais ils sortirent quand même. De la bouche de Hermie. Jamais il ne saurait pourquoi il les avait prononcés : « C'est dur de trouver du bon bois à brûler sur une plage. »

Elle leva la tête vers lui : « Ah ? » Les femmes lui disaient toujours « Ah ». Et il n'avait pas la moindre idée de ce que cela voulait dire. Elle avait les bras immobiles le long de ses flancs et ses seins tenaient le nez de Hermie en joue. S'ils avaient été chargés, il aurait été pris dans un feu croisé mortel. Un type risquait le strabisme à vie s'il essayait de savoir lequel de ces pistolets rebondis il fallait surveiller.

« Oui, dit-il. D'ailleurs, c'est la barrière d'une

maison que je suis en train de brûler. » Ses bras commençaient à trembler. Ses doigts de pied aussi, car ils supportaient une bonne partie de son poids. Il était en équilibre au-dessus d'elle, s'appuyant sur dix tout petits doigts et autant de minuscules orteils.

« Vraiment ? » Elle se tortilla. Son autre genou, inerte jusque-là, remonta lentement pour mesurer la distance qui séparait leurs deux corps et frotta doucement Hermie à l'endroit précis où il commençait à combler cet écart.

« Tu veux que je te fasse griller un autre de ces succulents marshmallows ? » C'était lui de nouveau mais, à cause de ce contact sur son corps, sa voix était plus aiguë de plusieurs octaves que celle de Lily Pons, la soprano.

Elle mit un moment à répondre. Pendant tout ce temps, elle continuait de lever son genou toujours plus haut et, par conséquent, de le presser toujours plus contre le corps de Hermie. Elle essayait de lui dire quelque chose, mais Hermie se redressait et reculait peu à peu. À ce rythme, il aurait bientôt quitté le sol : « Tu ne crois pas, dit-elle en exécutant un étrange mouvement tournant avec son genou, que nous avons mangé assez de marshmallows ?

— On ne mange jamais assez de marshmallows quand ils sont si délicieux. » Et il s'écarta avec ce qui lui restait de forces, son corps se retirant devant ce genou trop curieux pour miraculeusement reprendre une position assise, juste devant les marshmallows. Il transpirait comme un bœuf. Et il avait une trouille bleue. Il ne s'était pas attendu à réagir comme ça. La peur. La terreur absolue. La panique sexuelle. Les douze stupides étapes ne prévoyaient pas ce cas de figure. Tout ce qu'il savait, c'était qu'il ne pouvait même pas regarder Aggie en face, parce que de toute évidence il n'était que la moitié d'un homme. Qu'est-ce qui clochait chez lui ? Quelle étrange maladie s'était emparée de lui ? Comment pouvait-il à la fois brûler de désir pour cette idiote et se révéler incapable de faire quoi que ce soit alors que ses jambes étaient tellement écartées sous lui qu'il aurait pu plonger en elle, avec masque et tuba ?

Mais Aggie savait quelques petites choses, sinon par instinct féminin, au moins par ce que son genou venait de lui indiquer. Il n'y avait rien qui clochait avec Hermie ou son anatomie. Il était nerveux, rien de plus. Quant à elle, elle était allée à peu près aussi loin qu'elle l'osait, manifestant pour ce garçon un intérêt qui frisait l'impudence. D'ailleurs, à dire vrai, si Hermie avait réagi de manière agressive, elle l'aurait tout de suite repoussé et se serait enfuie en criant : « Au viol ! » Ce fut donc pour elle un vrai motif de soulagement de constater qu'elle ne risquait pas de voir sa moralité mise à l'épreuve. Elle se sentait de très bonne humeur et décida de ne pas se montrer trop entreprenante, juste assez cependant pour faire comprendre à Hermie qu'elle l'aimait bien et que, s'il parvenait à reprendre du poil de la bête, il pouvait encore tirer quelques petites choses d'elle. Quelques caresses. Quelques mains pleines. Mais pas davantage. « C'est vraiment calme ce soir. » Elle leva les yeux vers le ciel : « Est-ce que cela veut dire qu'il pleuvra demain ? »

Hermie était ravi de voir qu'elle n'était ni fâchée ni insultante : « Je crois que la nuit est trop claire. On peut voir toutes les étoiles.

— Oui, tu as raison. Tu t'y connais en météo, on dirait.

— En tout cas, je sais quand il pleut. » Il n'avait pas eu l'intention d'être drôle, mais puisqu'elle riait avec tant de conviction, il se dit qu'il ferait mieux de suivre le mouvement. Il rit donc aussi, fit griller un marshmallow et peaufina sa dernière remarque : « Il y a plusieurs types de nuages. Les nimbus annoncent la pluie. On est obligé de s'intéresser à la météorologie quand on apprend à piloter, parce que ça aide de savoir s'il va pleuvoir, ou neiger d'ailleurs.

— Oui », dit-elle. Elle savait dire « oui » et elle savait dire « ah », et Hermie pensa que c'était la manière qu'avaient les femmes de combler les vides quand les choses commençaient à chauffer.

Hermie se tourna vers elle et lui offrit la brindille avec le marshmallow au bout : « Tiens. »

Elle se redressa car la brindille était arrivée sur elle très brusquement. Elle ouvrit la bouche et la referma sur le marshmallow tout entier, rejetant lentement la tête en arrière de sorte qu'il ne resta que la brindille nue. Sans savoir pourquoi, Hermie se sentit soudain très excité. Elle roula le marshmallow à l'intérieur de sa bouche et, finalement, Hermie vit la ressemblance. Elle essaya de dire quelque chose, mais elle avait la bouche trop pleine.

Hermie regarda sa main, celle qui faisait des erreurs d'aiguillage. Elle bougeait. Elle s'était mise en mouvement toute seule et, maintenant, elle s'éloignait de lui. Il regarda Aggie, de nouveau allongée sur le dos, incapable de parler à cause du marshmallow dans sa bouche. Il sentit son corps glisser vers elle et regarda sa main lui entourer la taille et disparaître sous son chandail ample. La main était froide ; le ventre plat était chaud ; et de la fille s'échappa un : « *Hic !* » La main se retira, terrifiée, et alla se réfugier dans la poche de Hermie. La bouche de Hermie essaya de réparer, en partie tout au moins, ce qu'il y avait d'affreusement gênant dans cet instant : « Alors, ce marshmallow ? »

Aggie ne pouvait toujours pas parler. Elle n'entendait pas très bien non plus, parce que le sang lui battait aux tempes. Elle se redressa donc sur ses coudes et sourit. Rares devaient être celles qui souriaient autant qu'elle. Le ventre chaud, le sourire facile, le « *Hic* » au bout des lèvres. C'était vraiment un drôle d'oiseau. Pas sûr que Jean-Jacques Audubon ait eu la chance d'en observer de pareils.

Hermie retourna auprès du feu, se sentant, à sa plus grande surprise, d'excellente humeur. Il avait fait un pas. Non seulement, il avait démontré sans l'ombre d'un doute qu'il n'était pas homosexuel mais, mieux que cela, c'était elle qui avait demandé qu'il s'arrête. Naturellement, il n'y voyait aucun inconvénient, parce que lui-même tremblait comme un vieux tacot et que, si elle lui avait permis d'aller plus loin, il aurait été capable de tomber dans les pommes au simple contact de son nombril – surtout si c'était un nombril qui ressortait, la forme la plus rare. Il fit griller et mangea encore quatre marshmallows avant qu'Aggie n'ouvre la bouche. Aggie savait que leurs ébats étaient morts dans l'œuf. Hermie ne tenterait plus rien, elle ne se faisait aucune illusion là-dessus. Elle avait poussé un : « *Hic* » et cela avait prématurément mis fin à toute éventualité. Il ne restait donc plus rien à faire, sinon s'enquérir du reste du monde. Ce qu'elle fit avec regret et une certaine froideur : « Est-ce que nous ne devrions pas garder quelques marshmallows pour Miriam et Oscy ? »

Hermie scruta la nuit comme un chien d'arrêt : « Nous ne les reverrons peut-être jamais plus.

— Ils ont l'air de très bien s'entendre. » Peut-être était-ce un sarcasme. Hermie n'aurait su le dire.

« Oui. Ils sont très bons amis. » Hermie fut chagriné de constater que le reste de sa personne n'était pas aussi virilement entreprenant que sa main. Il sentait qu'en dépit de son « *Hic* » Aggie désirait qu'il aille plus loin. Il savait que ce « *Hic* » n'était qu'une simple réaction de surprise, liée à une trop grande différence de température. N'importe quel ventre chaud ferait « *Hic* » si une main froide se posait brusquement dessus. Il se maudit de ne pas s'être réchauffé la main avant de l'envoyer conquérir les nichons. À défaut d'autre chose, il aurait au moins appris que jamais patte froide ne se jette sur téton chaud. À moins bien entendu de vouloir se faire envoyer promener. Et il se mit à considérer cet aspect du problème. Peut-être, de façon inconsciente, avait-il envoyé une main glacée à l'assaut tout en sachant qu'Aggie ferait « *Hic* » et que, par conséquent, cela mettrait fin aux festivités et lui permettrait de battre en retraite en se racontant qu'il n'avait rien d'anormal. Il commençait à se sentir de plus en plus pédé. Pourquoi passait-il autant de temps à se coiffer dans la salle de bains ? Pourquoi certaines de ses chemises étaient-elles si voyantes que son père les prenait pour des chemisiers de sa sœur ? Pourquoi trouvait-il Aggie tantôt attirante, tantôt repoussante ? Pourquoi avait-il laissé Oscy garder Miriam et ses gros seins pour lui, sans opposer la moindre résistance ? Et puis, n'avait-il pas été sur le point de s'enfuir, l'autre soir au cinéma ? Il effeuilla les pétales de son esprit. Pédé. Pas pédé. Pédé. Pas pédé.

Il y eut un bruit non loin – qui se rapprochait. Un halètement. Un piétinement sur le sable, presque inaudible pour le commun des mortels, mais pas pour le fils de celle qui avait la plus extraordinaire paire d'oreilles que la terre ait jamais portée : la Mère Sentinelle. Hermie scruta l'obscurité avec une telle intensité que ses dents apparurent entre ses lèvres étirées.

De ces ténèbres émergea Oscy, qui trottinait.

Le pan de sa chemise volait dans son sillage comme une sorcière à minuit, et sa ceinture débouclée lui battait le ventre comme un volet un jour de tempête. Tout en courant, il essayait de boutonner sa braguette pour éviter que son pantalon ne dégringole et ne le fasse trébucher. Il s'arrêta à une dizaine de mètres du feu, ébloui par cette brusque lumière, et il scruta autour de lui comme un aveugle : « Psssst ? Hermie ? »

Hermie, toujours aussi gentleman, demanda à Aggie : « Tu veux bien m'excuser un instant, s'il te plaît ? »

Aggie répondit : « Bien sûr », sans avoir pourtant la moindre idée de quoi elle devait l'excuser au juste.

Hermie, galant jusqu'au bout, répondit : « Merci. » Il se leva, sourit à Aggie comme pour la remercier après une danse, puis se dirigea vers l'endroit où se tenait Oscy, lequel étudiait ses notes et retenait son froc : « Salut, Oscy. » Calme et flegme.

Oscy avait l'air hagard. Sans même lever les yeux sur Hermie, il se contenta de tendre la main : « Fais voir tes notes. Mon foutu carbone est barbouillé de sueur. Allez, vite. Allonge ! » Hermie sortit le document qu'il avait plié et fourré dans une de ses poches. Oscy s'en saisit et le déplia avec impatience. Puis il le tint à la lumière et l'examina de près : « Oui. C'est bien ce que je pensais.

— À quelle étape en es-tu ?

— Six.

— Six ? Mais c'est les préliminaires ! » Hermie n'en revenait pas : « Tu en es déjà à six ?

— Oui. Mais cette dingue de Miriam… elle en est déjà à la neuf. »

Hermie fit un pas en arrière de stupéfaction : « Tu rigoles ?

— Non, je ne rigole pas. Elle me gâche tout mon programme. » Il étudiait les notes avec une extrême concentration : « Hmm. Hmm. Hmm oui. Seigneur. » Il redonna le papier à Hermie : « Et toi, comment ça se passe avec Aggie ?

— Eh bien, je…

— Pas le temps de jacasser, Hermie. » Il tourna les talons et repartit en courant dans la nuit. Il tenait toujours son pantalon et avait l'air d'un idiot au beau milieu d'une course en sac.

Hermie retourna auprès d'Aggie, qui n'avait certes rien entendu mais n'était pas aveugle non plus. « C'était Oscy », remarqua-t-elle. Bien vu, Sherlock.

Hermie s'assit sur la couverture, en remettant les notes dans la poche d'où il les avait tirées : « Tu veux un autre marshmallow ?

— Qu'est-ce que c'est que ce papier ?

— Ça ?

— Oui.

— Oh. C'est une carte. » Il enfonça précipitamment la feuille dans sa poche sans prendre le temps de la replier correctement. Le papier forma une boule de la taille d'une balle de golf dans son pantalon.

« Une carte au trésor ? » demanda Aggie. Décidément, elle n'était pas très futée.

« Oui, mentit Hermie. Une carte au trésor. » Il commençait d'ailleurs à se dire que c'était peut-être le cas.

« Est-ce que je peux la voir ?

— Tu ne veux pas un autre marshmallow, plutôt ?

— Oh, je… » Ce fut tout ce qu'elle eut le temps de dire avant qu'un marshmallow carbonisé ne lui atterrisse dessus. Il tombait en morceaux entre ses doigts, mais elle se débrouilla quand même pour sourire. Hermie en avait vraiment marre de tous ses sourires. Il en vint à se demander ce qu'il avait jamais pu lui trouver d'attirant.

Il mangea encore quelques marshmallows – certains crus, pour changer. Il se dit qu'il allait probablement avoir un ulcère, mais il s'en fichait. C'était une manière de mourir comme une autre. Il cessa de se préoccuper d'Aggie, non pas de façon grossière, simplement en ayant l'air occupé. Il se mit à ramasser de vieux bouts de bois, ainsi que tout un tas de détritus, qu'il jeta dans le feu jusqu'à ce que les flammes soient si hautes qu'elles auraient pu révéler la position de l'île à la Luftwaffe. Tout cela lui prouva, entre autres choses, que les bouteilles de Coca ne brûlent pas et que les algues produisent plus de fumée que de flammes. Hermie savait que cette soirée était un véritable fiasco et que c'était avec Miriam qu'il aurait dû se trouver. Miriam était un morceau de choix. À côté, Aggie avait l'air d'une bonne sœur. Il essaya d'imaginer comment il pourrait convaincre Oscy d'échanger les filles lors de la prochaine soirée marshmallows ; laquelle se ferait d'ailleurs sans marshmallows ou sans lui. Mais qu'avait-il à offrir à Oscy en contrepartie, hormis Aggie ? La réponse était simple : rien du tout. Il regarda du côté d'Aggie et vit qu'elle avait repris sa position favorite, étalée sur le dos, son stupide genou relevé battant l'air comme un compas. Aggie pouvait se retrouver sur le dos en un clin d'œil. On aurait dit qu'elle avait une charnière montée sur les fesses. Allongée comme ça, dans ses vêtements trop amples, elle avait l'air d'un tas de linge. Il aurait aimé pouvoir aller vers elle et la baiser tout simplement, sans en passer par tous ces bavardages polis. C'étaient les bavardages polis qui lui faisaient perdre ses moyens : « Étape deux : faites la conversation. » Au diable cette étape. Oscy en était aux préliminaires et Miriam, Dieu sait où. Bonté divine, comme il aurait aimé tâter de Miriam. Mais le privilège en revenait à Oscy. Quand on parle du loup… celui-ci était de nouveau en train de courir vers le feu. Il arriva et s'immobilisa, les cheveux en bataille. Il donnait l'impression d'avoir combattu dix rounds, se recoiffant d'une main, retenant son pantalon de l'autre : « Hermie ? Hermie ? »

Hermie s'adressa à Aggie avec calme et panache : « Tu veux bien m'excuser de nouveau ? »

La charnière qu'Aggie avait sur les fesses s'actionna pour la placer en position assise. Elle n'était pas certaine d'apprécier l'allure qu'avait Oscy à ce moment précis, mais elle acquiesça néanmoins.

« C'est très aimable à toi », dit Hermie et il alla rejoindre Oscy auprès du feu : « Dis donc, Oscy…

— Passe-moi un préservatif. » Oscy avait la main tendue.

« Quoi ?

— Un préservatif, allez ! Dépêche, Hermie ! » Il avait l'air désespéré.

« Et ton héritage de famille ?

— Il était abîmé. Ça ne se conserve pas, ces trucs-là. Bon sang, Hermie… » Il le poussa violemment. Hermie tira alors le paquet bleu de sa poche. Oscy avait l'air rudement pressé : « Ouvre-le ! Tu vas l'ouvrir bordel ! »

Hermie arracha le papier. Jusque-là, il avait espéré que lorsque le moment viendrait de briser ce sceau, ce serait pour lui-même ; mais ce temps-là était révolu. Trois petits préservatifs roulés à la main apparurent, comme autant de petits chatons à trente-trois *cents* pièce. Oscy avança la main et en choisit un de la portée. Il repartit en courant avec. Hermie, décontenancé, lui cria dans le dos : « Ne me remercie pas surtout ! »

La voix qui lui répondit fut celle de Miriam : « Merci, Hermie. » Elle fut immédiatement accompagnée de rires lointains, ceux d'Oscy et de Miriam.

Hermie écumait. Il replia le paquet et le remit

dans sa poche. Il se retourna vers Aggie. Elle était toujours assise sur ses fesses. Il s'efforça de ne pas la regarder, parce qu'il la détestait de lui rendre la vie si difficile alors que son amie blonde était en train de s'envoyer en l'air avec Oscy.

« Pourquoi Miriam t'a-t-elle remercié ? demanda Aggie comme l'imbécile qu'elle était.

« Parce qu'elle est polie !

— Je vois. »

Hermie lui lança d'un ton cinglant : « Tu vois quoi ? » Il la détestait de s'imaginer qu'elle avait des tétons si extraordinaires qu'il fallait se mettre à genoux et la supplier pour les toucher. Pour qui se prenait-elle à la fin ? Carole Landis ?

Sa question la décontenança : « Comment ça, "je vois quoi" ? »

Hermie était littéralement fou de rage. Il remarqua soudain toutes les imperfections de son visage d'adolescente, ainsi que quelques dents de travers dans sa bouche entrouverte. Qu'est-ce qu'il foutait avec cette fille qui avait les dents en vrac ? Sa dentition à lui était déjà bien trop chaotique pour qu'il ait envie de regarder celles des autres : « Tu dis que tu vois ! Qu'est-ce que tu vois ?

— Eh bien, en fait, rien du tout.

— Alors ne dis pas que tu vois quelque chose si ce n'est pas le cas, O.K. ?

— D'accord, ça va... » Elle se demanda ce qu'elle avait fait pour le mettre dans une telle colère.

« Tournée générale de marshmallows ! » Elle

ouvrit la bouche juste à temps pour ne pas recevoir le marshmallow qu'il lui tendait en plein sur le nez. Hermie la regarda mastiquer. C'était loin d'être aussi excitant que tout à l'heure. D'ailleurs, que pouvait-il y avoir de si affriolant à regarder une fille aussi imparfaite manger un marshmallow ? Qu'est-ce qui avait bien pu lui passer par la tête ?

Il décida de la laisser là où elle était et de réfléchir à la situation. Il décida aussi de ne plus alimenter le feu. La barbe. Qu'il crève et toute l'humanité avec. Pour qui l'entretenait-il d'ailleurs ? Pour Oscy, le salaud qui lui avait piqué sa fille, sa capote et son amour-propre ? Ou pour Aggie, dont les misérables tétons étaient manifestement si froids qu'elle aurait pu les jeter dans l'huile bouillante sans que jamais ils ne grésillent ? Alors à quoi bon essayer de la réchauffer près des flammes ? Et puis Hermie avait si bien fait son travail que le feu pourrait facilement brûler toute une année et être encore assez intense pour régler son compte à Jeanne d'Arc. Il lança un rapide coup d'œil vers Aggie. Sa charnière avait sauté et elle était droite comme un i. Pour la première fois, elle ne prenait même pas la peine de sourire. Qu'elle aille se faire voir. Mis bout à bout, ses sourires auraient suffi à maintenir Laurel et Hardy dans le business toute leur vie. À n'en pas douter, leur relation touchait à sa fin. Demain, ils ne seraient que bons amis, ce qui était déjà bien plus qu'hier. Il n'aurait aucun mal à l'oublier. Et si par hasard, dans les années à venir, il se souvenait d'elle, ou s'il la rappelait à son souvenir, ce serait comme une fille sourde-muette aux dents de travers, à la peau boutonneuse et dépourvue de tétins.

Un halètement attira l'attention de Hermie. Ça venait de la direction d'où Oscy était revenu les deux fois. Et de trois. Le pauvre faisait peine à voir. Il s'approcha du feu et resta là, attendant de mourir. Il essaya d'appeler Hermie, mais tout ce qui sortit de sa bouche fut une espèce de sifflement rauque : « Huuuuuuuh. Huuuhhhhhhh. »

Une fois encore, Hermie se tourna vers Aggie pour obtenir d'elle la permission de s'éloigner. Mais, avant même qu'il puisse prononcer le moindre mot, Aggie lui fit un geste de la main pour lui signifier qu'elle l'autorisait à partir. Et à en juger par la façon dont elle lui avait fait ce signe, Hermie comprit qu'il pouvait tout aussi bien ne jamais revenir.

Hermie reçut le message cinq sur cinq et se dirigea vers Oscy, décidé à lui casser la gueule pour son manque d'égards, son égoïsme et sa grossièreté. Mais quand il arriva auprès de son malheureux compagnon, d'autres émotions l'avaient déjà envahi, un mélange de pitié, de nostalgie et de besoin de l'encourager. Tout ce qu'il parvint à dire fut : « Tu as besoin d'un préservatif ?

— J'ai besoin d'un masque à oxygène. » Oscy avait vraiment l'air d'être passé sous les roues d'un camion. Sa respiration s'emballait et ne retrouvait sa régularité que par à-coups. Mais on pouvait dire ce que l'on voulait d'Oscy, il n'était pas du genre à abandonner. Aussi ajouta-t-il : « J'ai aussi besoin d'une autre capote. »

Machinalement, Hermie sortit le paquet et l'ouvrit. Oscy prit un préservatif et Hermie dit : « Ça fait soixante-six *cents*, Oscy. » Oscy parut ne pas comprendre, Hermie lui expliqua donc : « Deux préservatifs, ça fait soixante-six *cents*. Je ne fais pas la charité. »

Oscy était tellement hébété qu'il ne put qu'incliner la tête et dire : « D'accord. » Puis il sembla s'affaisser. Ses genoux partirent de côté, comme si un énorme poids pesait sur ses épaules. Le monde, peut-être.

Hermie prit peur : « Oscy ? Ça va, mon vieux ? »

Oscy se redressa : « Hein ?

— Ça va ?

— Oui, oui. Je crois que je me suis… endormi.

— Endormi ?! Comment tu peux t'endormir comme ça ?

— Je suis horriblement fatigué, Hermie. » Il secoua la tête pour raviver le peu d'esprit qui lui restait.

« Est-ce que tu as atteint la douzième étape ? » Oscy répondit d'une voix si fluette qu'elle sembla provenir des grains de sable. Mais elle contenait aussi des accents de fierté : « Douzième ? Hermie, nous sommes allés beaucoup plus loin… »

Un gong résonna dans la tête de Hermie. Il frappa douze coups. « Mais le livre… s'arrête à douze. Qu'est-ce qu'il y a après ? »

Dong, dong, dong, dong…

Oscy regarda Hermie comme s'il ne le voyait pas. Bien qu'il fût exténué – et vraisemblablement blessé mortellement –, ses yeux bleu pâle pétillaient : « La treizième. » Puis, agitant le préservatif neuf qu'il avait dans la main, il s'éloigna. Il s'arrêta de nouveau, se retourna et ajouta : « La quatorzième. » Il reprit sa marche pour s'immobiliser presque aussitôt et se retourna encore : « La quinzième. Hermie, tu n'as pas idée. » Il repartit et fut peu à peu dévoré par la nuit. Seule demeurait sa voix qui semblait sortir d'un mégaphone lointain : « La seizième. La dix-septième. » Sa voix devint de plus en plus faible : « La dix-huitième. » Puis il disparut pour de bon. *Dong, dong, dong, dong…*

Hermie resta sur place, stupéfait, les bras ballants. Non seulement Oscy était passé de l'autre côté, mais en plus il avait brûlé tous les ponts derrière lui. Il venait d'entrer dans l'âge d'homme, un bordel ambulant. Oh, bien sûr, chacun savait qu'Oscy racontait des bobards de temps en temps, mais jamais à Hermie. Et jamais à propos d'une chose aussi sérieuse. Non, Oscy avait indéniablement baisé Miriam en long, en large et en travers. Et ce salaud allait remettre le couvert. Quelle endurance… Hé, Bill Stern, tu peux toujours en parler dans ton émission sportive !

Aggie se tenait à côté de lui. Sur ses pieds. Apparemment, elle n'avait pas oublié comment on faisait pour se mettre debout : « Je crois que nous devrions rentrer, Miriam et moi.

— Hein ? » Il fallut un moment à Hermie pour évaluer la situation. Oui, le meilleur service qu'il pouvait rendre à Oscy, c'était d'éloigner Aggie de cette plage. « Oh. Bien sûr. Je vais te raccompagner chez toi. » Il la prit par le bras, celui qu'il avait jadis pressé si tendrement. Cela ne lui faisait plus aucun effet. C'était juste quelque chose à agripper, une manière d'éloigner Aggie pour qu'Oscy puisse continuer à baiser sans être interrompu par des badauds et autres curieux.

Aggie se dégagea, calme et décidée : « Il vaudrait mieux que j'aille chercher Miriam.

— Aggie, je ne pense pas que ce soit une bonne idée. » Mais elle s'était déjà mise en mouvement et passait devant lui pour se diriger vers l'endroit où Oscy avait été aperçu pour la dernière fois. Hermie la suivit comme un minable petit chiot : « Écoute. Écoute-moi, Aggie. Je vais te ramener à la maison. Aggie ? »

Aggie ne voulait rien entendre. Elle n'était visiblement pas décidée à s'arrêter non plus. Elle pressait même le pas. Ses yeux commençaient à se remplir de larmes et ses cheveux volaient dans tous les sens. Elle était vulnérable, elle avait peur, et elle était assez jolie quand elle courait. Hermie trottait bêtement à côté d'elle, comme s'il voulait lui demander un autographe. La lune, invisible quand ils étaient assis devant le feu, projetait sur Aggie une lumière extraordinaire. Même dans son chandail trop large, elle avait l'air adorable. Quant à ses seins, les petits chéris, du diable s'ils n'étaient pas joliment rebondis. Hermie tendit le bras, lui saisit le poignet et l'obligea à s'arrêter. Elle se retourna, le regarda, dégagea sa main et commença à dire quelque chose : « Hermie, je... » C'est tout ce qu'elle parvint à dire avant de repartir. Hermie resta là, cloué au sable, avec ses pieds plats et ses quinze ans. Il la regarda atteindre le lieu du rendez-vous et s'arrêter net. Lorsqu'il vit son dos se raidir brusquement, il fut absolument certain qu'elle avait trouvé Oscy et Miriam.

Hermie la rejoignit en marchant, ses pieds creusant le sable comme des chasse-neige, les fesses aussi lourdes que du plomb. Quand il arriva, Aggie partait. Elle passa devant lui comme un ballon qui venait de rebondir violemment sur un mur. « Hé, Aggie... » Puis il se tut car, au moment où elle le croisa, il remarqua l'incrédulité sur son visage. La phrase « On aurait cru qu'elle venait de voir un fantôme » décrivait très bien son expression. Même si c'était un peu en dessous de la réalité. Hermie n'avait jamais vu un air pareil, sauf peut-être une ou deux fois, sur le visage de sa mère notamment, quand on avait annoncé à la radio qu'un avion, comme celui dans lequel se trouvait Carole Lombard, venait de s'écraser – le père de Hermie était censé prendre le même vol ce jour-là. Après ça, son père n'avait plus jamais dit quel avion il prenait. Il téléphonait toujours de La Guardia, à l'atterrissage. Du coup, la famille craignait uniquement qu'il se fasse tuer dans le taxi qui le conduirait à la maison. Quoi qu'il en soit, Hermie la regarda partir. C'était la dernière fois qu'il voyait Aggie. La toute dernière fois. Une jolie fille qui courait.

En avançant pour voir par lui-même ce qui l'avait fait fuir, Hermie s'aperçut que sa respiration était saccadée. Il savait à quoi s'attendre. Ça ne serait pas une surprise. Ce ne fut pas une surprise. Il s'arrêta à un mètre cinquante de la couverture, poussé par la curiosité, rongé par l'incrédulité, effondré de désespoir.

Oscy était sur Miriam, en elle. Son pantalon était descendu autour de ses chevilles. La boucle détachée de sa ceinture frappait la couverture en cadence. Il n'avait même pas pris la peine d'enlever son T-shirt crasseux. Miriam avait enroulé ses jambes autour de lui, les orteils de ses pieds nus griffaient la lune, sa tête blonde dépassait de l'épaule d'Oscy ; elle avait les yeux fermés, la bouche ouverte et les bras serrés autour d'Oscy, sous le T-shirt. L'enchevêtrement de leurs corps ressemblait à un jouet mécanique fonctionnant par à-coups car il lui manquait quelques pièces. La scène s'imprima dans le cerveau de Hermie comme une série de photographies obscènes sur du papier de mauvaise qualité. La nuque de l'homme, le visage brouillé de la femme empalée sur la lance invisible, dansant dessus, souffrant par elle, l'aimant. La lune allait et venait sans cesse, donnant à la scène un air de ressemblance avec ces photos animées qu'on pouvait voir pour deux sous à Coney Island. C'était l'étape douze. C'était indéniablement l'étape douze. Dans toute sa splendeur. Couverte par le martèlement des vagues, roulant à toute vapeur sur une couverture humide. L'étape douze mettant en scène le rusé spoliateur de Claire Trevor, rutilant dans son T-shirt sale. Oscy le chasseur de nénés, forant du pétrole, explorant le centre de la terre, mettant le feu au marshmallow blond étendu les cuisses au vent. Hermie tourna les talons et partit – aussi vite qu'il put.

18

Le lendemain matin, le soleil avait encore du mal à percer le brouillard glacé de la nuit précédente. Il n'était pas tout à fait sept heures, et l'être qui déambulait sur la plage, c'était Hermie. Il avait mal dormi, mais de toute façon il ne s'était pas attendu à trouver le sommeil en se couchant. Il baissa les yeux vers ses orteils nus, qui lui parurent situés à un kilomètre. Il avait l'impression d'être en état d'apesanteur depuis qu'il était parti de chez lui, deux heures plus tôt. Sa disparition ne serait pas remarquée avant une demi-heure, et sa mère regarderait en premier lieu s'il avait emporté quelque chose à manger. Pour éviter qu'elle ne se lance à sa poursuite, il avait laissé la bouteille de lait sortie. Elle râlerait à cause du lait gâché, mais serait rassurée qu'il ait pris sa ration de vitamines D. Et donc, au final, il avait gagné du temps. Pour lui-même. Pour réfléchir.

La vie était floue. La brume convenait parfaitement à la situation. Hermie ne voyait pas à cinq mètres devant lui, ce qui correspondait peu ou prou à la distance à laquelle il projetait son futur. Sa logique lui disait qu'il traversait une phase que tout homme devait traverser un jour, un peu comme ces rites de la jungle où l'on se fait circoncire autour d'un feu, de gré ou de force, avec une lame émoussée, pour éprouver votre courage et voir si vous poussez la chansonnette. Selon toute probabilité, Oscy était toujours en train de baiser Miriam, en train de lui cracher son amour, à moins que la marée ne les ait emportés tous les deux, transformant le couple en danger pour les petites embarcations ou en cible pour les canons des garde-côtes, qui n'avaient pas eu l'occasion de servir depuis qu'ils avaient ouvert le feu sur des types, quelque part en Chine, il y avait cinquante ans de cela.

Avant de se glisser hors de chez lui, Hermie avait, sans vraiment y réfléchir, passé son chandail de l'OPACS ainsi qu'un maillot de bain, même s'il ne voulait pas se baigner ce jour-là à cause de la fatigue. Il traînait sur la plage, épave à la dérive, en quête d'une autre ruine échouée, désirant soudain se battre contre un requin, le traîner jusqu'au rivage par la queue et se faire photographier à ses côtés, suspendu la tête en bas ; le plus grand requin jamais capturé par l'homme. Il aurait voulu repérer une escouade de nazis en train de débarquer, une trentaine d'hommes qui auraient réussi à se glisser par surprise en Amérique s'ils n'avaient pas croisé son chemin, à lui, ce héros qui les avait repoussés vers la mer d'une manière qui restait encore à déterminer. Il aurait voulu faire quelque chose. N'importe quoi. Car il sentait la vie le quitter. Tout autour de lui, il y avait des gens engagés dans des choses, dans des événements, dans la vie. Ils livraient des guerres, ils faisaient des films, ils baisaient, ils réussissaient, ils visitaient de lointaines contrées. Lui, il ne faisait rien. Rien à part manger des marshmallows, peloter des bras et regarder ses meilleurs amis s'envoyer en l'air. Il n'avait pas envie de voir Oscy, ni même de lui parler, car il savait qu'Oscy et lui ne jouaient plus dans la même cour. Oscy était passé de l'autre côté. À quinze ans, Oscy s'était envoyé en l'air. Dans le quartier de Hermie, la plupart des types ne le faisaient pas avant le mariage. Et la plupart des types mariés étaient tellement nerveux qu'ils attendaient généralement la deuxième ou la troisième nuit pour baiser. Il avait entendu parler d'un type qui avait mis un mois à se lancer – et encore, c'était avec la bonne, parce que sa femme en avait eu assez d'attendre et avait filé. Hermie savait qu'il aurait pu faire avec Aggie ce qu'Oscy avait fait avec Miriam. Il avait eu la même occasion, la même nuit, la même plage, les mêmes antisèches et trois préservatifs contre un seul pour Oscy. Alors, pourquoi n'avait-il rien fait ? Évidemment, il pouvait continuer à se convaincre qu'Aggie n'était pas jolie, mais il savait bien que c'était du pipeau. Elle était tout aussi mignonne que Miriam, sinon plus, mis à part le fait qu'elle avait quelques kilos de nichons en moins. Non, ce qu'il devait regarder en face, c'était sa propre virilité, ou plutôt son absence de virilité. Inutile de le nier plus longtemps. Aggie était restée sur le dos la plus grande partie de la soirée. Il aurait pu se la faire avec les mains gelées et un glaçon en guise de queue. Ce « *Hic* » d'Aggie ne voulait rien dire. C'était peut-être un de ces bruits que font les femmes amoureuses. Aggie était sur le dos et poussait des petits cris sensuels dans la nuit... et lui, il s'était défilé. Oscy avait baisé Miriam jusqu'en Chine mais lui, Hermie, il avait dû ramener sa gaule à la maison. Et lui, Hermie, avait dû rester couché sur le dos toute la nuit parce que son engin avait une mémoire d'éléphant. Il se rappelait Miriam telle qu'elle était et Aggie telle qu'elle aurait dû être. C'était comme un troisième œil incrusté dans son front, qui ne voyait que du sexe et qui, du même coup, l'empêchait de dormir. Le soir, il se coucha avec ; le matin, il se réveilla avec. Il avait quitté la maison avec, il marchait sur la plage avec. Cette érection régissait sa vie, parce qu'elle ne voulait pas s'en aller. Et sans aucun doute, quand l'été serait fini et qu'il retournerait à l'école, elle gâcherait toutes ses chances d'entrer dans l'équipe de basket-ball puisqu'il sèmerait la pagaille à chaque match en fauchant tous les joueurs de l'équipe adverse dans un rayon de deux mètres – à moins qu'ils ne soient de formidables sauteurs de haies. Et les choses ne s'arrangeraient pas en biologie, car il serait assis près de Winifred McAllister, celle à côté de qui il finissait toujours par se retrouver, cette fille dont les yeux bleu délavé et les socquettes mutines le rendaient à moitié fou depuis son premier jour à Erasmus Hall.

Il essaya de penser à autre chose pour se changer les idées, et peut-être ramener son entrejambe à sa taille normale. Il se mit à penser à des tas de choses, à des légumes, à des hommes politiques, au football et à des paroles de chanson. Au déjeuner. À des bateaux. À des voitures. À des mouettes. Il scruta le ciel pour voir si sa vieille Némésis projetait encore une attaque éclair. Il n'y avait rien là-haut, mais il y avait quelqu'un à l'horizon. C'était la femme. Parfait. Juste ce qu'il lui fallait. Davantage de souffrances. Elle était assise sur une dune près d'une maison. Sa maison. Il marchait sur la plage vers sa maison à elle. Pourquoi ? Pourquoi faisait-il cela ? Il sentit son cœur devenir léger tandis que la réponse jaillit dans son esprit, simple et nette. Elle. La femme. C'était elle la raison pour laquelle il n'avait pas pu baiser Aggie. C'était elle qui retenait son cœur prisonnier. Pas Aggie. Pas Miriam. Pas Winifred McAllister. Pas Conrad Veidt. Mais elle, tout simplement. Pas étonnant qu'il ait trouvé Aggie si repoussante. Depuis le début, son cœur et son esprit regardaient ailleurs. C'était quoi, ces histoires de préliminaires ? Alors voilà, un type se pointe et se montre si bon et si rapide qu'il décroche le titre dès le premier jour. Combien de fois John Garfield avait-il fait cela ? Bon, peut-être pas tout à fait dès le premier jour, mais il déjouait quand même tous les pronostics.

Hermie l'observa. Pelotonnée dans un chandail un peu trop grand qui appartenait probablement à Pete, elle écrivait, probablement une lettre, probablement pour Pete. Hermie avança vers elle, mais en suivant un angle oblique qui le fit grimper jusqu'en haut de la dune bien avant d'atteindre sa maison. Il continua alors le long de la crête et arriva dans son dos, pile au moment où le soleil parvenait à percer les nuages. Le soleil ! Le soleil ! Si ça, ce n'était pas un putain de présage…

Elle fut surprise de voir le soleil briller soudain tout autour d'elle alors qu'une ombre géante était justement en train de l'envelopper. Elle tourna sa jolie tête et vit la silhouette imposante de Hermie. Il fut ravi de la voir ainsi prise au dépourvu. Elle souriait, cherchant à l'identifier. Et l'adulte, le mâle accompli qui sommeillait en Hermie, lui souffla qu'il avait l'avantage. Il joua avec les boutons de son chandail de l'OPACS, celui qui arborait jadis son nom brodé sur la poche gauche. Au début, c'était « Hermie » en lettres cursives. En effet, quand ils avaient commandé les chandails, les membres de l'OPACS avaient voté qu'on mettrait « Hermie » sur son chandail parce que c'était son nom. Il avait pourtant plaidé pour « Herm » car cela faisait plus adulte et que, comme il devrait porter ce chandail pendant plusieurs années, il n'avait pas envie de se coltiner un nom de gosse à tout jamais. Oscy l'avait soutenu, Benjie s'était abstenu, mais tous les autres, ces salauds, avaient quand même voté pour qu'on écrive « Hermie ». Lorsque les chandails arrivèrent, il ne fallut pas longtemps à Hermie pour commencer à défaire le « e », puis le « i » de cette mention, dans l'espoir avoué de raccourcir son nom en « Herm ». Mais toute l'inscription avait été brodée d'un seul tenant et, une fois qu'il avait commencé à tirer un bout, il ne put empêcher le reste de venir avec. Aussi, pour tout le monde, il ne fut « Herm » que l'espace d'une semaine, en dépit du chewing-gum qu'il avait appliqué sur la plaie ouverte. Trois jours après ça, il fut « Herr », ce qui était franchement gênant. Les trois suivants, il fut « He ». Puis il fut « H » pendant un jour et demi, et même sa mère ne parvint pas à empêcher cette foutue broderie de se défaire. Quand le « H » s'envola, il n'eut plus d'identité pendant une semaine avant que le club le condamne à soixante *cents* d'amende (dix *cents* par lettre, parce que c'était ce que ça avait coûté). Hermie suggéra au club d'aller se faire foutre et son amende fut majorée de dix *cents*. Ils finirent par trouver un arrangement à l'amiable quand arriva l'automne, parce que le ballon de foot appartenait à Hermie. Au printemps, ils reprirent les poursuites contre lui, mais l'oncle de Hermie, avocat à Philadelphie, invoqua la prescription. Hermie s'en tira avec une sévère réprimande et la promesse sous serment de ne plus jamais s'opposer à la volonté de l'OPACS. Hermie leur proposa d'aller se faire foutre et fut condamné à une amende de vingt-cinq *cents*. Cette fois, il se résolut à payer parce que l'avocat de Philadelphie n'était pas en ville ; mais il ne porta plus jamais le chandail en présence de membres de l'OPACS, à part Oscy et Benjie. Comme ils l'avaient tous deux soutenu dans sa bataille juridique, il portait de temps en temps son chandail anonyme avec eux – d'autant qu'ils détestaient eux aussi avoir leur nom sur leur propre poche. Benjie avait opté pour « Ben » et Oscy avait fait campagne pour « Spike ». L'un comme l'autre avaient perdu. Quoi qu'il en soit, tout cela appartenait au passé au moment où il s'agenouilla derrière elle, un peu sur le côté, prenant appui sur un seul genou branlant, en déclarant : « Salut. » Merde, jamais il n'aurait une voix virile.

Elle leva la tête vers la silhouette héroïque, tout en abritant ses yeux d'une de ses élégantes mains, soignées avec Lux. « Hermie ?

— Effectivement. » Il avait espéré qu'elle le prendrait pour Pete, parce que la ressemblance était frappante. Tant pis. Il ferait en sorte de garder le soleil derrière lui aussi longtemps qu'il le pourrait pour la maintenir dans cet état de confusion. C'était encore un des petits trucs qu'il avait appris. Le métier commençait à rentrer.

« Pourriez-vous venir devant moi, Hermie ? La lumière est tellement vive. »

D'une voix si grave qu'il aurait pu être en train de chanter « *Old Man River* », Hermie demanda : « Vous pensiez que j'étais quelqu'un d'autre ?

— Oh, je savais que c'était vous. » Le soleil

l'éblouissait encore : « Hermie ? Pourriez-vous venir ici ? S'il vous plaît ? »

— Bien sûr. » Ses désirs étaient des ordres. D'ailleurs, il avait suffisamment entretenu la confusion chez elle comme ça. Inutile de la rendre aveugle. Il fit le tour et vint s'asseoir à côté d'elle, tout en restant légèrement en hauteur. Cet avantage le rassurait. Et plus il était perché, plus sa voix était basse : « Comment allez-vous ?

— Vous êtes enrhumé ?

— Non. » O.K., fini les conneries. Il reprit sa voix normale : « Vous allez bien ?

— Oh oui. Très bien. » Ce sourire. Ce visage. Ces yeux. Ces cheveux. Je t'emmerde, Aggie.

« Et vous ?

— Oh, je fais aller. » Il n'était pas certain de savoir ce que cela voulait dire, mais il se dit qu'elle le saurait.

Elle dégagea une mèche de cheveux de devant ses yeux, mais la brise marine l'y repoussait sans cesse. C'était une bataille perdue d'avance, mais elle tenait tellement à voir ce grand type avec qui elle parlait qu'elle continuait à lutter contre le vent, envers et contre tout. « Il fait beau ce matin, vous ne trouvez pas ?

— Oui. » Il aurait aimé développer un peu mais ne trouvait pas les mots. Il se disait que s'il manquait de repartie, c'était simplement que le sujet ne l'inspirait pas. Mais brusquement une autre idée le frappa. Il avait dit « oui » de la même manière qu'elle l'avait fait, tant d'autres fois. Cela voulait dire qu'il avait un avantage.

Bien. La roue avait tourné. Elle avait même fait un tour complet. Il orienta son regard vers la mer pour lui donner une chance de voir son profil. Lui-même ne l'avait jamais vu, bien entendu, mais on lui avait dit qu'il pouvait en être fier. Puis il se souvint que le compliment venait de sa mère et renonça immédiatement au coup du profil pour lui faire face à nouveau.

« Je crois qu'il va faire très beau aujourd'hui... » Elle continuait la conversation sur le même thème. Peut-être voulait-elle en venir quelque part ? Peut-être devait-il la suivre sur ce terrain ?

« Oui. J'ai regardé le soleil se lever. C'est quelque chose. » Il prononça ces mots avec une certaine intensité. Et il surprit son regard, qui le détaillait comme s'il était poète. Il poursuivit : « Voir le soleil se lever comme ça... c'est vraiment une expérience. » Ses propos parurent très plats, même à ses oreilles. Elle n'était que sourire radieux. Même dans ce chandail beaucoup trop grand, il la trouvait fabuleusement excitante. Et ces longues jambes en short qui s'étendaient vers l'océan, si gracieusement... Hermie dut changer de position pour soulager la pression qui commençait à monter à l'intérieur de son maillot de bain. « Est-ce que vous faites ça souvent, Hermie ?

— Est-ce que je fais quoi ? demanda-t-il, pensant qu'elle faisait allusion à sa manœuvre pour sauver ses parties.

— Regarder le soleil se lever.

— Oh oui. Enfin... non. » Ce sujet commençait à devenir pénible, aussi dévia-t-il la conversation sur quelque chose qu'il connaissait mieux : « Comment vont ces cartons que nous avons rangés ? Ils ne vous ont pas causé d'ennuis ?

— Oh non, aucun ennui, ils sont toujours là-haut. » Elle dit cela avec fierté, espérant que Hermie le prendrait comme un compliment, ce qu'il fit.

« Je crois qu'ils seront très bien là-haut. » Il ne s'en rendait pas vraiment compte, mais il était en train de débarrasser son pansement des quelques grains de sable qui le recouvraient, afin qu'elle le voie rayonner.

Elle se pencha et le remarqua : « Vous vous êtes blessé ? »

Surpris, il recula : « Oh… ça. » Elle avait les yeux rivés dessus. Pouvait-elle voir que le pansement brillait ? L'embrasserait-elle de nouveau ? La bête fauve qu'elle portait en elle allait-elle ressortir de sa tanière ?

« Je l'avais déjà vu l'autre jour. »

Un peu que vous l'avez vu. C'est même vous qui l'avez mis là ! « Ce n'est rien.

— Est-ce qu'il ne faudrait pas le changer ? » Enfin. Il était grand temps d'arrêter de tourner autour du pot à propos de ce pansement : « Je compte le garder aussi longtemps que possible. » Le message est-il assez clair, ô ma douce aimée ?

Elle parut reculer : « Ah.

— Vous n'y voyez pas d'inconvénient ?

— Non, je suppose. » Avait-elle oublié si vite ?

Il allait l'aider à recouvrer la mémoire : « Je ne fais pas ça très souvent.

— Je vois. »

Il fallait l'aider un peu plus : « C'est un pansement spécial.

— Il est enduit d'un médicament ?

— Il est enchanté. » Hemingway aurait-il pu rendre un plus bel hommage à ce pansement ? Ou Edwin Arlington Robinson ? Ou Nick Kenny ?

« Ah. » Et elle se remit à écrire.

Hermie dut se rendre à l'évidence : le coup du pansement ne s'était pas aussi bien déroulé que prévu. Peut-être avait-elle tout simplement oublié que c'était elle qui l'avait mis là pour couvrir les marques qu'elle lui avait faites en lui suçant le sang ? Peut-être collait-elle des pansements sur tous les types de l'île ? Peut-être qu'ils venaient tous chez elle – plombiers, électriciens, cambrioleurs – se faire lascivement sucer le sang ? Peut-être qu'on pouvait dire combien de fois un type était allé dans sa maison au nombre de pansements qu'il portait, comme le nombre de croix gammées peintes sur le fuselage des Spitfire de la R.A.F. ? Peut-être était-elle une espèce de maniaque du pansement ? Peut-être s'envolait-elle à minuit pour aller sucer les jambes des types ? Peut-être ferait-il mieux d'arrêter parce que, selon toute probabilité, tout ça n'était qu'un ramassis de conneries ? « Vous écrivez une lettre ? »

Bien joué. C'était à peu près aussi intelligent

que de dire qu'il venait de s'apercevoir qu'elle respirait.

Elle sourit sans lever la tête : « Oui. » Elle commençait à s'habituer à sa présence. Tant mieux pour elle, car il ne comptait pas s'en aller.

« Je vous aurais bien demandé de m'accompagner au cinéma, mais c'est toujours le même film. Voudriez-vous le revoir ? » Il s'étonnait lui-même d'avoir recours à une approche aussi directe. Mais il en fut très heureux. C'était viril de demander un rendez-vous de but en blanc. Combien de fois avait-il entendu sa sœur se plaindre à sa mère, après une conversation téléphonique avec un crétin quelconque, que si elle n'avait pas de respect pour lui, c'était parce qu'il tournait toujours autour du pot.

« Oh, je ne pense pas.

— Je vous comprends. Une fois qu'on connaît la fin, ça gâche le plaisir. Il va y avoir un autre film bientôt. Peut-être aurez-vous envie de le voir ?

— En fait, je ne vais pas beaucoup au cinéma. » Peut-être avait-il été précédé par sa réputation de pervers tripoteur de bras.

« Ce sera un bon film. J'ai vu les affiches. *Souvenirs*. Robert Young, Hedy Lamarr et Ruth Hussey. Je place Ruth Hussey dans la même catégorie que John Loder. Elle est jolie, mais elle ne s'en sort jamais très bien dans les films. »

Elle continuait à écrire, se contentant d'un signe de tête pour lui faire savoir qu'elle avait entendu – et que cela ne l'intéressait pas vraiment.

Il n'aurait su dire d'où lui venait tant de courage, mais il déclara : « Je serais heureux de vous y emmener. » Elle leva la tête et sourit. Elle était, elle aussi, l'une des femmes qui souriaient le plus au monde. Les gens avec de fausses dents avaient tendance à sourire beaucoup, pourtant, il aurait parié que toutes les siennes étaient vraies. « *Souvenirs.* Je crois que c'est un film Paramount. »

Elle finit sa lettre. Sur du papier très fin, destiné au courrier par avion. Elle lécha l'enveloppe et, en voyant sa langue glisser sur la colle, Hermie eut l'impression qu'elle lui titillait le bas-ventre. « Oh, Hermie, je ne pense pas. Mais merci. C'est très gentil à vous de m'inviter. »

Il était en train de perdre du terrain. Il se dit que mieux valait revenir à des valeurs sûres : « Est-ce que vous avez d'autres objets lourds à déplacer chez vous ?

— Pas à ma connaissance, non. » Elle faisait plus attention à son enveloppe qu'à lui.

Il commençait à se sentir idiot : « En tout cas, si jamais vous avez besoin, n'hésitez pas. »

Elle se leva : « Merci, Hermie. Vous êtes très prévenant. »

Il se leva aussi. C'était parfait, il était clairement plus grand qu'elle. Cela lui redonna courage, et ça tombait bien, car il en avait drôlement besoin pour prononcer les mots suivants : « Est-ce que vous serez chez vous ce soir ?

— Pardon ? » Elle se raidit. Son sourire, cette fois, fut un rien chancelant.

De nouveau, il l'avait plongée dans un état de confusion ; c'était le moment ou jamais d'en profiter. Mais avec aplomb et finesse. « J'ai pensé que je pourrais passer. J'ai à faire dans le quartier. » Tu parles d'un quartier, sa maison était la seule à un kilomètre à la ronde...

« Oh. Dans ce cas... passez quand vous voudrez. » Maintenant qu'elle se tenait debout, la brise la tourmentait plus encore, si bien qu'elle devait repousser sans arrêt ses cheveux de sa figure. Hermie aurait aimé le faire à sa place. Il aurait aimé passer les doigts dans sa chevelure. Ce devait être une sensation extraordinaire. Comme de toucher du satin.

« Je ne suis pas certain de passer, alors ne m'attendez pas. » Il dit cela pour se couvrir, pour le cas où il se dégonflerait et n'irait pas du tout. Il s'était bien dégonflé avec Aggie, il pouvait très bien se dégonfler avec elle aussi. Qui sait ? Il se savait tout à fait capable de ne pas se montrer de la soirée, et il ne voulait surtout pas lui causer du tort si l'idée lui venait de préparer quelque chose. Une femme aussi fabuleuse qu'elle, qui avait déjà un homme à son service, n'avait clairement pas besoin qu'un petit morveux comme Hermie lui pose un lapin après qu'elle s'était donné la peine de préparer du café et des biscuits.

« Mon Dieu, il se fait tard. Il faut que je poste cette lettre.

— Je vais vous la porter. » Des clous. Il allait la brûler. Mais avant, il la lirait pour voir ce qu'elle ressentait vraiment pour Pete. Peut-être qu'il s'agissait d'une lettre de rupture, finalement, et, dans ce cas, Hermie se rendrait sûrement chez elle le soir. Peut-être même qu'il s'y installerait. Tout était permis en amour comme à la guerre. Je t'emmerde, Pete.

Elle avait dû lire dans l'esprit du garçon. « Non. Non merci. Elle n'est pas simple à timbrer. Elle va outre-mer, vous savez. Bien… » Elle tourna les talons pour retourner chez elle : « Au revoir, Hermie. »

Tandis qu'il la regardait s'éloigner, ce fut comme si un obus lui avait éclaté en plein cœur : il ne connaissait pas son prénom ! Comment était-ce possible ? Il était amoureux d'une femme dont il ne connaissait pas le prénom ! Pas même les initiales ! Le moins qu'on puisse dire, c'est que Hermie s'était conduit en véritable mufle de ne jamais le lui avoir demandé. Pas étonnant qu'elle veuille s'éloigner de lui… Imaginez un peu, un gentleman qui veut baiser une dame et qui ne prend même pas la peine de lui demander son prénom. Pire encore, s'il s'avérait par hasard qu'elle s'appelait Frénésie, ou Tallulah, ou quelque autre prénom idiot, il ne serait jamais capable de dire tout haut : « Je vous aime, LaZonga. » Il lui cria : « Excusez-moi ?! »

Elle s'arrêta sur la première des quatorze marches et se retourna. Dans son chandail trop grand, elle ressemblait à la petite fille aux allumettes. « Je vous demande pardon, dit Hermie, mais je ne connais même pas votre prénom. » Sa réponse parut mettre une éternité à franchir l'espace qui les séparait.

« Dorothy.

— J'ai eu une chatte qui s'appelait Dorothy… Elle s'est fait écraser par un camion. »

Dorothy sourit. Dorothy. Elle avait un prénom et il était beau. La belle Dorothy. Elle lui fit un signe de la main, sourit et gravit les quatorze marches comme une danseuse des Folies-Bergère et, quand elle fut en haut, elle se retourna et sourit de nouveau. *Dorothy sous le Porche*, par Rembrandt. Elle entra dans la maison. *Dorothy Franchissant la Porte*, par de Vinci. *Dorothy Disparue*, par Michel-Ange. *Porte*, par Dalí.

Hermie avança machinalement vers l'océan, se sentant libre comme l'air. *Dorothy dans mon Cœur*, par Rubens. Il regarda de nouveau la maison sur la dune. *Dorothy dans sa Maison. Dorothy, à ce Soir*, par Dieu. *Dorothy, fais péter les Biscuits*, par Lu.

Hermie sur la Plage.
Hermie dans l'Océan, Nageant.
Hermie Amoureux, À Deux Doigts de se Noyer.
Shazam.
Yaaaaaaa, Sheena !

19

Hermie était en train de se sécher sur la plage. Il y consacra environ un quart d'heure. Il était de ceux dont la peau séchait vite, mais son maillot n'était pas aussi rapide, surtout le filet à l'intérieur qui, pour peu qu'on n'y prenne pas garde, pouvait rester humide jusqu'en septembre. Quinze minutes plus tard, il était en ville, assis au comptoir de *La Pâtisserie de Margie.* Il prenait un petit déjeuner, ou quelque chose d'approchant : jus d'orange, tarte aux pommes, café, tarte aux pêches, café, beignet et eau plate. Les seuls autres clients à cette heure matinale étaient des pêcheurs qui, ayant achevé leur labeur avant l'aube, venaient se requinquer avec un bon petit déjeuner. Ils avaient ramené au port des coques et des moules vivantes. *Qui veut des moules bien fraîches ! Yo-ho-ho, et une bouteille de rhum !* Ce qui parfumait légèrement l'endroit. Mais Margie ne s'en était jamais plainte. Il y avait là trois pêcheurs incrustés de sel qui avaient l'air tout droit sortis d'un calendrier. Ils étaient assis au bout de la pièce et s'empiffraient de bacon, d'œufs, de toasts et de quantités industrielles de café. Ils avaient des voix bourrues et paraissaient capables de hurler des choses comme : « Ouvrez les sabords, tirez à démâter et envoyez ce rafiot par le fond, mes mignons ! », même si Hermie savait très bien que personne ne parlait de cette manière.

Hermie sirotait son café, se sentant on ne peut mieux et tout à fait à sa place. Il observait Margie par-dessus le bord de sa tasse et, à travers la vapeur qui s'en dégageait, on aurait dit que son cul pittoresque avait pris feu. Margie avait trente ans environ, cinquante peut-être, mais elle était bien conservée et plutôt soignée. Dans sa robe blanche amidonnée, les renflements et les courbes de son corps restaient sur le pont – *et comment s'appelle votre bateau* ? Ses jambes étaient très jolies et même pas recouvertes de moules. On voyait bien que Margie était une femme de marin. Son mari devait être quelque part dans la Marine, parce que, avant la guerre, il était capitaine de ferry ; il n'y avait donc aucune raison qu'il se retrouve dans l'Armée de terre. La conscience nouvelle qu'il avait de la sexualité des femmes avait appris à Hermie qu'aucune d'entre elles ne pouvait tenir trop longtemps sans baiser. Et cela valait aussi pour Margie car, sur cette foutue île, elle n'avait rien d'autre à faire que réfléchir et écouter les cornes de brume retentir. Hermie tourna son regard vers les trois pêcheurs et décida qu'aucun d'entre eux n'avait moins de quatre-vingt-six ans. Par conséquent, si Margie devait brusquement accorder ses faveurs à un homme, son choix se porterait logiquement sur Hermie ; ce dernier se rendit compte qu'il commençait à sexualiser tout ce qui l'entourait. Si les femmes avaient jadis eu pour lui quelque mystère, tout cela s'était envolé en un souffle d'Oscy. Miriam était une femme, et elle baisait. Aggie était une femme, et elle allait souffrir toute la matinée parce que Hermie ne lui avait pas fourré le petit pain avec sa saucisse. Et Dorothy, alors ? Dorothy, c'était autre chose. Dorothy, c'était la Dame Brune des *Sonnets* de Shakespeare. Oui, Dorothy avait besoin de sexe, comme Miriam et Aggie, mais c'était différent. Avec Dorothy, tout devenait romantique et admirable. Et là où Miriam et Aggie étaient prêtes à s'allonger pour le premier imbécile venu pour peu qu'il les gave de marshmallows, Dorothy, elle, se réservait pour le jour où un noble prince viendrait gracieusement la solliciter, en déclarant par exemple : « Bien le bonjour, gente dame. J'ai beaucoup voyagé cette nuit et mon destrier fourbu ne saurait aller plus loin. Pourquoi n'irions-nous pas passer quelques moments de rêverie dans vos appartements ? Je vous régalerais d'authentiques ballades jouées sur mon luth… »

« Ce sera tout ? »

Margie le regardait en essuyant le comptoir avec son chiffon à vaisselle. Les yeux de Hermie rencontrèrent les siens. La veille, il aurait été le premier à renoncer, le premier à battre en retraite. Mais hier, c'était hier, et aujourd'hui, c'était aujourd'hui. Il soutint le regard de Margie ; elle détourna brusquement les yeux, avec un air bizarrement gêné et vaincu. Une vague de puissance traversa la queue de Hermie, gonflant son estime – ce qui le contraignit à lever les genoux et à se cogner douloureusement contre le dessous du comptoir.

Avec son chiffon à vaisselle, Margie décrivit quelques cercles sur le comptoir, puis fit une nouvelle tentative : « Vous voulez autre chose ? »

Oui, ma belle. Je veux autre chose. Je te veux toi. Direct là-dessus, merci d'avoir nettoyé. Je veux que tu te couches et que tu écartes les cuisses sans faire d'histoires. Et quand j'aurai fini, ma belle, je remettrai mon chapeau, je te lancerai une pièce et je sortirai pour baiser à tout-va dans les rues de Port Royal, laissant derrière moi une ribambelle de filles couchées sur des bancs, leurs jupes retroussées au-dessus de leurs têtes, suppliant d'une voix étouffée d'en avoir encore.

Margie essaya une troisième fois : « Encore du café ? » Elle lui souriait, ce qui pouvait vouloir dire beaucoup de choses. Combien de temps son mari avait-il passé en mer pour que Margie soit en chaleur comme ça ? Le bouton du haut de sa blouse était défait, et il pouvait voir des seins de bonne taille engoncés là-dedans comme un tigre prêt à bondir. S'il se penchait en avant et lui appuyait sur le nombril, ses charmants nichons jailliraient, l'un à tribord et l'autre à bâbord. Hermie se retrouverait alors au beau milieu du navire, vite fait bien fait, quelque part dans la salle de chauffe, et enverrait tant de vapeur que ce vieux rafiot se dirigerait vers le port de Portsmouth à une allure qui ferait sauter de joie et entonner des chansons de marins à la Lloyd's de Londres. Les genoux de Hermie appuyaient si fort et si haut contre le comptoir que, s'il ne relâchait pas bientôt cette pression, il finirait dans un fauteuil roulant jusqu'à la fin de ses jours, comme Lionel Barrymore. Il se laissa donc glisser du tabouret et se redressa très lentement : « Qu'est-ce que je vous dois ? » Il prononça ces mots comme un marin qui viendrait d'en finir avec une fille.

Margie ferma les yeux et fit l'addition dans sa tête. Étant donné ce qu'ils venaient de vivre ensemble, il se disait que la note s'élèverait certainement à une bonne centaine de dollars. Aussi, quand elle annonça la somme de quatre-vingt-cinq *cents*, toute la bulle éclata et, d'un coup, il se sentit beaucoup moins à l'étroit dans son maillot de bain. Il en fouilla la poche détrempée, sortit quatre pièces de vingt-cinq *cents* et les jeta sur le comptoir. L'une d'elles roula par terre et il dut la ramasser, ce qui cassa un peu l'ambiance. Il lui laissa la monnaie. Elle avait bien mérité un petit pourboire pour l'avoir si bien traité. Il quitta *La Pâtisserie de Margie*, se jurant de revenir quand la propriétaire serait seule. Alors, il pourrait la sauter avec un tel entrain que c'est elle qui le paierait et l'implorerait d'ouvrir un compte chez elle pour lequel elle ne lui enverrait jamais de facture. Il rit intérieurement à la pensée de ces supplications et, en sortant, son maillot de bain lui parut plus serré que jamais.

Avant tout, il fallait éviter Oscy et Benjie parce que, comme il l'avait toujours pressenti, le jour était venu où il était bien trop mature pour traîner avec eux. Bien sûr, Oscy avait baisé. Mais tout le monde pouvait s'envoyer Miriam. Le truc, c'était de ne pas se souiller avec des femmes qui n'en valaient pas la peine. C'est pourquoi lui-même n'avait pas accepté de baiser Aggie. Baiser Aggie, ç'aurait été faire un pas en arrière. Baiser *Margie* sur son comptoir de marbre relevait déjà un peu plus de la performance (surtout à cause du froid du marbre) ; mais ça n'aurait pas valu beaucoup mieux. La première fois qu'un type couche, il doit le faire par amour. Dorothy. Avec Dorothy, il y aurait de l'amour. La belle Dorothy serait baisée par amour. Oh, il était bien conscient des obstacles qu'il devrait surmonter pour parvenir à ses fins, mais en même temps il savait que cela devait arriver. Que c'était le destin. Et aussi un sacré coup de bol. Quoi qu'il en soit, il avait envie de rester seul toute la journée. Comme l'île était vraiment minuscule et qu'un type qui se trimballait avec une gaule aussi monstrueuse que la sienne ne passait pas inaperçu, il prit le ferry pour le continent.

Il s'installa tout devant, à la proue pour ainsi dire, et laissa les froids embruns jouer sur les traits héroïques de son visage. Il regarda les mouettes aller et venir, mais ne craignit guère de voir Johnny Stella parmi elles, car chacun savait que, même de son vivant, Johnny Stella et l'eau ne faisaient pas bon ménage. Johnny Stella avait l'habitude de porter un T-shirt à côté duquel celui d'Oscy sentait comme le kimono de Loretta Young.

Aucune des femmes à bord ne l'intéressait, à moins qu'il ne s'autorise à laisser vagabonder un peu son imagination sur une fille un peu ronde qui ressemblait vaguement à Eugene Pallette. Mais il n'y était nullement disposé, pas après avoir investi cinquante *cents* dans un aller-retour censé l'aider à fuir tout ce qui lui tapait sur les nerfs.

Cependant, quand le ferry accosta, Hermie aperçut une fille qui stimula sa créativité. Elle était grande, plutôt maigrichonne, et ses cheveux couleur de paille étaient coiffés au carré. Côté nichons, c'était le désert, mais elle avait de jolies fesses et, pour mieux l'observer, il entra dans la cabine téléphonique voisine de la sienne. Elle se tenait contre la porte vitrée, et lui, il y allait carrément : il lui fourrait des pièces de vingt-cinq *cents* dans la bouche pendant qu'il parlait à sa mère au téléphone, lui disant que tout allait bien, lui demandant de bien vouloir transmettre ses amitiés à Oscy, lequel était probablement en train de se branler dans une bouteille d'eau chaude comme il avait déjà essayé de le faire une fois dans le sous-sol du 31 Ocean Parkway, au grand amusement de tous les membres de l'OPACS, qui avaient payé cinq *cents* chacun pour assister à ce spectacle. Oscy n'arriva pas jusqu'au bout, même si de l'eau avait fini par gicler. Il soutint mordicus avoir tenu le pari, mais un examen approfondi de l'eau par des observateurs impartiaux prouva qu'Oscy n'était qu'un menteur. Il demanda alors deux *cents* par membre, pour l'effort, mais on les lui refusa. Cependant, par grandeur d'âme, on lui promit un penny par tête de pipe (au lieu des cinq *cents* convenus) et autant la prochaine fois qu'il tenterait le coup. Oscy ne recommença jamais et eut bien de la chance de pouvoir sortir sa queue de la bouteille, parce que soit cette dernière était trop petite, soit Oscy était King Kong. Le dénouement resta incertain un bon moment et le président de l'OPACS, qui venait d'être élu pour le mandat habituel de quinze jours, était sur le point de casser la bouteille avec son marteau. Mais grâce à un effort surhumain (doublé d'une trouille du tonnerre), Oscy parvint à se libérer, dans un bruit de succion comparable à une déflagration et d'une force telle qu'Oscy fut projeté en arrière, ses fesses nues rebondissant sur la chaudière brûlante, faisant gicler des gouttes d'eau qui s'évaporèrent en sifflant sur le métal fumant, ce qui faisait penser aux messes basses des gens qui conspuent le monstre de Frankenstein au cinéma. Quoi qu'il en soit, avec son penny par tête, Oscy s'acheta la dernière édition illustrée de *Wings,* pleine d'infirmières sexy et d'aviatrices à longues jambes, et personne ne le revit pendant une semaine – il lisait très lentement. La rêverie de Hermie s'arrêta net quand un grand type avec un menton en galoche entra dans la cabine téléphonique d'à côté ; Hermie ne le trouvait vraiment pas assez séduisant pour lui consentir ne fût-ce qu'une pièce de vingt-cinq *cents* imaginaire.

Hermie traîna sur le quai jusqu'à l'heure du déjeuner, regardant les ferries aller et venir paresseusement, avalant et déposant des gens dont une dame ou deux avec lesquelles Hermie n'aurait pas vu d'inconvénient à partager une cabine. Il avait juste assez d'argent pour déjeuner, c'est-à-dire s'offrir un sandwich à la salade de crevettes, deux Cocas et une glace à la banane et, pour patienter, un panier de petites huîtres qu'il ouvrit et mangea en espérant – en vain – découvrir une perle.

Vers seize heures, il décida de faire le voyage de retour. Il n'y avait personne à bord capable de titiller son imagination, à part peut-être une femme, mais elle passa la traversée dans les toilettes pour dames. Alors à quoi bon ? Quand l'île fut en vue, toutes les pensées de Hermie convergèrent vers Dorothy. Il se rapprochait de Dorothy. Il rentrait chez Dorothy. Il rentrait de Bataan. Il rentrait de Corregidor et était l'un des rares à avoir échappé au traquenard diabolique des Japonais. L'orchestre serait là et jouerait « *The Monkey Wrapped his Tail Around the Flagpole* », tandis qu'une garde d'honneur le descendrait du bateau sur un brancard. En le voyant ainsi, les femmes se mettraient à pleurer et les hommes à applaudir. On épinglerait des décorations sur sa couverture, et d'anciens combattants de la Première Guerre mondiale, s'appuyant sur leurs jambes de bois, le salueraient (et s'écrouleraient en perdant l'équilibre). On déposerait son brancard sous le porche de Dorothy qui le soignerait toute la nuit, jusqu'à ce que la fièvre tombe. Vers minuit, il battrait des paupières en prononçant son nom et elle sangloterait de joie. Il ne serait pas question de faire l'amour, à cause de son état de faiblesse, mais au bout de quelques jours passés dans son fauteuil roulant, à prendre l'air au milieu du jardin ensoleillé, il commencerait à reprendre des forces. Elle lui annoncerait qu'elle attendait un bébé, ce qui rappela à Hermie qu'il ne devait absolument pas oublier de prendre avec lui le dernier préservatif qui lui restait quand il irait voir Dorothy, ce soir.

Il descendit du ferry en faisant un grand détour, au cas où Oscy et Benjie, les Jumeaux Débiles, traîneraient dans le coin. Il entra dans le terminal du ferry, se rendit dans les toilettes pour hommes et, de là, passa par la fenêtre. C'était un peu plus long mais cela en valait la peine : si ses amis se trouvaient dans les parages, il les avait sans aucun doute déjà semés. Vers dix-sept heures, il rentra chez lui via la porte de derrière et s'enferma dans sa chambre, qu'il ne quitta que juste avant l'heure du dîner, lorsque sa mère le prit à part pour le cuisiner. Il était incapable de se rappeler ce qu'il lui avait raconté exactement, sinon qu'il s'était convenablement nourri – ce qui parut pleinement la satisfaire. Il commençait à se dire que tant qu'il mangeait bien, il pouvait faire tout ce qu'il voulait sans avoir à craindre les foudres maternelles. Il pouvait tuer, violer et escroquer à volonté : tant qu'il pèserait deux cent cinquante kilos, il serait toujours le petit garçon à sa maman.

Pour le dîner, sa mère avait fait des spaghettis ; une chance pour Hermie, car ce plat ne laissait que très peu de place à la conversation. On le grondait par moments parce qu'il faisait du bruit en mangeant, et sa sœur se plaignit deux fois de ses manières de rustre ; mais, aussi longtemps qu'il continuerait à manger, il pourrait compter sur le soutien de sa mère. Sa sœur finit par quitter la table, furieuse que Dieu lui ait donné un porc en guise de frère. Son père lut le journal pendant tout le dîner, ce qui était inhabituel car il était très attaché aux bonnes manières. Mais Rommel continuait à faire des siennes en Afrique et son père, qui était fin stratège militaire – tout comme les amis avec qui il jouait aux cartes –, s'agaçait que la Huitième Armée Britannique n'arrive pas à venir à bout du Renard du Désert. Quoi qu'il en soit, quand Hermie quitta enfin la table, il n'avait rien dit d'autre de tout le repas que les phrases : « Passe-moi le sel » et : « Comment ça va pour les Giants ? » – il n'obtint de résultat ni pour l'une ni pour l'autre.

Il essaya de dormir un peu, pour être bien reposé quand il irait voir Dorothy. Mais il fut incapable de fermer l'œil et, vers dix-neuf heures, il fila sous la douche où il resta jusqu'à vingt heures.

Si sa sœur avait essayé d'enfoncer la porte, il n'en sut rien, parce que l'eau coulait à pleine pression. Sous la pomme de douche, il se mit à chanter un pot-pourri de chansons de guerre : « Il porte une paire d'ailes d'argent », « Quand les lumières s'allument sur le monde entier » et « Dans ta gueule, Führer ». Certes, il n'avait rien de Sinatra, mais il n'était pas non plus Hildegarde, la chanteuse de cabaret, ce qui aurait posé un sérieux problème.

Quand il quitta la salle de bains, sa sœur attendait dehors comme à un arrêt de bus. Elle ne dit pas un mot lorsqu'il passa devant elle. Elle continua à se taire pendant une trentaine de secondes encore, puis la voix de l'horreur s'éleva de la salle de bains en beuglant son habituelle récrimination : « Il n'y a plus d'eau chaude ! » Cela aurait pu servir d'épitaphe à sa sœur. *Il n'y a plus d'eau chaude !* L'idée frappa soudain Hermie que sa sœur baisait peut-être des gens sur l'île, tout comme lui. Mais il chassa bien vite cette ignoble pensée de sa tête. Quoique, en y repensant, et en toute objectivité, sa sœur avait une belle poitrine et des jambes qui rappelaient celles de Lynn Bari, laquelle passait pour avoir les plus belles gambettes de l'industrie du cinéma. Et puis tout pouvait arriver en temps de guerre. Y compris que sa sœur s'envoie en l'air. Mais avec qui ? Il accorda à cette question les cinq secondes de réflexion qu'elle méritait puis laissa tomber, se disant que c'était quelque chose dont *sa mère* – et non lui –

devrait se préoccuper quand elle ne faisait pas la cuisine.

Hermie se para de ses plus beaux atours. Une chemise bleue très classieuse, avec un col ouvert pour exposer avantageusement sa minuscule pomme d'Adam. Son pantalon de toile, blanc comme neige, qui était censé rester au placard jusqu'au bal de promo ; il n'était encore jamais entré en contact avec des jambes humaines. Ses chaussures de soirée marron et blanc, dont la partie marron était tachée de cirage blanc et la partie blanche de cirage marron, parce que, franchement, comment éviter ça ? Et puis il y avait ses chaussettes. Il fallait des chaussettes. Il n'en avait pas porté de tout l'été, mais il savait qu'en de telles circonstances cela s'imposait. Celles qu'il avait choisies étaient un peu trop écossaises à son goût et avaient été tricotées par sa sœur pour un garçon de la fac sur le point d'être mobilisé. Elle les avait finalement données à Hermie parce qu'elles présentaient certaines imperfections, comme par exemple des petits bouts de laine qui dépassaient comme des vers de terre. Hermie crut tout d'abord qu'il les avait mises à l'envers, mais l'envers était encore pire. Sa sœur ne valait pas tripette comme tricoteuse. Quoi qu'il en soit, Hermie prit le risque de couper les bouts qui dépassaient, en priant Dieu que les chaussettes ne se défassent pas comme la broderie sur son chandail de l'OPACS. Il les enfila, et elles étaient resplendissantes. Rouge, blanc et gris, sûrement le drapeau de Madagascar. Il brossa ses cheveux jusqu'à ce qu'ils cessent de lui résister et, ô miracle, la première raie qu'il dessina fut la bonne. Il y vit de nouveau un bon présage. Il se sentait si bien qu'il n'entendit pas l'harmonica croasser dehors. Tout se déroulait à la perfection. Il était en train de se départir de l'atroce chrysalide de la jeunesse et un type irrésistible en émergeait, lui souriait dans la glace. Il quitta sa chambre avec la conviction que lorsqu'il reviendrait, il serait un homme. Des pieds à la tête, il n'était qu'une érection ambulante qui respirait le sexe, la confiance en soi et la maturité. Il ne daigna pas prendre ses notes avec lui parce que, soudain, cela lui sembla lamentable. Mais il glissa le dernier de ses préservatifs dans sa poche car, comme le disaient si bien les garde-côtes, *Semper Paratus.*

Il sortit par la porte de derrière, franchissant le seuil d'un pas aussi leste et sûr que celui de David Niven. Oscy l'attendait dehors. Il paraissait incroyablement déprimé. Hermie aurait même préféré voir la mouette à sa place : elle, au moins, ne jouait pas de l'harmonica. Elle avait d'autres façons d'extérioriser ce qui l'emmerdait. La méthode d'Oscy, c'était de faire passer tout ça à travers les notes de son instrument. Joué par ce maestro, « *Three Blind Mice* » souillait la douceur du monde si spécial que Hermie avait mis deux heures à construire. En voyant Hermie, Oscy cessa de jouer et tapa l'harmonica contre la paume de sa main. Un filet de salive s'en échappa, aussitôt absorbé par le T-shirt d'Oscy. Ce T-shirt était en train de devenir l'arme secrète de l'Amérique – une arme chimique. Si on le lançait sur Berlin, les Allemands capituleraient illico. Hermie réagit à la présence d'Oscy par un petit signe de tête et un changement de direction à angle droit. Mais Oscy lui barra habilement le passage, tel un obstacle sur la route du paradis. « C'est fini », lâcha Oscy et, l'espace d'un instant, Hermie crut que le père de son ami était mort parce qu'il souffrait depuis des années d'un septum dévié.

« Qu'est-ce qui est fini ?

— Miriam et moi. »

Hermie n'avait pas vraiment envie d'en savoir plus, mais Oscy paraissait vraiment atteint : « Qu'est-ce qui s'est passé ?

— Ça me gêne de te le dire.

— Alors ne me le dis pas. » Hermie n'était pas d'humeur à jouer aux devinettes et il contourna Oscy pour poursuivre son chemin. Oscy le rattrapa et marcha à côté de lui : « Tu ne vas pas le croire, Hermie.

— Après hier soir, je serais prêt à croire n'importe quoi. » Hermie avait seulement envie de s'en aller le plus vite possible, sans quoi Oscy, ce gamin de quinze ans, risquait de lui voler sa maturité nouvellement acquise.

« Ce n'est pas ce que tu penses.

— Oscy, je suis pressé. »

Oscy acquiesça. Il en vint au fait : « Nous avons eu une petite dispute, cet après-midi, parce que je lui ai tripoté les seins sur la plage et que j'ai mis du sable dessus, un truc comme ça. Plus tard, quand je suis allé chez elle pour m'excuser… » Il marqua une pause dramatique avant de poursuivre : « Elle a l'appendicite. On l'a rapatriée sur le continent. J'espère vraiment, pour elle, qu'on ne va pas lui couper ses nénés.

— Je ne crois pas que la cicatrice remonte si haut. »

Hermie se fichait bien de toute cette histoire, mais il se demandait quand même pourquoi il n'avait pas vu passer Miriam alors qu'il avait assisté à l'arrivée de tous les ferries sur le continent ce jour-là.

« Elle m'annonce qu'elle annule notre rendez-vous et l'instant d'après… bim ! Elle a l'appendicite. On peut dire qu'elle va d'un extrême à l'autre. Ils l'ont transportée en vedette, sur un brancard. »

En vedette… Cela expliquait pourquoi Hermie ne l'avait pas vue descendre du ferry. Peu importait d'ailleurs, il avait fait mine de s'intéresser aussi longtemps qu'il avait pu. Il pressa le pas et dit : « Ce n'est peut-être pas plus mal, après tout. »

Oscy lui attrapa le bras et l'arrêta net : « Ce n'est pas plus mal ?! Comment peux-tu dire une connerie pareille ! »

Oscy fulminait. Ses pupilles bleues en avaient rougi sur leur fond blanc. Mais Hermie aussi était furieux. Il n'avait aucune envie de s'attarder. Il se dégagea : « Parce que ça ne m'intéresse pas ! » Il se dit que ses propres yeux devaient être rouge, marron et blanc. Peut-être Oscy comprendrait-il le message.

« Tu parles ! Bien sûr que ça t'intéresse ! Tu as pris ton temps pour nous mater ! Nous savions que tu nous regardais ! » Ils étaient nez contre nez et à deux doigts de la guerre ouverte.

« J'ai seulement jeté un coup d'œil. » Hermie recula, prêt à lever les poings. Il n'y avait pas une once de doute dans sa voix : « Ferme-la, Oscy. Les détails cochons ne m'intéressent pas. »

Oscy parut très surpris. Sa voix se radoucit : « Tu veux dire que… tu ne veux pas que je te raconte ?

— Oui. C'est exactement ce que je veux dire. Je ne veux pas en entendre parler. »

Oscy fut stupéfait. Un sourire essaya de se frayer un chemin sur son visage, ses épaules se courbèrent et ses mains s'ouvrirent : « Mais… j'allais tout te dire !

— Alors laisse tomber. » Hermie s'éloigna. Je t'emmerde, Oscy. Ce serait les mots qui marqueraient cette époque. L'ère du « Je t'emmerde, Oscy ». De 1938 à 1942. Particulièrement sur Packett Island, et dans cette rue. La rue « Je t'emmerde, Oscy », juste au coin du boulevard « Je t'emmerde, Oscy ».

Oscy lui emboîta de nouveau le pas. Il marchait à côté de son ami et, de temps en temps, il avançait la main pour lui taper sur l'épaule et le faire se retourner, l'obliger à le regarder en face. « Un jour, tu auras envie de tout savoir, espèce de gros malin, et je ne te dirai rien.

— Très bien. » Hermie continuait à repousser la main d'Oscy d'un coup d'épaule. Il était lancé comme un bolide à fond de train, roulant qu'il pleuve ou qu'il vente. Il continuait d'avancer.

« Quelque chose ne tourne pas rond chez toi, Hermie. Tu n'es pas normal.

— Très bien. » Il se libéra d'une nouvelle étreinte d'Oscy. Il commençait vraiment à en avoir marre. Il sentait ses bras se raidir, ses poings se serrer, et il savait qu'il n'en faudrait pas beaucoup plus pour le pousser jusqu'au point de non-retour.

Oscy dut percevoir cette détermination chez Hermie. Il continua à marcher un peu à côté de lui, avant de changer de sujet : « Tu es rudement bien fringué.

— Très bien. » Ce qui était très bien aussi, c'était qu'Oscy avait enfin arrêté de tripoter sa chemise bleue neuve.

« Est-ce que j'ai déjà vu cette chemise ? » Il essayait d'être aimable.

« Elle est neuve.

— Elle est très jolie. Dis donc, tu adores le bleu, toi, non ? »

Un sourire narquois apparut sur sa vilaine figure.

Hermie savait qu'Oscy faisait allusion à la couleur de son paquet de capotes. Il savait également que si Oscy continuait ses conneries, il allait sortir son dernier préservatif, le lui enfiler sur la tête et le maintenir jusqu'à ce que ce salaud ait poussé son dernier soupir. Puis il le laisserait dans la rue, comme un dirigeable crevé, lui, le plus grand bandeur de la galaxie.

« Tu vas chez elle ? »

Il cherchait vraiment la bagarre. Hermie n'avait pas peur de se battre, mais il ne voulait pas salir sa tenue. Ce n'était pas très correct d'aller faire la cour avec l'air de sortir tout juste d'un combat de rue : « Je t'emmerde, Oscy. » Oscy pouvait le prendre comme il voulait. Comme un défi ou comme une remarque détachée, ou même comme un bulletin météo. Cela dépendait entièrement de lui. Hermie ne décocherait pas le premier coup.

Oscy ne releva pas, préférant titiller Hermie, ce qu'il continua de faire avec un large sourire : « Tu as tes instructions sur toi, Casanova ? »

Hermie était assez malin pour comprendre que son ami voulait juste l'asticoter. Mais il choisit de prendre de la hauteur face à ces manières de cour d'école : « Ce ne sera pas ce genre de soirée. Mais tu ne peux pas comprendre, parce que tu es… d'une ignorance crasse.

— Crasse ? » Oscy ne put s'empêcher de rire. « Qu'est-ce que ça veut dire, ça, "crasse" ? »

La patience d'Hermie s'évanouit d'un seul coup. Il s'arrêta, se retourna vers Oscy et referma son poing sur son T-shirt gluant en brandissant l'autre sous son nez qu'il avait si bien assaisonné quelques jours plus tôt. « Oscy, tu vas me laisser tranquille ou tu tâteras de ça. » Son poing était dur comme de l'acier. Un mot de travers de la part d'Oscy, un sourire de trop et Hermie enverrait cette boule de métal droit dans sa gueule avec suffisamment de puissance pour que son nez ressorte de l'autre côté de son crâne, saigne dans son cou, lui mouille les fesses, dégouline derrière ses genoux et forme une mare rouge dans ses baskets, si bien qu'il devrait rentrer chez lui en faisant *flic-flac-floc* tout le long du chemin.

Oscy n'était certes pas très diplomate, mais ce n'était pas non plus un lâche. Il posa les yeux sur le poing de Hermie, celui qui était refermé sur son ignoble T-shirt : « Enlève ta sale patte, Hermie. » Ces paroles d'Oscy, adressées à la main de Hermie, contenaient très clairement une menace de mort.

Hermie ne céda pas. Il avait vraiment envie de frapper Oscy. Il n'attendait qu'un faux mouvement de sa part. « Dégage ta grande gueule. »

Oscy observa Hermie et comprit qu'il ne plaisantait pas. Il savait qu'il pouvait venir à bout de Hermie quand il le voulait. Il était même particulièrement disposé à le faire, ce soir-là. Ce qu'il ne comprenait pas en revanche, c'était pourquoi Hermie tenait tant à se faire tuer. Lui parler sur ce ton, à lui, Oscy, revenait à un suicide ; alors pourquoi Hermie le faisait-il ?

Oscy avait déjà dérouillé des adversaires bien plus redoutables que Hermie et, malgré ça, ce dernier avait vraiment l'air de vouloir connaître le même sort. C'est d'ailleurs pourquoi Oscy, par pur sadisme, s'abstint – du moins pour le moment.

« Pourquoi tu t'énerves comme ça, Hermie ? »

Hermie cria si fort que l'île entière put l'entendre : « J'en sais rien ! » Et c'était vrai. Oscy était son meilleur ami. Oscy avait traversé une crise terrible avec Miriam. Oscy ne voulait que le bien de Hermie. Oscy était aussi capable de flanquer à Hermie la raclée de sa vie. Ces pensées traversèrent l'esprit de Hermie dans le chaos le plus total. Et comme ça ne menait à rien, Hermie relâcha le T-shirt d'Oscy et s'éloigna en disant : « *Rhaaaa.* »

Oscy le regarda partir et ne le suivit pas. Il se contenta d'un dernier sarcasme pour la route : « Tu as tes préservatifs ? » Hermie continuait à marcher. « Tu sais quoi, Hermie ? Je regrette d'avoir essayé de t'aider ! »

Hermie s'arrêta, tourna sur lui-même et cria : « Comme ça on est deux !

— J'ai sacrifié mes jumelles pour t'instruire, espèce de salaud d'ingrat ! » Ils étaient à un peu plus de cinq mètres l'un de l'autre, se faisant face comme lors d'un duel au pistolet.

« Dommage pour toi ! » Hermie tiendrait bon. Il irait jusqu'au bout. Il en avait assez. Si Oscy venait jusqu'à lui, il lui démolirait la gueule, vêtements neufs ou pas. Je t'emmerde, chemise bleue.

Oscy ne bougea pas : « Tout le monde est au courant, Hermie ! Tout le monde sait que t'es pédé !

— Viens me dire ça ici, espèce de sale connard ! »

Oscy regarda Hermie, toujours immobile. Si

ç'avait été n'importe qui d'autre, il n'aurait pas hésité une seconde à lui voler dans les plumes, et l'aurait même très certainement tué. Mais c'était Hermie. Et Hermie était quelqu'un de sensible, de poétique et d'un peu dingue. Alors Oscy finit par lâcher : « Allez, casse-toi ! », avec un geste d'écœurement. Puis il s'éloigna, s'arrêtant seulement pour crier : « Pédé ! » Après quoi il s'en alla pour de bon.

Hermie regarda Oscy rapetisser encore et encore, jusqu'à disparaître peu à peu dans la lumière déclinante, donnant des coups de pied à des cailloux et lançant des brindilles, mais sans jamais se retourner. Et même après qu'Oscy se fut évaporé derrière un tournant, Hermie garda sa position, parce que Oscy était du genre à revenir à la charge. Avec des renforts.

Quand il sentit que le sang ne circulait plus du tout dans ses poings serrés comme ceux d'un boxeur, poings qui d'ailleurs ne lui auraient été d'aucune utilité contre un tueur comme Oscy, Hermie se détendit. Il déplia ses doigts, les étira et sentit le sang revenir. Puis, prenant plusieurs grandes inspirations, il tourna le dos à toute cette confrontation et repartit vers sa destination initiale. À cet instant, en rejetant Oscy de sa vie, il avait rompu tous les liens avec sa jeunesse, s'était sevré de tout vestige d'ineptie liée à sa vie antérieure. Devant lui, il y avait Dorothy. Il savait qu'il était absurde d'espérer que Dorothy tombe amoureuse de lui. Mais il vivait en Amérique, le pays des rêves, bâti par des hommes qui avaient nourri des rêves, défendu par des hommes qui dépendaient de leurs rêves. Il avança donc et, à chaque pas, son assurance grandissait. Jusqu'au moment où il vit la maison entre les dunes qui se détachait sur le ciel gris-pourpre ; alors il s'arrêta, mesurant plus que jamais l'étendue de sa peur. Il invoqua de nouveau les rêves de l'Amérique, parce qu'ils l'avaient toujours aidé dans les moments de doute. Il pensa au désastre de Pearl Harbor, dont il était interdit de penser que l'Amérique se remettrait. Il se rappela la réaction de son père lorsqu'il lui avait demandé : « C'est quoi, Pearl Harbor ? » Son père avait eu une sorte de rictus et avait dit : « C'est un endroit qui va faire plus de mal aux Japs qu'à nous. » Il se rappela le discours du président Roosevelt, la manière dont les hommes s'étaient tous précipités pour s'engager et la façon dont les femmes s'étaient démenées pour faire tourner les machines dans les usines. Il pensa à tous les gens qui avaient répondu à l'appel de leur pays, et il eut la conviction qu'il partageait leurs valeurs, qu'il venait du même moule qu'eux. Il se rendit compte également que rien ne marcherait pour lui ce soir et que, d'ici environ trente secondes, il allait rentrer à la maison en courant pour se cacher sous son lit ; il ferait donc aussi bien d'essayer de penser à autre chose pour se donner du courage. Il essaya plusieurs choses. De se dire combien il était doué en dessin, surtout en caricature. Combien son Oncle Harry, qui était mort de leucémie à l'âge de vingt-sept ans, lui manquait. Il pensa à toutes les filles dont il avait été amoureux et au fait que jamais il n'avait été capable de prendre les choses en main – et qu'à cet instant, pour la première fois de sa vie, il se conduisait de façon à peu près adulte. Il sut que s'il tournait les talons après tant de désirs et de préparatifs, s'il baissait les bras maintenant, s'il retournait dans sa chambre pour finir par léchouiller les photos de Penny Singleton, il n'aurait d'homme que le nom pendant les trente années à venir, et tout ce qui resterait de lui après cela se résumerait à une pierre tombale, sur laquelle on pourrait lire : *Ci-gît rien du tout. Attention à ne pas tomber.* Il alla donc de l'avant et s'en réjouit : ça voulait dire qu'il n'était pas un cas désespéré. Pas forcément en tant qu'amant, mais au moins en tant qu'homme.

Une chose l'ennuyait cependant. Le préservatif dans sa poche. Ça l'inquiétait. Il n'était pas sûr de savoir comment l'enfiler. Il n'y avait pas de mode d'emploi comme sur la lessive. Tout ce qu'on pouvait y lire – et encore, c'était écrit en tout petits caractères, comme une confidence – c'étaient des phrases pour dire combien ces préservatifs étaient minces et sensibles et vivement recommandés par des médecins qui, apparemment, consacraient beaucoup de temps à les essayer. Toutefois, il n'y avait pas de noms de clients satisfaits sur les paquets. Personne à Cleveland (dans l'Ohio) à qui l'on pouvait téléphoner pour demander : « Avez-vous vraiment dit ça ? » Personne même à Altoona (en

Pennsylvanie), dont le F.B.I. pouvait vérifier l'existence. Hermie tira le préservatif de sa poche et jeta ce qui restait du papier bleu. Il examina l'objet nu et n'y trouva rien de particulièrement excitant. En fait, ce truc avait même l'air assez idiot, enroulé comme un ver de terre jaune et maintenu en place par quelque chose qui ressemblait à une petite bague de cigare. Ça avait l'air sale. Et ça paraissait étrange de devoir s'éclipser pour réapparaître en portant ce truc, comme si c'était un emballage de sucette. D'ailleurs, ça ne le mettait pas à l'abri des accidents. Parfois les préservatifs se perçaient. Oscy lui avait dit un jour que les petits malins qui les fabriquaient faisaient des trous d'épingle dedans, juste pour rigoler. Hermie détesterait en avoir un qui est troué, de la camelote pour ainsi dire, peut-être signé de la main de l'ouvrier qui l'avait fabriqué, accompagné d'un message du genre : « Surprise ! Je t'ai bien baisé ! Ha, ha ! » Hermie ne supporterait pas de se retrouver avec un bébé que sa mère voudrait envoyer à la fourrière et que son père préférerait simplement mettre dans un sac et jeter à l'eau. Et puis il n'y avait pas que ça. S'il voulait s'en servir sur Dorothy, pardon, *dans* Dorothy, et qu'il commençait directement par le brandir devant elle, elle comprendrait tout de suite qu'il avait projeté de la baiser longtemps avant de venir lui rendre visite et bien avant que les préliminaires aient même commencé. Ce qui ne manquerait pas de refroidir l'atmosphère, pour tous les deux. Une femme comme Dorothy exige de se faire baiser sans préméditation et de manière fortuite. Elle veut que ce soit un acte d'amour spontané. Et comment cela pourrait-il être spontané, si un type se pointe chez elle avec tout l'équipement nécessaire ? Ce qui posait une autre question. Ne devait-il pas enfiler le préservatif avant de frapper chez elle et éliminer ainsi une bonne partie du côté gênant de la chose ? Après tout, si ces trucs étaient aussi minces et transparents qu'ils le disaient, et pour peu que la nuit soit sombre (ce qui semblait être en bonne voie), peut-être ne s'apercevrait-elle même pas qu'il l'avait... Pour faciliter les choses, il allait essayer de la faire boire. Hermie commença à penser que ce plan était loin d'être mauvais. Il retira donc lentement la bague de cigare, et le préservatif s'ouvrit dans sa paume telle une fleur, se tortillant comme un insecte qui prend vie à la lumière déclinante du jour. Il l'examina plus attentivement. Il avait à peu près la taille d'une pièce de vingt-cinq *cents*, et il fallait reconnaître qu'il était doux et bizarrement excitant au toucher. Toutefois, Hermie ne savait toujours pas comment il était censé le mettre. Avant de faire quoi que ce soit avec ce truc, il devrait chercher à en apprendre plus. Il commença donc à le dérouler, insérant doucement son doigt à l'intérieur comme s'il enfilait une paire de gants. Son doigt devint tout émoustillé et, emporté par la passion, celui-ci déroula le préservatif tout entier avant que Hermie ait pu l'en empêcher. Quand Hermie vit la chose déployée, son cœur s'arrêta de battre. Parce qu'il sut qu'il s'était trompé de taille. Ce préservatif semblait avoir été conçu pour les malabars, et Hermie tenait plus de Tom Pouce. Il le saisit par le bout ouvert et laissa pendre le reste dans la brise, comme une petite manche à air. Il n'était pas jaune. Il était transparent. Hermie pouvait pratiquement voir à travers. C'était vrai, un type pouvait porter une capote sans que la fille le sache, c'était comme une deuxième peau. Le problème était donc résolu. Oui, on le met avant, personne n'a besoin de le savoir, à condition bien sûr de pouvoir le remplir et que ça ne vous pende pas au bout de la queue comme un accordéon détendu. Hermie déboutonna son pantalon blanc et se chercha ; mais il ne se sentit pas très aidé. Ce qui jadis avait été chez lui si gigantesque non seulement n'était pas d'humeur, mais avait peut-être même quitté son caleçon. Quand il le sentit enfin, caché sous une doublure de poche, et qu'il le sortit dans l'air du soir, il avait l'air si pitoyable que Hermie eut presque envie de pleurer. Vous pleureriez, vous aussi, si vous ne chaussiez qu'un petit vingt-huit et que le vendeur voulait vous fourguer du quarante-six. Hermie raidit les épaules, ce qui était à peu près la seule chose qu'il était capable de raidir à cet instant précis. Il tint le préservatif devant sa queue comme on agite une branche devant un chien avant de la lancer en lui criant : « Va chercher ! »

Mais l'animal ne voulut rien savoir, il continua à bouder. Hermie regarda le préservatif ; il était si grand que, s'il l'enfilait, la majeure partie pendrait comme une chaussette de Noël. Il passa de la théorie à la pratique et constata qu'il avait vu juste – à ceci près qu'il n'y avait pas de pompon au bout. Hermie retira la capote avant que les grillons ne se moquent de lui. Il fallait bien le reconnaître, la sensation avait été extraordinaire, et peut-être qu'avec un peu d'aide il réussirait à remplir ce foutu machin, du moins à se rapprocher du bout. Mais une nouvelle idée le frappa. Il avait transporté ce préservatif dans sa poche, s'était assis dessus, l'avait déformé et exposé à tellement de saletés qu'il n'était peut-être plus très hygiénique. Comment pouvait-il, en toute connaissance de cause, fourrer quelque chose d'aussi crasseux dans la douce Dorothy ? Cette pensée le révulsait et il s'en voulut d'avoir ouvert le paquet hermétiquement scellé juste pour qu'Oscy puisse baiser Miriam – laquelle était de toute façon déjà pleine de microbes d'appendicite et de Dieu sait quelles autres maladies honteuses. Hermie regarda la membrane infectée qu'il tenait à la main. Dans un mouvement de dégoût, ses doigts la laissèrent tomber au sol comme si elle avait déjà servi. Il s'agenouilla à côté, sachant qu'il n'y avait plus aucun espoir qu'il puisse encore l'utiliser, surtout maintenant qu'elle venait d'être jetée par terre dans le sable. S'il ne l'avait pas foutue en l'air, oui, il aurait peut-être pu. Mais maintenant… il ne fallait plus y penser. Hermie creusa solennellement un petit trou dans le sol et y poussa le préservatif du bout du pied. Puis il le recouvrit de sable où il resterait des années et des années comme la fameuse capsule temporelle du XXe siècle à l'Exposition universelle.

Il leva la tête vers le ciel, respira un bon coup et se convainquit immédiatement de deux faits pour le moins irréfutables. Premièrement, il ne pouvait plus baiser Dorothy parce que, s'il le faisait sans aucune protection, elle risquait d'avoir un bébé. Peut-être pas tout de suite, mais trop vite à son goût. Deuxièmement, en se débarrassant de ce préservatif grouillant de microbes, il avait noblement éliminé tout risque de contamination pour Dorothy. Conclusion : avec une abnégation admirable, il avait fait en sorte de ne pas baiser Dorothy ce soir-là. Une fois ces deux faits et leur conclusion logique acceptés, vint le bilan de la situation, également en deux temps. D'abord, une vague de tristesse le submergea, car le corps sacré de Dorothy lui était désormais refusé. Ensuite, ce fut une vague de joie infinie, car une charge inhumaine venait d'être ôtée de ses épaules, un obstacle infranchissable de son chemin, un nœud étouffant de son estomac. Et la vérité de tout cela, il le savait bien, et il aurait même voulu mourir à cause de ça – sauf qu'il avait toujours très envie de vivre aussi –, c'était qu'en n'essayant pas de s'envoyer en l'air il ne risquait pas de subir l'humiliation d'un échec. Comme le disaient autrefois les prophètes : « Ne remettez jamais à demain ce que vous pouvez remettre à la semaine prochaine. » La peur avait surpassé le désir, et l'illusion s'était avérée plus forte que les deux réunis. Aussi, quand il s'avança vers sa maison, ce fut avec le plaisir anticipé d'une agréable soirée mondaine en perspective, un homme rendant visite à une dame par un soir d'été, un rire ou deux échangés autour d'une limonade, quelques plaisanteries, des chansons autour du piano-bar… Et cette peur glacée qui lui avait enserré le cœur toute la journée s'était envolée, le laissant poursuivre joyeusement son chemin, absous des responsabilités incombant à l'homme et au jeune garçon… flottant quelque part entre les deux.

Mais quelque chose clochait. Quelque chose dans la maison. Pour commencer, elle était à peine éclairée. Il y avait peut-être une ou deux lumières allumées, et encore, ce devait être à l'arrière de la bâtisse. Et puis elle était silencieuse, étrangement silencieuse. Non pas que Hermie s'attendait à trouver un orchestre en train de jouer sous le porche, mais la radio aurait au moins pu être allumée, ou même le tourne-disque. Elle aurait pu écouter de la rumba à la Xavier Cugat, ou encore un hymne. À mesure qu'il approchait, il se disait qu'il aurait même accueilli Kate Smith avec plaisir tant ce silence était pesant. Il sentait la prémonition derrière ce calme, le présage. Il franchit discrètement la porte et entendit le bruit de ses propres pas sur le sol légèrement affaissé du porche. Il y avait quatre marches jusqu'à la porte qui menait au salon. Elle était ouverte, mais Hermie, qui avait toujours eu le sens du protocole, frappa quand même sur le chambranle. Il y avait de la lumière dans la pièce mais personne ne se manifesta. « Il y a quelqu'un ? » Le son de sa voix suspendit tout le reste : ses pas, sa respiration, les battements de son cœur et même les stridulations des grillons. Toujours pas de réponse. Il frappa de nouveau, et demanda encore : « Il y a quelqu'un ? » Rien.

Il entra dans le salon et réalisa aussitôt qu'il n'était pas aussi gai et chic que dans son souvenir : « Il y a quelqu'un ? » Pas de réaction, pas de bruit, rien du tout. Rien, sinon un grattement bizarre et régulier. *Scratch, scratch.*

Il s'arrêta au milieu de la pièce et regarda autour de lui, heureux de pouvoir rester aussi calme dans une situation aussi étrange et inattendue. Sur une table, une bouteille de whisky à moitié vide. À côté, un verre entièrement vide. Et, près du verre, un cendrier débordant de cigarettes à moitié fumées qu'on avait écrasées et abandonnées là. « Dorothy ? C'est Hermie ! Hermie de la plage ! » En vain.

Il continua à regarder autour de lui. Ses yeux se posèrent sur la photographie encadrée de Pete, souriant à l'objectif, la pipe toujours serrée entre ses dents fortes et régulières. Et la dédicace : « Mon amour pour toujours, Pete. » Hermie avança de quelques pas dans la pièce et le grattement se fit plus fort. *Scratch, scratch, scratch*... Ç'aurait pu être un grillon mais, aux dernières nouvelles, les grillons ne buvaient et ne fumaient pas. Ha, ha.

Le bruit venait du tourne-disque dont le couvercle ouvert bâillait comme un alligator et dont le bras allait et venait comme un doigt qui dirait : « Non… non… non… » Le disque continuait à tourner sur le plateau. Il était fini, mais on ne l'avait pas remis au début. D'où le *scratch, scratch, scratch.* Hermie souleva le bras du phonographe et le remit doucement à sa place, laissant le vinyle tourner parce que ça ne faisait aucune différence. Il essaya de lire l'étiquette mais réussit seulement à se donner le tournis. Un silence de plomb s'abattit dans la pièce. Hermie voulut y remédier en sifflant « *Pistol Packing Mama* ». Mais il avait la bouche trop sèche.

Son regard fut attiré par le papier jaune d'un télégramme. Il était posé derrière la bouteille, et on devinait qu'il avait été cruellement froissé puis péniblement aplati : « *Nous sommes au regret de vous informer que votre mari…* »

Le message pénétra l'esprit de Hermie comme de l'eau de pluie dans une éponge. Il y eut un bruit derrière lui, celui d'une porte qu'on ouvrait. Il se retourna.

Dorothy était dans la pièce. Elle lui sourit pour montrer qu'elle le reconnaissait. Mais elle avait les yeux humides et rouges, et paraissait en proie à une solitude et à une vulnérabilité extrêmes. À tel point que Hermie eut envie de la serrer contre lui et de caresser sa joue, comme sa mère le faisait avec lui jadis, chaque fois qu'il rentrait à la maison en pleurant parce que ça n'allait pas. Lentement, méticuleusement, Dorothy se passait une brosse dans les cheveux, un simple geste féminin, un petit quelque chose à quoi se raccrocher pour ne pas perdre la raison : « Bonsoir, Hermie.

— Salut.

— Je ne suis pas très belle à voir, n'est-ce pas ? » Elle passa devant lui, empreinte d'une beauté tragique. Pauvre petite fille perdue en robe rose bouffante.

« Moi je trouve que si.

— Oh non, je ne pense pas. » Elle lui sourit de nouveau. Il y eut un silence interminable, durant lequel elle continua à se brosser les cheveux jusqu'à ce qu'ils brillent comme ceux d'une princesse. Puis elle s'approcha du phonographe et replaça l'aiguille au début du disque qui continuait à tourner. Une voix de femme s'éleva dans les airs et, pendant un instant, comme elle lui tournait le dos, Hermie crut que c'était Dorothy qui chantait. C'était une chanson douce et sentimentale, évoquant toutes les images que Hermie avait pu se forger de ces dames tristes chantant un amour passé ou perdu, accompagnées uniquement par un vieux pianiste dont les doigts parcouraient les touches d'ivoire, une cigarette au bout des lèvres et un verre posé sur le dessus du piano. Et de temps en temps, un serveur silencieux mais compréhensif passait et remplissait le verre. Réel. Irréel. Réel. Irréel.

Last night I started out happy,
Last night my heart was so gay,
Last night I found myself dancing

In my favorite cabaret.
You were completely forgotten,
Just an affair of the past,
Then suddenly something happened to me,
And I found my heart
Beating, oh, so fast.

C'était leur chanson. Celle de Dorothy et Pete. Et si Dorothy n'avait plus de larmes à verser, on ne pouvait pas en dire autant de Hermie, dont la vision se brouilla comme s'il la regardait à travers un rideau de pluie. Il la vit poser sa brosse et commencer à se balancer d'avant en arrière, encore et encore, comme si la chanson donnait la mesure de la distance qui séparait l'amour de la mort et qu'elle était l'instrument indiquant l'impossibilité de cette séparation.

I saw you last night and got that old feeling,
When you came in sight I got that old feeling…

Elle s'éloigna du phonographe et commença à ranger toutes les petites choses en désordre. Elle ramassa le verre et le cendrier.

The moment that you danced by I felt a thrill
And when you caught my eye my heart stood still…

Elle sourit de nouveau en passant devant Hermie, chaussée de petites mules roses qui ne faisaient pas de bruit. Il la regarda traverser le seuil menant à la cuisine.

Once again I seemed to feel that old yearning,
And I knew the spark of love was still burning…

Hermie se précipita à son tour vers la cuisine. Elle passait de l'eau sur le cendrier dans l'évier. Activité complètement vaine, véritable rejet de la réalité. C'est une attitude que les femmes adoptent parfois pour cacher aux hommes ce qu'elles ont à l'esprit.

There'll be no new romance for me,
Its foolish to start,
For that old feeling
Is still in my heart.

Elle continua à laver le cendrier en passant les doigts dessus. Jamais il n'avait dû être aussi propre. Le pianiste joua les quelques mesures suivantes, laissant libre cours à l'expression de ses propres souffrances. Hermie se dit que c'était à lui d'intervenir et, par-dessus le piano, il souffla : « Je suis navré. »

Elle se tourna, sa chevelure flottante précédant son pâle sourire. Puis elle se remit à rincer le cendrier. Elle coupa l'eau juste au moment où la chanteuse se remettait à chanter.

Once again I seemed to feel that old yearning,
And I knew the spark of love was still burning…

Dorothy fit de nouveau face à Hermie. Elle avait le dos tourné à l'évier, contre lequel elle s'appuyait des deux mains, ne laissant paraître que ses pouces sur le rebord en émail. Elle regarda le jeune homme et secoua bravement la tête, comme pour dire : « C'est comme ça… on n'y peut rien. » Quand elle s'approcha de lui, c'était seulement pour toucher quelqu'un de vivant et d'attentionné. Et lorsque les petites mules roses se plantèrent devant ses grosses pompes, Hermie constata qu'il était plus grand qu'elle. Il savait que des larmes baignaient son visage, mais il savait aussi qu'il n'y avait aucune honte à avoir, car même l'homme le plus viril pleurait parfois. Elle leva la main vers sa figure et recueillit une de ses larmes au bout de son doigt. La larme coula docilement vers elle, parce qu'en cet instant elle était la propriétaire légitime de toutes les larmes du monde. Elle en captura une autre, puis une autre encore, et laissa ces petites perles salées glisser sur son ongle et se jeter par-dessus bord. Quand il n'y eut plus de larmes, elle vint placer sa tête dans le creux de l'épaule de Hermie, juste pour se reposer, juste pour être avec quelqu'un. Instinctivement, Hermie posa une main sur sa joue en la serrant plus fort contre lui et, de son autre bras, il lui entoura le creux des reins pour soutenir son corps secoué de sanglots.

There'll be no new romance for me,
It's foolish to start,

For that old feeling
Is still in my heart.

Le piano jouait, la voix chantait avec mélancolie et, sans savoir très bien comment ni pourquoi, Hermie se rendit compte que Dorothy et lui bougeaient tout doucement, qu'ils dansaient. Mais le disque n'était-il pas fini, depuis le temps ? Avait-elle réussi à s'échapper de ses bras assez longtemps pour le remettre au début, tandis qu'il n'étreignait que son ombre ? Était-il possible qu'elle ait fait ça sans qu'il s'en aperçoive ?

Last night I started out happy,
Last night my heart was so gay…

Ou bien l'avaient-ils remis tous les deux, passant devant le phonographe en dansant alors que la chanson finissait ?

Last night I found myself dancing
In my favorite cabaret…

Ou bien était-ce seulement lui qui avait tendu la main, sans qu'elle le remarque, pour replacer l'aiguille au début parce qu'il voulait que ce moment dure toujours ?

You were completely forgotten,
Just an affair of the past,

Étaient-ce vraiment ses pieds, là en bas ? Ces grosses chaussures qui se déplaçaient dans la nuit en prétendant savoir ce qu'elles faisaient ? Et était-ce bien Dorothy qu'il tenait dans ses bras ; vraiment Dorothy, qui s'accrochait à lui comme s'il était Pete enfin rentré à la maison, qui souriait malgré les larmes qui s'échappaient d'entre ses cils ?

Then suddenly something happened to me,
And I found my heart
Beating, oh, so fast.

Les paroles s'élevaient, se matérialisaient et demeuraient suspendues dans la pièce tels des ballons de barrage au-dessus de la Grande-Bretagne. *Night. Old. Sight. Feeling.* Il la guidait à travers ces mots, essayait de les empêcher de la toucher, de la blesser plus qu'ils ne l'avaient déjà fait. Ils restaient là, menaçants, tournant au bout de câbles d'acier grinçants. *Dance. Thrill. Caught. Still.* Hermie et Dorothy tournaient entre eux comme des ombres, des silhouettes libres que n'entravaient ni le sol, ni les murs, ni le temps. Elle leva lentement la tête pour le regarder. Elle l'examina gravement, palpant son visage comme une aveugle, essayant de le remettre, de se souvenir de lui. Un instant… Et aussitôt, elle se détourna légèrement, sans le quitter des yeux, et elle eut un petit sourire espiègle comme pour lui dire de ne pas essayer de la duper car elle savait très bien qui il était. Un rire d'enfant retentit et elle s'ébroua comme un petit chiot mouillé. Les paroles suspendues s'envolèrent et une nouvelle musique emplit la pièce, sa musique à elle, radieuse et chaleureuse. Et, sans la moindre gêne, elle tendit les bras vers lui et approcha son visage du sien. Le baiser qui s'ensuivit fit tourner la pièce autour d'eux. Des couleurs allaient et venaient, comme des plaques sous un microscope, et ils s'adonnèrent à un petit jeu où se mêlèrent caresses et chuchotements et dans lequel elle ne s'échappait de ses bras que pour réapparaître derrière lui, les mains sur ses yeux – devine qui c'est, chéri, bienvenue à la maison ! Des mots se formèrent dans la bouche de Hermie, des mots de protestation, pas même des mots... des sons. Mais ils s'évaporèrent sans vraiment avoir pris forme, sans avoir été prononcés, comme une succession de voyelles indéfinies.

Ils se trouvaient maintenant dans une autre pièce, familière, à la fois petite et sans limites. Il y avait des choses là, de futurs souvenirs. Une lampe sur un guéridon. Une pendule. Un vase avec des fleurs. Un peigne, un livre, une lettre. Le dessus de lit à motifs qu'on soulevait et qu'on rabattait. De petits tableaux encadrés sur les murs, des fleurs, toujours des fleurs. La robe rose flottant dans les airs et venant se poser gracieusement sur le dossier de la chaise. La chemise bleue neuve qui en faisait autant sur la colonne du lit, suivie et recouverte par le pantalon de toile blanche. Des mules roses par terre, de grosses chaussures à côté, les pointes tournées en dedans et contenant chacune une chaussette écossaise. Puis un coussin brodé, soutenant le cher visage et faisant se déployer les ravissants cheveux comme une rose. Dorothy levant les yeux et souriant, susurrant des mots doux, lui rappelant des choses et des moments qui n'étaient pas les siens. Dorothy les yeux ouverts, Dorothy les yeux fermés. Dorothy pleine de désir et de promesses. Dorothy sous lui, ses tendres bras devenus acier, ses jambes chaudes l'attirant vers elle, plus loin, au-delà de l'enchevêtrement du velours, au-delà de toute pensée, au-delà de toute possibilité de s'arrêter, au-delà de sa propre voix qui disait : « Ce n'est pas bien, ce n'est pas bien… », parce que c'était l'été, parce que c'était sa première fois, parce qu'il l'aimait tellement. Dorothy. Je vous aime, Dorothy.

La seule chose qu'il arrivait à entendre clairement, c'était la pendule. Mais, en tendant suffisamment l'oreille, il percevait aussi le grattement que produisait l'aiguille du tourne-disque dans la pièce voisine. Il était allongé à côté d'elle et il avait peur de bouger. Ils étaient tous les deux sur le dos, chacun plongé dans ses pensées. Malgré la faible lumière, il distinguait le panneau dans le plafond. Pendant dix bonnes minutes, il s'attendit presque à le voir s'ouvrir et Oscy apparaître en criant : « Houba-houba, alors, t'as mis une capote ? » Il n'en avait pas mis, évidemment. Le préservatif était resté sur la route, enterré sans cérémonie, mais pouvait désormais se vanter d'avoir quelqu'un pour le pleurer. Il espérait vraiment qu'elle ne tomberait pas enceinte ; ce serait vraiment trop cruel. Le pire, c'était qu'il ne trouvait rien à lui dire. Il avait lâchement permis que ça arrive. Il aurait pu l'empêcher. Il aurait pu la ramener à la raison. Il aurait pu la gifler. Ou lui jeter de l'eau froide à la figure. Au lieu de cela, il n'avait rien fait. Et il continuait à rester passif. Il attendait seulement que la trappe du plafond s'ouvre et que Pete en jaillisse pour lui trancher la gorge avec une baïonnette. Mais Pete était mort et il ne risquait pas de descendre ni du grenier ni d'où que ce soit. Hermie jeta un coup d'œil vers elle, faisant tout son possible pour qu'elle ne le voie pas bouger, espérant même qu'elle croirait qu'il était mort, et regrettant de ne pas l'être.

C'était curieux de la voir allongée sous le drap, comme si elle était étendue sur la plage, le visage tourné vers le ciel. Il ne chercha même pas à savoir ce qui se passait dans sa tête. Il espérait seulement qu'elle ne se sentait pas trop minable. Ça ne l'aurait pas dérangé qu'elle se tourne vers lui et le traite de tous les noms, si ça l'avait aidée à ne pas culpabiliser atrocement.

Il envisagea de prononcer quelques paroles réconfortantes, d'expliquer qu'il avait déjà connu cette situation parce que des hommes mouraient souvent et que... Il abandonna l'idée.

Il songea ensuite à la demander en mariage. Au moins, s'il lui disait combien il l'aimait, peut-être aurait-elle moins l'impression de s'être mal conduite, ou qu'on avait profité d'elle. Mais son cerveau semblait en grève et il se contenta de rester allongé là, souhaitant l'arrivée d'un ouragan ou de tout autre cataclysme susceptible de le conduire à une mort fulgurante – mais relativement sans douleur, parce qu'il ne pensait pas mériter plus de souffrances que celles qu'il avait déjà endurées.

Il songea à lui dire qu'il y avait peut-être eu une erreur, que Pete n'était peut-être pas mort, qu'il s'agissait peut-être de quelqu'un d'autre. Il arrivait à l'Armée de faire des conneries de ce genre. Mais il savait au fond de lui qu'il y avait peu de chances que ce soit le cas. En plus, quel rapport cela avait-il avec le fait qu'il venait tout juste de faire l'amour avec une veuve de guerre qui avait permis que cela arrive, car sa détresse émotionnelle l'avait rendue impuissante ? Il pouvait retourner la situation dans son esprit aussi longtemps qu'il le voulait, l'interpréter de toutes les façons possibles et se raconter autant de mensonges qu'il le souhaitait, il savait très bien qu'au final ce serait lui le plus à plaindre. Elle, elle s'en sortirait dans la vie, puisqu'un jour elle comprendrait ce qui s'était passé et comment cela avait été possible. Mais lui ne s'en tirerait pas à si bon compte. Parce que c'était sa première fois et que, par conséquent, il s'en souviendrait toujours. Car à ce qu'on disait, c'était comme ça que ça se passait. Qui plus est, il se souviendrait toujours avoir dévoilé sa véritable nature dans un moment de crise : il s'était révélé plus intéressé par le sexe que par la compassion. Il savait que désormais, et pour toujours, il serait catalogué comme une merde, un salaud, un vaurien et un… butor.

Elle se leva. Peut-être avait-il pensé tout haut. Il se mit à paniquer. Il la regarda mettre sa robe comme si elle avait été seule dans la pièce. Son cœur bondit dans sa poitrine. Tant de choses incroyables s'étaient passées qu'après tout… il était peut-être vraiment devenu The Shadow. Peut-être ne le voyait-elle pas et qu'elle se disait qu'elle venait seulement de faire un rêve terriblement excitant. Pendant qu'elle avait encore le dos tourné, il se hâta de soulever le drap et de vérifier qu'il était bien toujours là. Oui, il y était. En majeure partie.

Elle quitta la chambre et entra dans le salon, dédaignant les petites mules roses qui restèrent sous le lit. Il aurait préféré qu'elle les mette, parce qu'il faisait souvent frais en août le soir et que cette nuit, quoique si spéciale à bien des égards, ne faisait pas exception. Il se rendit compte qu'il se sentait responsable d'elle. C'était bien normal après tout, car comment aurait-il pu continuer à se supporter, sinon ?

Il la voyait de dos dans le salon. Elle était debout, immobile. Ses cheveux étaient un peu emmêlés, ce qui n'avait rien d'étonnant puisqu'elle venait de livrer quelques rounds contre la Terreur de la 19e Rue. Puis elle sortit de son champ de vision. Le grattement de l'aiguille du phonographe cessa peu après – probablement pour toujours. Elle réapparut plus loin dans la pièce, à un endroit où elle trouva ses cigarettes, et en alluma une. Elle se tenait à une dizaine de mètres de lui, mais sa voix portait bien et, quoiqu'elle n'eût pas la tête tournée vers lui, il l'entendit très distinctement dire : « Hermie, je crois que vous feriez mieux de rentrer chez vous. »

Au moins, elle n'était pas furieuse. Il sortit du lit et commença à s'habiller. Il s'efforçait de ne pas faire de gestes trop brusques pour ne pas avoir l'air du type pressé de foutre le camp. Il ne voulait pas non plus donner l'impression de prendre son temps, parce que ç'aurait été manquer de respect au désir qu'elle venait de manifester. Il opta pour un moyen terme. Il fut étonné de constater que le devant de sa chemise bleue était humide. Puis il se souvint des larmes et se sentit défaillir à cause de son incapacité à la réconforter. Il enfila facilement ses chaussettes écossaises : elles brillaient dans le noir, on ne voyait qu'elles. Les lacets de ses chaussures étaient encore noués. Il les avait probablement enlevées sans les défaire. Il était vraiment pressé. Pour entrer dans son pantalon blanc il dut retirer ses chaussures pour les remettre ensuite. Il s'y prenait vraiment comme un manche. Il entra dans le salon, s'arrêtant seulement pour prendre une profonde inspiration car, de toute évidence, le problème devait maintenant être discuté et il ne voulait pas que ses cordes vocales le lâchent. Mais il constata qu'elle était partie. Il la vit dans l'encadrement de la porte, sous le porche, le point incandescent de sa cigarette se déplaçant lentement dans l'obscurité. C'était le côté qui donnait sur l'océan ; peut-être scrutait-elle la mer à la recherche du bateau qui ramènerait Pete à la maison.

Hermie respira encore une fois à fond et sortit, se demandant si, le temps qu'il arrive à ses côtés, elle serait déjà ailleurs, au milieu de la plage par exemple. Mais elle était là, droite, fière, pensive, calme, et paraissant de nouveau un peu plus grande que lui. Il voulut dire quelque chose, n'importe quoi, mais elle lui épargna cette peine en parlant la première, chuchotant presque : « Bonne nuit, Hermie. »

Il avait envie de partir, et vite. Mais la laisser là, comme ça… Il réalisa que c'était ce qu'elle voulait et, plus important encore, il sut tout au fond de lui que les choses devaient en être ainsi. Il s'entendit dire « Bonne nuit » et éprouva un certain soulagement, parce que ces simples mots indiquaient qu'il comprenait tout ; ce qui était vrai et faux à la fois.

Il quitta donc la maison côté plage, descendit les quatorze marches magiques sans tomber, ce dont il se réjouit, car il tenait plus que jamais à dégager du sang-froid et de la prestance. Quand il atteignit le sable, il enleva ses chaussures et ses chaussettes et, ce faisant, regarda en arrière. Il vit le point orange de la cigarette et rien de plus. Il se mit à marcher, chaussures en main, jonglant avec des sentiments qu'il lui faudrait peut-être un moment pour démêler. Une chose était sûre.

Il avait baisé. Il avait baisé la femme qu'il aimait. Il avait baisé pour la première fois et ç'avait été avec celle qu'il désirait le plus au monde. N'était-ce pas merveilleux ? Alors pourquoi se sentait-il si minable ?

20

Le matin suivant, la brume était si épaisse qu'on ne pouvait pas être certain que le soleil s'était vraiment levé. Hermie ne saurait jamais combien de temps il avait passé assis sur cette plage. Des heures sûrement. Et visiblement, il n'était pas retourné chez lui depuis la veille : personne ne reste à traîner sur une plage en pantalon blanc et en chaussures de soirée, à moins d'avoir perdu son yacht. Sa mère avait déjà dû prévenir les garde-côtes qui devaient être en train de draguer l'océan pour retrouver son corps. L'enterrement, s'il s'avérait qu'il était bien mort, aurait lieu mardi. Et ce serait un grand jour pour ses tantes Clara et Dora, car elles étaient les plus grandes pleureuses que le Bronx ait jamais connues. Quelques mouettes s'interpellaient dans le ciel, chevauchant ces vents qui soufflent à huit heures du matin. C'était l'heure qu'il devait être, selon Hermie. Huit heures. Il aurait tout aussi bien pu être neuf heures. Il n'y avait aucun moyen de le savoir ; d'ailleurs, Hermie s'en foutait pas mal. Il observa les vagues ramper hors de l'océan et avancer à tâtons sur la grève. Il les vit aller aussi loin qu'elles le pouvaient, puis se retirer à contrecœur vers la mer. Il trouva ce spectacle remarquable et digne d'un numéro entier du *National Geographic* – surtout si vous étiez un poisson.

Une silhouette émergea du brouillard ; Hermie la regarda s'approcher. Ç'aurait pu être n'importe qui, mais le hasard voulut que ce fût Oscy, qui jouait de l'harmonica si brutalement qu'il avait l'air de se battre avec lui. Le garçon vint s'asseoir à ses côtés, et y resta un temps infini, à taper si souvent son harmonica contre sa paume qu'il en sortit non seulement de la salive, mais aussi de la rouille et quelques puces de mer. Oscy finit par parler. D'un ton aussi neutre que possible, il dit : « Miriam est tirée d'affaire. »

Hermie resta silencieux, et Oscy respecta son humeur. Il se remit à jouer de l'harmonica, tirant de son instrument des sons terrifiants qui auraient été mieux à leur place dans une jungle. Il jouait et parlait par intermittence, comme un comédien qui s'accompagne lui-même : « J'ai vu sa mère ce matin. Ils lui ont retiré l'appendice. Je suis vraiment soulagé, mais en ce qui la concerne, les vacances sont terminées. Elle ne reviendra pas. Ma première baise… Autant en emporte le vent. » Il joua une version de « *Taps* » qui aurait affligé Benedict Arnold. Puis il parla de nouveau, sans jamais regarder Hermie – lequel aurait pu tout aussi bien être un château de sable : « Tu as vu Benjie dans les parages ? Ce salaud a toujours mes jumelles. » Comme aucune réponse ne venait, Oscy joua quelques mesures de « *Farmer in the Dell* » avant de reprendre son monologue, avec plus de sensibilité qu'il n'en avait jamais manifesté dans sa vie entière : « Hermie, il ne faut pas te mettre dans des états pareils, peu importe ce qui s'est passé. Tu n'as pas besoin de me raconter. Mais, si tu veux en parler, tu peux. Mais tu n'es pas obligé… à moins que tu le veuilles. »

Hermie se tut et Oscy se contenta de regarder le ciel à qui il dispensa une fois de plus un fragment de sa philosophie : « Il y a des fois où la vie est vraiment une emmerdeuse. » Il laissa retomber le silence un moment, délaissant même son harmonica. Puis, dans un effort pour ressusciter Hermie, il proposa : « J'ai pensé qu'on pourrait peut-être attaquer le poste des garde-côtes aujourd'hui. Pour leur foutre la trouille. » Ce fut tout. Le monologue d'Oscy s'arrêta là et il retourna de nouveau à son abominable harmonica. Il joua cette chanson dans laquelle le London Bridge s'écroulait, et il l'aurait sûrement fait s'il avait pu entendre Oscy.

Sans vouloir se montrer injurieux, mais sans particulièrement se préoccuper non plus de la manière dont Oscy le prendrait, Hermie se leva et s'éloigna. Oscy ne fit pas un geste pour le retenir. Il savait que Hermie avait besoin d'intimité. Après « *London Bridge* », il joua « *Red River Valley* », suivi d'« *Oh, Susannah* », puis de « *Camptown Races* », dont Hermie n'entendit jamais les dernières notes parce que, Dieu merci, il était trop loin. Hermie se promit d'envoyer une lettre anonyme à Oscy, le plus tôt possible, lui suggérant de renoncer définitivement à l'harmonica s'il ne voulait pas se réveiller un matin en s'apercevant qu'on le lui avait fourré dans le cul pour qu'il y rouille en paix.

La maison de Dorothy se dressait, solitaire et enveloppée de brouillard, là où Hermie l'avait laissée. Peut-être Dorothy était-elle déjà levée et qu'elle faisait son fameux café ? Ses réflexions nocturnes avaient conduit Hermie à la conclusion qu'il ne pouvait pas laisser les choses finir comme ça. Il devait lui parler, réparer le malentendu, discuter de leurs rapports et peut-être même réfléchir à ce qu'elle pouvait faire ensuite. Elle avait paru si calme quand il l'avait quittée que Hermie avait presque réussi à se convaincre qu'elle allait bien. Mais quelque part, pendant le discours d'Oscy, il s'était dit qu'il avait peut-être tout faux. Qu'elle s'était peut-être remise à boire. Qu'elle avait passé toute la nuit à pleurer, à penser à Pete, à se mépriser d'avoir couché avec un stupide gosse. Peut-être s'était-elle suicidée. Cela se faisait beaucoup en Inde, bien que ce soit illégal. La femme se jetait sur le bûcher funéraire de son mari. Lorsqu'il arriva à mi-chemin des quatorze marches, Hermie était persuadé qu'il allait trouver Dorothy étendue morte par terre, les poignets tailladés, ne laissant rien d'autre qu'un mot pour rappeler au monde qu'elle avait existé.

La première chose qui le frappa fut l'état

d'inertie dans lequel se trouvait la maison, comme si toute vie s'était éteinte, comme si on avait débranché toutes les prises. Les quelques meubles de la véranda avaient été mis à l'abri, appuyés contre le mur de la maison. Le petit chariot était là aussi, retourné de manière à ne pas récolter la pluie ou la neige qu'apporteraient les mois à venir. Tout cela donnait un air particulier à la scène, un air très définitif. La porte de la véranda était ouverte ; Hermie la franchit. Par contre, celle qui menait à l'intérieur de la maison était fermée. Les stores des deux fenêtres qui donnaient sur la véranda étaient tirés. Sur la porte, il y avait une enveloppe fixée par une punaise. Dessus, un seul mot : « *Hermie.* » C'était lui. Il lut son nom pendant dix secondes, tout en frappant à la porte. Pas de réponse. Il essaya d'ouvrir. C'était fermé à clef. Il enleva la punaise de l'enveloppe et regarda à l'intérieur par une des fenêtres, par l'interstice d'un centimètre qu'il y avait entre le bas du store et le bord de la vitre. Il ne vit pas grand-chose, sinon que la maison était vide et que la photographie de Pete n'était plus sur le manteau de la cheminée, parce que ce temps-là était révolu. Il y avait également une petite fente sous le store de l'autre fenêtre, mais regarder au travers ne lui apprit rien de plus. Il n'y avait personne.

Hermie posa les yeux sur l'enveloppe qu'il tenait à la main et ne se sentit pas particulièrement pressé de l'ouvrir. Il s'appuya contre la porte et se laissa glisser lentement sur le sol de la véranda, pour s'asseoir. Tout en ouvrant l'enveloppe, il contempla la mer. Elle était vaste. Vraiment très vaste. L'une des plus vastes du monde. Il ne l'avait jamais regardée comme ça auparavant.

Il tira la feuille de papier de l'enveloppe, lentement, allant même jusqu'à renifler le papier, au cas où il aurait été parfumé. Mais il n'arrivait pas à savoir si c'était le cas car, brusquement, l'air marin salé emplissait tout, effaçait tout. Et puis, comme les choses devaient en être ainsi, il lut les mots qui lui étaient adressés d'une si belle écriture, d'une main si douce :

Cher Hermie,

Je dois rentrer chez moi, maintenant. Je suis sûre que vous comprendrez. J'ai beaucoup de choses à faire. Je n'essaierai pas de vous expliquer ce qui s'est passé hier soir, car je sais qu'avec le temps vous trouverez la manière dont il conviendra de vous en souvenir...

L'homme se tenait debout sur la plage et, tandis qu'il regardait la maison là-haut entre les dunes, toutes ces images lui revenaient à l'esprit avec la plus grande clarté. La maison n'avait presque pas changé au fil des années. Un toit neuf, quelques couches de peinture ici et là. À peine plus. Elle renfermait aussi quelques souvenirs très incisifs, mais le temps les avait suffisamment érodés, et leur tranchant s'était émoussé. Il n'avait jamais revu Dorothy. Il n'avait même jamais su ce qu'elle était devenue. Il n'avait d'ailleurs pas essayé de le savoir. Et les commères les plus bavardes de l'île n'avaient jamais rien dit à ce sujet. Dorothy était partie. Et la maison, vendue.

Quant à la lettre, il l'avait toujours dans un tiroir, quelque part. Et, de temps à autre, chaque fois que le monde le malmenait un peu trop, il arrêtait ce qu'il était en train de faire et relisait ces mots courageux en rejouant dans sa tête la voix ravissante.

Quant à moi, je me souviendrai de vous et je prierai pour que vous soient épargnées toutes les tragédies absurdes de la vie. Je vous souhaite de bonnes choses, Hermie, rien que de bonnes choses.

À vous,
Dorothy

L'homme tourna le dos à la maison et revint sur ses pas. Le sable de toutes ces années passées, humide et froid à cette heure matinale, lui couvrait les orteils. Il médita sur cette unique petite vérité qu'il avait fallu tant d'années à Hermie pour comprendre : la vie est faite de choses qui vont et qui viennent, et chaque fois qu'un homme en emporte une avec lui, il doit en abandonner une autre. Ce n'était pas une théorie très brillante, mais elle avait quelque chose de réconfortant, de très réconfortant. Beaucoup de ceux qui avaient compté pour lui n'étaient plus de ce monde, mais ils étaient encore bien vivants dans son esprit, où il pouvait les retrouver chaque fois qu'ils décidaient de s'y inviter. Sa mère, si aimante et protectrice. Son père qui travaillait tant, et qui resta malheureusement comme un inconnu à ses yeux. Et Oscy. Ce héros intrépide, tué en Corée alors que Hermie fêtait ses vingt-quatre ans, et dont le frère, le dentiste, avait été décoré de la Silver Star. Le brouillard tombait de nouveau, mais les voix le traversaient facilement, ce qui donnait du poids à la vieille théorie selon laquelle le son ne mourait jamais mais se déplaçait perpétuellement, en cercles concentriques, de sorte que, suivant votre sensibilité et l'endroit où vous vous trouviez, il était tout à fait possible d'entendre des mots provenant du passé.

Hé Hermie…
Allez viens Hermie, bon Dieu…
Hermie, Hé ! Herrmiiiiiiiiiie !

Et d'un seul coup, ils étaient là, juste devant lui, tournant en rond comme trois grands haricots sauteurs un peu cinglés. Oscy, Hermie et Benjie, se donnant de grandes claques. Courant, esquivant, criant. Dans le brouillard, puis dans l'éclaircie, passant si près de lui qu'en tendant la main il aurait presque pu les toucher. Mais il n'essaya pas, car il savait qu'ils n'étaient pas là.

Il regarda Hermie esquiver une énorme mandale, puis s'arrêter pour lever les yeux vers la maison entre les dunes, en remplir son esprit et la fixer dans sa mémoire en prévision du jour où il voudrait s'en souvenir. Puis Hermie disparut et, avec lui, Oscy et Benjie. Ils s'évanouirent quelque part dans le brouillard, pour aller vivre des jours depuis longtemps écoulés, pour y rire sans être vus, mais ne jamais cesser d'exister.

L'homme poursuivit sa route. Il avait des choses à faire, et le moment qu'il venait de passer n'était qu'un détour égoïste qu'il s'était accordé. Mais, alors même qu'il marchait, de vieux souvenirs se bousculèrent dans son esprit. Au cours de l'été 42, ils avaient effectué quatre raids sur le poste des garde-côtes. Ils avaient vu cinq films et avaient eu neuf jours de pluie. Benjie avait cassé sa montre, Oscy avait renoncé à l'harmonica et, d'une manière très singulière, Hermie s'était perdu à jamais.

Quand il arriva devant sa Mercedes, une mouette solitaire battait des ailes et criait dans le ciel. Une énorme fiente commençait déjà à durcir sur le pare-brise de la voiture. Quelqu'un s'était souvenu de lui en fin de compte, et il pleura sur tout le chemin du retour.

FIN

DU MÊME AUTEUR

Aux Éditions La belle colère

UN ÉTÉ 42, 2015 (Folio n° 6157).

Composition IGS-CP à L'Isle-d'Espagnac (16)
Impression Maury Imprimeur
45330 Malesherbes
le 29 avril 2016.
Dépôt légal : avril 2016.
Numéro d'imprimeur : 208907.

ISBN 978-2-07-046924-6. / Imprimé en France.

295595